세월

아니 에르노 지음 · 신유진 옮김

KB138909

일러두기

우리는 다만 우리들의 역사를 가졌을 뿐이고, 그 역사는 우리의 것이 아니다.

- 호세 오르테가 이 가세트

그렇다. 우리는 잊힐 것이다. 그것이 인생이며, 아무것도 할 수 있는 일은 없다. 오늘 우리에게 중요해 보이고 심각해 보이며, 버거운 결과로 보이는 것들, 바로 그것들이 잊히는, 더는 중요해지지 않는 순간이 올 것이다. 이상한 일이다. 지금 우리는 언젠가 엄청나고 중요하게 여겨질 일이나 혹은 보잘것없고 우습게 여겨질 일을 알지 못한다. (중략) 지금 우리가 우리의 몫이라고 받아들이는 오늘의 이 삶도 언젠가는 낯설고, 불편하고, 무지하며, 충분히 순수하지 못한 어떤 것으로 여겨질 수도 있을 것이다. 또 누가 알겠는가, 온당치 못한 것으로까지 여겨질지도.

- 안톤 체호프

모든 장면들은 사라질 것이다.

전쟁 후 이브토, 폐가 부근의 커피를 파는 막사 뒤에서 대낮에 몸을 웅크리고 오줌을 싸다가 일어나 팬티를 입고 치마를 올리고 카페로 돌아간 여자

영화 〈이처럼 긴 부재〉에서 조지 윌슨과 춤추는 알리다 발리의 눈물 가득한 얼굴

90년 여름, 파도바 인도에서 마주친 어깨에 손을 묶은 남자, 보자마자 30년 전 임산부 입덧에 처방됐던 탈리도미드의 기억과 함께 동시에 다음과 같은 우스운 이야기가 떠오름 : 임산부가 배내옷을 뜨개질하며 한 줄을 뜰 때마다 탈리도미드 한 알씩을 규칙적으로 복용한다. 경악한 한 친구가 그녀에게 "그러니까 너는 아기가 팔이 없이 태어날 수도 있다는 것을 모르는 거지"라

고 말하자 그녀가 대답한다. "그래. 나도 잘 알고 있어. 그렇지만 소매를 뜰 줄 모른단 말이야."

영화 〈크레이지 보이〉에서 외인부대 연대 선두에 서서 한 손에는 국기를 들고, 다른 한 손으로는 염소를 끌던 클로드 피에플뢰

알츠하이머에 걸린 위풍당당한 그 부인, 요양원의 다른 재원자들과 마찬가지로 꽃무늬 블라우스를 입었으나 어깨에 파란 숄을 두르고 불로뉴 숲의 게르망트 공작부인처럼 거만한 자세로 쉴 새 없이 복도를 활보하던 모습이 어느 날 저녁 베르나 피보가 진행하는 방송에 나왔던 셀레스트 알바레의 모습을 떠올리게 함

한 야외 연극 무대, 남자들이 돈 넣는 구멍을 여기저기 뚫어 놓은 상자 안에 갇혀 있던 여자 ―〈한 여인의 순교〉라고 불리는 마술쇼였기 때문에 살아서 나옴

카푸친 수도원 벽에 매달려 있는 누더기 레이스를 걸친 미라

〈테레즈 라껭〉 포스터의 시몬느 시뇨레의 얼굴

루앙 대시계 거리에 있는 앙드레 신발 가게, 받침대 위에서 회전하는 신발과 그 부근에 계속해서 나오는 똑같은 문장 : «베이비부츠와 함께라면 아기는 잘 걷고 잘 자란다»

일등석 칸 차양을 반쯤 내려 허리까지 보이지 않았던, 맞은편 플랫폼의 난간에 팔을 괴고 있는 젊은 여자 여행객들을 향해 자신의 성기를 흔들던, 로마 테르미니 역의 낯선 남자의 옆모습

극장의 패배셀[i] 광고에서 더러운 접시를 닦는 대신에 경쾌하게 깨트리던 사람. 성우가 «그것은 해결책이 아니다!»라고 진지한 말투로 말하자, 그는 관객들을 절망적으로 바라보며 말했다. «그렇다면 해결책은 무엇인가요?»

철로 옆의 아레니드마르 해변, 재피 맥스를 닮은 호텔의 투숙객

---

i 식기용 세제 브랜드.

파스퇴르 드 코데랑 병원 분만실에서 가죽을 벗긴 토끼처럼 공중에 대롱거리던 신생아, 삼십 분 후 옷이 입혀져, 작은 침대에서 한쪽 손을 빼고 어깨까지 당겨진 침대 시트를 덮고 옆으로 누워 잠든 채로 발견됨

줄리엣 그레코의 남편, 배우 필립 르메르의 경쾌한 실루엣

티브이 광고 속, 신문 뒤로 슬그머니 딸을 흉내 내며, 괜스레 피코레트[i]를 공중에 던졌다가 입으로 받아먹는 아버지

베니스, 자테레 90A, 60년대에 호텔이었던 개머루 정자가 있는 집

80년대 중반, 파리 팔레드도쿄의 전시실 벽에 걸려 있던, 수용소로 출발하기 직전에 행정부가 찍은 수백 명의 경직된 얼굴들

---

i 초콜릿 과자.

릴본느 주택 뒤뜰의 강 위에 있던 화장실, 그 주변을 찰
싹거리는 물에 천천히 떠내려간 휴지에 섞인 배설물들

여름, 어느 일요일의 빛 웅덩이와 함께 찾아온 유아기
시절의 모든 희미한 장면들, 돌아가신 부모님이 되살
아나는, 끝없는 길을 걷는 꿈속의 장면들

방금 살해한 양키 군인을 계단에서 질질 끌던 ─ 출산
할 멜라니를 위해 의사를 찾아 애틀랜타 거리를 뛰어
다니던 스칼렛 오하라의 장면

남편 옆에 누워서, 남자아이가 입을 맞추자 '좋아, 좋아,
좋아'라고 말했던 첫 키스의 추억을 떠올리는 몰리 블
룸의 장면

1952년 뤼르 도로에서 부모님과 함께 살해된 엘리자베
스 드럼먼드의 장면

꿈속까지 따라오는 실제 혹은 가공의 상(像)들
그 상(像)들만의 고유한 빛에 잠기는 순간의 장면들

반세기 전 돌아가신 조부모님, 부모님 얼굴 뒤에 있던 수백만 개의 장면들이 그랬듯이 이들은 사라질 것이다. 우리의 기억 속에 어린 자식들이 부모님과 학교 친구들 곁에 존재하는 것처럼, 우리가 태어나기도 전에 이미 사라졌던 이들 사이에서 우리가 소녀의 모습으로 나타났던 장면들. 그리고 언젠가 우리는 자식들의 추억 속에 손자들과 아직 태어나지 않은 이들 가운데 있게 될 것이다. 기억은 성적 욕망처럼 결코 멈추는 법이 없다. 그것은 망자와 산자를, 실존하는 존재와 상상의 존재를, 꿈과 역사를 결합한다.

사물들, 사람들의 얼굴, 행동, 감정, 세상의 질서를 명명하는 데 쓰인 수천 개의 단어들이 갑자기 무효화될 것이라는 것은 심장을 뛰게 하고 성기를 젖게 만든다.

거리 그리고 화장실 벽의 슬로건, 그라피티, 시와 더러운 이야기들, 제목들

매번 사전을 찾지 않으려고 노트에 뜻과 함께 적어둔

단어들, '기왕증', '추종자', '노에마', '이론철학'

다른 이들은 자연스럽게 쓰지만 언젠가 사용할 수 있을까 미심쩍었던 표현들, '그것은 명백히', '확인할 수밖에 없는'

잊어버렸어야 하는, 잊기 위해 노력한 탓에 오히려 다른 것들보다 더 끈질기게 기억에 남은 끔찍한 문장, '너는 늙은 창녀 같다'

밤에 잠자리에서 남자들이 하는 말, '당신이 하고 싶은 대로 나를 마음대로 해 봐, 난 당신 거야'

존재한다는 것은 목이 마르지 않아도 마시는 것

2001년 9월 11일, 당신은 무엇을 했습니까?

in illo tempore[i] 일요일, 미사에서

더는 쓰지 않는 표현들, '한물간 사람', '소란을 피우다',

---

i 라틴어, 오래전이라는 뜻.

'천 냥의 가치야!', '이 얼간이야!'. 우연히 다시 들으면 잃어버린 물건을 되찾은 것처럼 갑자기 소중해지며, 어떻게 보존됐는지 궁금해진다

격언처럼 영원히 사람들을 따라다니는 말 — 14번 국도의 정확한 한 지점에서 어느 통행자가 했던 말 때문에 그곳을 지날 때면, 발을 대면 물이 뿜어져 나오던 피에르그랑 여름 궁전에 묻힌 분수처럼, 그 말을 다시 떠올리지 않을 수가 없다

청소년의 노트에 옮겨진 문법 예시, 인용, 욕, 노래, 문장들

트뤼블레 사제는 편찬했다, 편찬했다, 편찬했다

한 여자에게 영광이란 행복에서 터져 나오는 슬픔이다

우리의 기억은 자신의 외부에, 시간의 비바람 속에 있다

종교의 어처구니없음은 처녀로 살다가 성자로 죽어야

하는 것이다[i]

탐험가가 발굴한 내용물을 상자 안에 넣었다[ii]

그것은 그녀가 시장에서 100푼을 주고 산 / 하트가 달린 작은 돼지 마스코트였다 / 우리끼리 말이지만 100푼이면 비싼 게 아니지[iii]

내 역사는 사랑의 역사다[iv]

포크로 동사를 맞추는 게임을 할 수 있을까?
아이의 젖병에 슈밀브릭[v]을 넣을 수 있을까?

(나는 최고다. 무엇이 나를 최고가 아니라고 하는가, 즐

---

i   '성자로 죽어야 한다'는 문장의 원문은 mourir en sainte로 'en sainte'의 발음 기호는 '임신한'이란 뜻의 enceinte 단어와 발음 기호가 같다. 즉 이 문장의 원문에는 언어유희가 포함되어 있다.

ii   이 문장의 원문에서 발견한 물건이라는 뜻의 'fouilles'와 상자라는 뜻의 'caisses'의 f와 c를 바꾸면 '불알을 엉덩이에 넣었다'라는 뜻이 되는데, 이것은 단어나 표현의 문자, 음절을 바꾸어 새로운 의미를 만드는 언어유희에 해당한다.

iii   자크 엘리앙의 노래 '행운의 마스코트' 中.

iv   달리다 '사랑의 역사' 中.

v   개그맨 피에르 닥이 만든 가상의 물건으로, 1969년대 가이 럭스가 진행하는 퀴즈 프로그램에서 차례로 주어지는 힌트에 따라 물건을 알아맞히는 게임을 'schmilblik'(슈밀브릭)이라 말함으로써 널리 쓰이게 됐다.

15

겁다면 웃어라[i], 꼬인다[ii]. 도청 소재지, 아작시오, 페팡[iii] 의 말처럼, 어쨌든 고래의 배에서 나온 요나의 말처럼, 살았다! 이제 충분하다(세타세)[iv] 나는 물에 돌고래를 숨겼다[v], 오래전부터 천 번도 넘게 들어서 놀라울 것도 우스울 것도 없는, 시시해서 거슬리는 말장난, 가족들의 단합을 보장하는 데밖에 쓸모가 없었고 부부가 갈라서면서 사라졌지만, 가끔 입술에 다시 맴돈다. 그것은 옛 가족의 틀 밖에서는 부적절하고 무례한 말이었지만, 헤어진 후에도 몇 해 동안은 부부의 가슴 깊은 곳에 남아 있던 모든 것이었다)

먼 옛날에 이미 존재했었다는 사실이 놀라운 단어들, **육중한 남자**(플로베르가 루이즈 콜레에게 보낸 편지에서), 숙침하다(조르주 상드도 루이즈 콜레에게)

한 소련인을 위해 6개월 동안 라틴어, 영어, 러시아어를

---

i   원문의 gai ris donc를 발음하면 guéridon 작은 원탁을 의미한다. 언어유희.
ii   어려워지다는 뜻의 ça se corse의 corse 불어로 코르시카를 뜻하기도 함. 코르시카의 도청 소재지는 아작시오임.
iii   '어쨌든'이란 뜻의 Bref는 페팡 르브레프(프랑스 왕, 페팡 3세)의 이름을 연상시킴.
iv   충분하다는 뜻의 c'est assez를 발음하면 세타세, 세타세는 고래류를 뜻함.
v   물에 숨긴다는 뜻의 cache a l'eau는 바닷속 포유류를 뜻하기도 함.

배우고 남은 것은 svidania, ya tebia lioubliou, kharacho[i]뿐

결혼이란 무엇인가? 멍청한[ii] 약속[iii]

누군가 과감히 내뱉으면 너무 진부해서 놀라고 마는 은유, '케이크 위의 체리'

태초의 동산 밖에 파묻힌 오 어머니여[iv]

'자전거 옆에서 페달을 밟다'가 '슈큐르트 안에서 페달을 밟다'로, 다시 '세몰리나 안에서 페달을 밟다'가 되더니 모두 사라져 버린, 오래된 표현들[v]

싫어하는 남자들의 단어, 사정하다, 수음하다

공부하며 배운, 세상의 복잡함을 극복한다는 느낌을 주는 단어들. 시험을 치고 나면 머릿속에 들어올 때보

---

i 안녕, 사랑해, 좋아.

ii 본문에서 '멍청한'이라는 뜻으로 쓴 'con'은 여성의 음부를 가리키는 말이기도 하다.

iii 본문의 con promis를 발음 기호대로 읽으면 타협이라는 뜻의 compromis라는 단어가 되기도 한다.

iv 샤를 페기의 시 '이브'의 한 구절.

v '헛수고를 하다'라는 뜻의 표현.

다 더 빠른 속도로 빠져나감

조부모님, 부모님이 반복했던, 그들이 세상을 떠난 후에도 그들의 얼굴보다 더 선명하게 남아 있는 짜증스러운 문장들, 네 일이나 똑바로 해

짧은 기간 동안 등장해서 유명한 상표보다 기억을 더 사로잡았던 옛 상품들, '뒤솔 샴푸', '카르동 초콜릿', '나디 커피', 자신만의 은밀한 기억처럼 절대 나눌 수 없다

〈황새가 지나가면〉[i]

〈나의 청춘 마리안느〉[ii]

솔레이 부인[iii]은 아직 우리들 곁에 있다

초월적 진실 속에서 세상은 믿음이 부족하다[iv]

---

i   미하일 칼라토조프 감독의 영화, 한국에서는 '학이 난다'로 개봉됐다.
ii 줄리앙 뒤비비에르 감독의 영화.
iii 정치인들, 유명 인사들의 미래를 점쳐서 유명해진 점술가.
iv 프랑스의 철학자 샤를 르누비에의 말로 원문은 '초월적 진실 속에서 세상은 믿음의 부족으로 고통받는다'이다.

모든 것은 눈 깜짝할 사이에 지워질 것이다. 요람에서 무덤까지 쌓인 사전은 삭제될 것이다. 침묵이 흐를 것이고 어떤 단어로도 말할 수 없게 될 것이며, 입을 열어도 '나는'도, '나'도, 아무 말도 나오지 않을 것이다. 언어는 계속해서 세상에 단어를 내놓을 것이다. 축제의 테이블을 둘러싼 대화 속에서 우리는 그저 단 하나의 이름에 불과하며, 먼 세대의 이름 없는 다수 속으로 사라질 때까지 점점 얼굴을 잃게 될 것이다.

타원형의 진한 갈색 사진이다. 금색 테두리 장식이 있는 앨범 속에 붙어 있고, 형판으로 무늬를 찍은 투명한 종이에 싸여 있다. 그 밑에 적힌 '현대적인 사진, 리델, 릴본느(S.Inf.re). Tel. 80'. 머리에 롤을 만 것 같은 갈색 머리카락의 통통한 아기가 토라져 입을 내밀며, 조각이 새겨진 탁자 중앙의 쿠션 위에 반나체로 앉아 있다. 흐릿한 배경, 책상 위의 화환, 배 위로 올라간 자수를 놓은 셔츠 — 아기의 손이 성기를 가리고 있다 —, 어깨에서 포동포동한 팔로 흘러내린 멜빵은 그림 속의 사랑 혹은 아기천사를 표현하는 효과를 노린다. 모든 가족 구성원들이 이 인화된 사진을 받자마자 이 아이가 누구를 닮았는지 알아맞히려고 했을 것이다. 이 가족 기록물에서는 — 1941년으로 추정되는 — 생명의 탄생을 소시민적인 방식으로 관례적인 연출을 한 것 외에는 다른 어떤 것도 읽을 수 없다.

같은 사진사가 찍은 또 다른 사진도 — 그러나 앨범

의 종이가 더 평범하고 금색 테두리 장식이 없다 ―, 분명 가족들에게 똑같이 제공됐을 것이다. 가운데 가르마를 타서 짧은 머리카락을 나누어 나비 리본 핀을 꽂아 뒤로 넘긴, 얼굴이 통통한데도 너무 진지해서 거의 슬프기까지 한 4살짜리 소녀의 모습이다. 이전 사진과 같은, 눈에 띄는 조각이 새겨진 루이 16세 양식의 탁자 위에 왼쪽 손을 올리고 있다. 상의가 꼭 끼는 듯하고, 멜빵이 달린 치마는 볼록 나온 배 때문에 앞으로 말려 올라갔는데, 어쩌면 구루병 증상일 수도 있다(약 1944년).

가장자리가 톱니 모양인 사진 두 장. 같은 해에 찍은 것으로 보이며 같은 아이이지만 더 호리호리하고, 퍼프소매가 달린 펄럭이는 원피스를 입고 있다. 첫 번째 사진에서 여자아이는 덩치가 크고 가로 줄무늬 원피스를 입은, 롤로 머리를 말아 올린 여자에게 장난스럽게 몸을 바짝 기대고 있다. 또 다른 사진에서는 아이가 왼쪽 주먹을 들어 올리고 있는데, 오른손은 키가 크고 밝은색 조끼와 판탈롱 아 팡스[i]를 입은, 무기력해 보이는 남자에게 붙들려 있다. 두 장의 사진은 같은 날, 포석이

---

i   프랑스에서는 옛날부터 자전거를 탈 때 방해가 되지 않도록 밑단에 종이 집게 같은 도구를 끼웠는데 그런 디자인의 바지를 뜻한다. (출처-패션전문자료사전)

깔린 안뜰의 꽃밭, 그곳 가장자리에 솟은 담벼락 앞에
서 찍은 것이다. 빨래집게가 매달려 있는 빨랫줄이 머
리 위로 지나간다.

전쟁이 끝난 이후 명절, 느리게 이어지는 한없이 긴
식사, 이미 시작된 시간은 무(無)에서 빠져 나와 구체화
됐다. 부모들은 이따금씩 우리에게 대답하는 것을 잊
고 초점 없는 눈빛으로 우리가 없었던, 우리는 절대 존
재하지 않을 그 시간, 옛날을 응시하는 듯했다. 손님들
의 뒤섞인 목소리는 함께 겪은 사건들로 거대서사를
만들었고, 마침내 우리는 그 일들을 직접 본 것처럼 여
기게 됐다.

42년의 겨울은 아무리 말해도 모자랐다. 추위, 배고
픔, 루타바가[i], 보급용 식량, 담배 교환권, 폭격
전쟁을 알렸던 북쪽의 여명
패주 길의 자전거들 그리고 수레들, 약탈당한 가게들
사진과 돈을 찾아 잔해를 뒤지는 이재민들
독일인들의 등장 ─ 각자가 정확히 어느 곳, 어떤 도시

---

i 순무의 일종.

였는지를 말한다 ―, 항상 예의 바른 영국인, 거침없는 미국인, 독일 협력자, 레지스탕스에 참가한 이웃, 해방 때 머리를 삭발당한 여자 X

폭격을 당해 아무것도 남지 않은 아브르, 암시장

선동

죽은 말을 타고 코드벡의 센 강을 건너서 탈출한 독일 군들

독일인이 있는 열차에서 시원하게 방귀를 뀐 시골 여자가 허공에 대고 크게 말한다. «그들에게 할 말을 다 할 수 없다면 냄새라도 맡게 해줘야지»

배고픔과 두려움이라는 공통된 기저를 두고, 모두가 «우리(nous)» 그리고 «사람들 혹은 우리들(on, 불특정 다수)»이라는 단어를 쓰며 이야기했다.

그들은 어깨를 으쓱하며 페탱[i]에 대해 말했다. 사람들이 어쩔 수 없이 페탱을 잡으러 갔을 때, 그는 이미 너무 늙었고 노망이 나 있었다고. 그들은 비행기와 하늘을 돌던 V2의 굉음 소리를 흉내 냈고, 과거의 공포를 몸짓으로 표현하면서 대화 중 가장 극적인 순간에 손

---

i 프랑스의 군인이자 정치가. 히틀러와 강화하여 비쉬 정권을 차지하고 국가 수석이 되지만 1945년 전범 재판에서 사형 선고를 받았다가 감염되어 복역 중에 사망함 (두산백과사전 참조)

에 땀을 쥐게 하려고 내가 뭘 했을 것 같아라고 말하며 꾀를 부렸다.

죽음과 폭력, 파멸이 넘치는 이야기였다. 그들은 희희낙락하며 이야기하다가도 때때로 즐거움을 부인하려는 듯이 《다시는 그런 일이 있으면 안 돼》라고 떨리는 목소리로 엄숙하게 말했고, 그 후로는 침묵이 이어졌다. 어두운 순간을 향해 경고라도 내리는 듯이, 마치 즐긴 것을 후회하는 것처럼.

그러나 그들은 먹고 마시면서 그들이 본 것만을, 회상할 수 있는 것만을 이야기했다. 그들은 알고는 있지만 본 적 없는 것들을 말할 수 있을 만큼 재능 혹은 신념을 갖고 있지는 않았기에 아우슈비츠행 기차에 올라탄 유대인 아이들도, 바르샤바 게토에서 아침에 거둬들인 아사한 시체들도, 히로시마의 1000°도 말하지 않았다. 그렇기 때문에 훗날에 역사 수업, 자료들, 영화들로는 해소되지 못한 느낌을 받게 됐고, 화장터나 원자폭탄이, 시장에서 버터를 밀거래하고 경보가 울리면 지하실로 내려갔던 시절과 같은 시기라고 생각할 수 없었다.

그들은 예전의 대전쟁, 피와 영광 속에 승리했던 1914년 전쟁, 식탁에 있던 여자들이 경외심을 갖고 이야기를 들었던 남자들의 전쟁과 비교하며 말하기 시작했다. 엔의 두 번째 전투와 베르덩을, 가스 중독으로 죽은 이들을, 1918년 11월 11일에 울렸던 종(鐘)을 말했다. 전선으로 떠났던 아이들이 단 한 명도 돌아오지 않았던 마을의 이름을 댔고, 진흙 구덩이 속에 있던 군인들과 머리에 폭탄을 맞지도 않고 5년 동안 따뜻하게 피신해 있던 40년의 포로들을 비교했다. 그들은 영웅적 행위와 불행에 대해 논쟁했다.

그들은 그들이 아직 태어나지도 않았던, 파리지앵들이 쥐를 먹었던, 1870년대 크림 전쟁 시대로 거슬러 올라갔다.

그들이 이야기하는 옛날에는 전쟁과 배고픔밖에 없었다.

마지막으로 그들은 〈오, 작은 백포도주〉와 〈파리의 꽃〉을 불렀다. 후렴구 단어들을 울부짖으며, 파란색, 하얀색, 빨간색은 우리 조국의 색을 귀가 찢어질 듯 합창했다. 그들은 팔을 뻗고 웃으며, 독일 놈들은 또 이 한 잔을 뺏긴 것이라고 말했다.

아이들은 이야기를 듣지 않고 허락이 떨어지자마자 서둘러 식탁을 떠났다. 명절의 전반적인 관대함을 누리며 침대 위에서 뛰기, 머리를 거꾸로 하고 그네를 타기 같은 금지된 놀이에 몰두하기 위해서였다. 그러나 그들은 모든 것을 기억했다. 전설의 시간에 비교하면 — 그들은 머지않아 패주, 피난, 점령, 상륙, 승리의 일화들이 일어난 순서를 잊게 된다 — 자신들이 자란, 이름 없는 그 시간은 지루하다고 생각했다. 보병대로 길을 떠나야만 했고 보헤미안처럼 짚더미에서 자야만 했던 시절에 태어나지 못했던 것을 혹은 너무 어렸던 것을 아쉬워했다. 아이들은 살아 본 적 없는 그 시간에 대한 끈덕진 아쉬움을 간직했다. 타인들의 기억은 그들이 간발의 차이로 놓친, 언젠가 살아 보기를 희망했던 시대를 향한 비밀스러운 향수를 안겨주었다.

빛나는 서사시는 절벽 사면의 보루와 마을에 끝없

이 펼쳐진 돌무덤들의 소리 없는 잿빛 흔적만을 남겼다. 잔해 속에서 녹슨 물건들, 휘어진 철제 침대의 뼈대가 나왔다. 재난을 당한 상인들은 폐가 부근의 임시 막사에 자리를 잡았다. 지뢰 제거반이 잊어버린 포탄이 그것을 가지고 놀던 어린 소년의 뱃속에서 터졌다. 신문들은 '탄약을 만지지 마시오!'라고 미리 경고했다. 의사들은 아이들의 목에서 편도선을 제거했다. 민감한 아이들은 에테르 마취제에서 깨어나 울부짖었고 사람들은 뜨거운 우유를 마시게 했다. 퇴색된 포스터 속의 드골 장군은 대부분 군모를 쓰고 먼 곳을 응시하고 있었다. 일요일 오후, 우리는 작은 말놀이[i]와 카드 게임을 했다.

해방 이후 이어졌던 열기가 사그라들었다. 사람들은 외출할 생각만 했고, 세상에는 당장 충족시켜 주는 욕망이 넘쳐났다. 전쟁 후 처음이었던 모든 것들, 바나나, 국가에서 발행하는 복권, 불꽃놀이에 사람들이 몰려들었다. 동네 전체가, 딸의 손을 잡고 온 할머니들부터 유모차의 갓난아기까지, 사람들은 장터 축제와 횃불 행진, 불리오네 형제의 서커스를 보려고 걷기도 힘든 혼잡 속에서 발걸음을 서둘렀다. 그들은 불로뉴 성모마

---

i 보드게임.

리아 동상을 맞이하기 위해 벌떼처럼 모여들어 기도하고 노래했으며, 다음 날 몇 킬로미터를 배웅했다. 마치 계속해서 공동생활을 원하기라도 한다는 듯이, 선동이든 종교든 그 모든 것들이 그들에게는 함께 밖에 나갈 수 있는 기회였다. 일요일 저녁, 반바지 차림의 젊은이들을 태운 버스가 바다에서 돌아왔다. 그들은 목청을 다해 노래했고, 짐을 싣는 지붕에 올라탔다. 개들은 자유롭게 돌아다녔고 길 한가운데서 짝짓기를 했다.

그 시간 자체가 황금빛 날들의 추억이 되기 시작했다. 라디오에서 아름다웠던 일요일을 기억합니다… 그러나 네, 그것은 먼 이야기지요. 너무 멀어요라는 말을 들으면 우리는 상실감을 느꼈다. 이제 아이들은 너무 어릴 때 제대로 살아 보지 못하고 해방 시대를 지나왔음을 아쉬워했다.

그동안 우리는 정체불명의 물체를 만지지 말라는 권고 속에서 기름과 설탕 배급표, 소화가 잘 안 되는 옥수수빵, 데워 먹지 않는 콜라 같은 배급에 대한 끊임없는 실망 속에서, 크리스마스에 초콜릿과 잼이 있나요?라고 물으며 «세상에 나왔다는 것과 세상을 분명하게 볼 수 있음을 다행으로 여기며» 천천히 자라났다. 재건축을 위해 평평하게 다져 놓은, 잔해들을 치운 공간을 따라 걸으며 석판과 샤프펜슬을 가지고 학교에 가기 시작했다. 손수건을 가지고 놀았고 금반지 놀이를 했고 원을 그리며 〈안녕, 기욤, 점심은 먹었니?〉를 불렀다. 〈곳곳을 여행하는 너, 작은 보헤미안〉을 부르며 벽에 공을 던지는 놀이를 했고, 서로의 팔을 붙잡고서 특활 교실을 활보하며 누가 숨바꼭질을 할래?라고 또박또박 외쳤다. 마리로즈 수건을 뒤집어씌워서 옴과 이를 잡았다. 결핵 검사를 받으려고 코트를 입고 목도리를 두르고 엑스레이 차량 앞에 줄을 서서 올라탔으며, 팬티만 입은 것이 부끄러워 웃음을 터트리며 첫 신체검사를 받았다. 간호사 옆에 놓인 테이블 위의 화기성 알코올이 채워진 그릇에 번지는 파란 불꽃으로는 난방이 되지 않는 방이었다. 곧 제1회 청소년 축제가 열리면, 우리는 모두 하얀 옷을 입고 환호 속에서 거리를 행진하기로 했다. 하늘과 젖은 풀 사이에서, 확성기의 요란한 음악과 함께 고독하고 숭고한 느낌으로 《함께 하는 운동》을 실행하는 운동장까지.

우리가 미래를 대표한다는 연설이 있었다.

명절 식사의 시끄러운 음성들 사이에서 심각한 불화와 다툼이 일어나기 전에, 우리는 단편적으로 전쟁과 거대 서사, 조상들의 이야기에 끼어들 수 있었다.

가끔 다른 지칭 없이 «아버지», «할아버지», «증조할머니» 같은 혈연관계를 나타내는 칭호로만 등장한 남자들과 여자들은 그들의 성격적인 특징이나 재미있는 혹은 비극적인 일화, 스페인 독감, 말 발길질에 맞아서 사망한 일들로 요약됐다 — 우리 나이도 되지 않았던 어린아이들, 우리는 절대 알 수 없을 많은 이들. 혈연으로 맺어진 이들과 아무 관계도 아닌 이들을 나누고, «양쪽»의 경계를 분명하게 지을 수 있게 될 때까지 몇 년 동안 구별하기 어려웠던 일가친척 후손들의 항렬을 정리했다.

가족의 서사와 사회의 서사는 모두 하나다. 손님들의 목소리가 젊음의 공간의 범위를 정했다. 말하자면 시골과 농장, 그곳에서 잃어버린 기억, 남자들이 점원이었고 여자들은 하녀였으며 모두가 만나고 교제하고 결혼했던 공장, 가장 야망 있는 이들이 드나들었던 작은 상점들. 그들의 목소리는 출산과 결혼, 애도, 연대 밖, 군부대가 있는 다른 먼 도시로는 여행을 떠나 본 적 없다는 것과 일에 매달린 삶, 그것의 냉혹함과 쇠퇴, 술의 위험을 말하는 것을 제외하고는 개인적인 사건 없이 이야기를 그려나갔다. 학교는 전설적인 배경이자 짧은 황금시대였으며, 그곳에서 삼각자로 손가락을 때렸던 교사는 엄격한 신이었다.

목소리들은 전쟁과 물자제약으로 겪은 예전의 가난과 결핍의 유산을 물려줬으며, 쾌락과 고통, 관례와 지식을 끌어들인 «옛날», 태고의 밤에 잠겼다:
점토로 된 집에서 산다
나무창을 댄 구두를 신는다
헝겊 천으로 된 인형을 가지고 논다
나무 재로 빨래한다
지렁이를 쫓아내기 위해 어린아이의 셔츠, 배꼽 부근에 마늘 조각을 넣은 작은 천 주머니를 단다
부모님께 복종한다, 말대꾸하면 머리를 맞는다

옛날에는 무지했던 것, 생소했던 모든 것 그리고 절대 없었던 것을 조사했다:
붉은 고기와 오렌지를 먹기
보험에 가입하기, 자녀 수당 지급과 65세 퇴직 연금

휴가 떠나기

자긍심을 소환했다 :

36년 파업, 인민 전선, 옛날에는 노동자들이 중요하지 않았
다

디저트를 먹기 위해 다시 앉은 우리 어린이들은 상
스러운 이야기를 들으며 자리에 남아 있었다. 모인 이
들은 식사 끝의 느슨해진 분위기에 아이들이 듣고 있
다는 것을 잊고, 파리, 냇물에 빠진 소녀들, 창녀들과 울
타리 뒤를 서성이는 사람들을 이야기하는 노래를 더는
참지 못했다. 〈커다란 상어〉, 〈포부르의 제비〉, 〈우리가
말았던, 손가락에 쥐었던 싸구려 담배〉, 가수가 눈을 감
고 온몸을 다해 불렀던, 엄청난 연민과 열정을 일으켰
던, 손수건 귀퉁이에 눈물을 적시게 했던 로맨스. 우리
차례가 되면 우리는 〈눈의 별〉로 식탁에 모인 사람들
에게 감동을 줄 수 있었다.

　누렇게 변한 사진이 돌았다. 사진의 뒷장에는 다른
식사 자리에서 쥐고 있던 손가락으로 인해 커피와 녹
은 기름이 섞인, 설명할 수 없는 색깔의 얼룩이 묻어 있
었다. 경직되고 심각해 보이는 신랑 신부와 벽을 따라

층을 이루며 여러 줄로 서 있는 초대손님들 사이에서 우리는 자신의 부모도, 그 어떤 누구도 알아보지 못했다. 쿠션 위에 반나체로 있는, 성별을 알 수 없는 아기도 나 자신이 아니었다. 그것은 다른 사람, 닿을 수 없는 침묵의 시간에 속한 창조물이었다.

전쟁을 빠져 나와 끝날 기미가 없는 명절의 식탁에서, 자! 우리는 천천히 죽자!라고 외치며 터뜨린 웃음 속에서, 타인들의 기억은 우리를 세상으로 안내했다.

이야기 외에도 걷고 앉고 말하고 웃고, 길에서 크게 소리쳐 부르고, 먹는 몸짓과 물건을 잡는 방식들이 유럽과 프랑스 시골을 바탕으로 둔 과거의 기억을 몸에서 몸으로 전했다. 개개인이 다르고, 착한 이들과 못된 이들로 나뉘어도, 사진으로는 볼 수 없는 유산이 가족 구성원들과 마을 사람들 그리고 우리와 똑같은 사람이라고 했던 모든 이들을 하나로 만들었다. 습관들, 벌판의 아이들과 작업실의 청소년들에 의해 형성된, 까마득히 오랜 옛날의 아이들이 선행했던 모든 몸짓들 :

소리를 내며 먹는 것 그리고 입을 벌려 점점 변모하는
음식물을 보이는 것, 빵 조각으로 입을 닦는 것, 그릇을
씻지 않아도 될 만큼 소스를 정성껏 핥아 먹는 것, 그릇
바닥을 숟가락으로 때리는 것, 식사 마지막에 기지개
켜기

매일 얼굴만 닦고, 나머지는 더러운 정도에 따라 씻기,
일한 후에는 손과 팔뚝을, 여름밤에는 어린아이들의
무릎과 다리를, 축제 때만 목욕하기

힘을 주어 물건을 움켜잡기, 문을 세게 닫기

모든 것을 거칠게 하기, 토끼를 잡을 때는 귀로 잡기, 가
벼운 입맞춤하기, 아이를 품에 꼭 껴안기

행주가 탄 날들, 들어오고 나가기, 의자들을 움직이기

팔로 균형을 잡으면서 다리를 크게 벌려 걷기, 의자에
몸을 던져 앉기, 앞치마의 주머니에 주먹을 넣는 늙은
여자들, 엉덩이에 낀 치마를 한 손으로 빠르게 떼어내
며 일어나기

삽과 나무판, 감자 자루를 옮기는 데 계속 어깨를 사용
하는 남자들, 장터에서 돌아오면 피곤한 아이들

커피 그라인더와 뚜껑을 열어야 하는 병, 핏방울이 변
기로 떨어지고 있는 죽여야 하는 닭을 허벅지와 무릎
으로 고정시키는 여자들

오래전부터 하늘에 욕을 해대야 했던 것처럼, 모든 상황에서 불평하는 식으로 크게 말하기

문법과 올바른 프랑스어를 생각하면 학교 선생님의 단조로운 억양과 하얀 손이 떠오르는 것처럼, 발음이 틀린 프랑스어와 사투리가 섞인 그 언어는 강하고 힘찬 목소리와 블라우스나 청색 작업복에 꼭 끼이는 신체들, 작은 정원이 있는 낮은 집들, 오후에 개 짖는 소리, 다툼 전의 침묵과 떼려야 뗄 수 없었다. 칭찬도 아첨도 없는, 스며드는 비와 절벽 낭떠러지 아래 회색 자갈밭 해변, 두엄에 비운 요강과 몸을 쓰는 노동자들의 술을 담고 있던 그 언어는 신앙 그리고 다음과 같은 가르침을 전했다 :

탄생의 순간을 결정하는 달, 파 수확, 아이들이 지렁이를 잡아 담는 통을 살피기

외투와 스타킹을 벗는데 계절의 주기를 거역하지 않기, 암컷 토끼를 수컷 우리에 넣기, 모든 것에는 때가 있다는 원칙에 의해 상추 심기, 적정한 선을 알기 어려운 시간의 경과, «너무 이른»과 «너무 늦은» 사이, 그 시간 동안 자연이 선의를 베푼다, 겨울에 태어난 아이들과 고양이는 다른 이들보다 덜 자란다, 3월의 햇살은 미치

게 만든다

화상에는 생감자를 바르거나, 마법을 부릴 줄 아는 이웃에게 부탁해서 «불을 잠재운다», 또는 오줌을 받아서 치료한다

빵을 존중해야 한다, 밀알에는 신의 얼굴이 있다

　모든 언어가 그렇듯이, 그 언어는 게으른 자들과 품행이 단정치 않은 여자들, «호색마들», 추잡한 사람들과 «하층민» 아이들을 등급 매기고 낙인을 찍었다. «할 수 있는» 사람들과 성실한 소녀들을 찬양했고, 높은 사람들과 커다란 채소들을 인정했으며, 인생이 너를 길들일 거야라고 경고했다.

　그것은 적당한 욕망과 희망을, 악천후를 피할 수 있는 말끔한 일, 배불리 먹기와 자신의 침대에서 죽기를 말했고, 한계들을, 달에게 빌지 않을 것을, 집 위에 있는 것들과 자신의 집을 한 번도 떠나지 않으면 그것이 어느 도시든 세상의 끝이 되어 버리기 마련이니 떠남과 낯선 것들에 대한 두려움에 행복해야 한다고 말했으며, 오만과 상처를, 시골 사람들이라고 해서 더 멍청한 것은 아니다라고 말했다.

그러나 우리는 부모들과는 다르게, 유채 씨를 뿌리거나 사과를 흔들어 따거나 죽은 나뭇가지로 단을 묶기 위해 학교에 결석하지는 않았다. 학교 일정표가 계절의 주기를 대신했다. 우리에게 다가올 세월은 학년이었다. 학년 위에 또 다른 학년이 쌓이는, 10월에 열리고 7월에 닫히는 시공간이었다. 개학을 하면 전년도 학생들이 물려 준 헌책을 파란색 종이로 쌌다. 표지에 제대로 지워지지 않은 그들의 이름과 밑줄 그은 단어들을 보면서 그들의 뒤를 이어갔으며, 일 년 만에 이 모든 것들을 알아낸 그들로부터 격려를 받는 듯한 기분을 느꼈다. 우리는 모리스 롤리나, 장 리슈팽, 에밀 베르하렌, 로즈몬드 제라르의 시와,〈숲의 왕 나의 아름다운 전나무〉,〈일요일에 새로운 오월의 드레스를 입은 이가 바로 그이에요〉 같은 노래들을 배웠다. 모리스 주느부아, 라베랑드, 에밀 모슬리, 에르네스트 페로숑을 틀리지 않게 받아 적으려고 집중했고, 올바른 프랑스어 문법의 규칙을 암기했다. 집에 들어오자마자 자연스럽게 원래의 언어를 되찾았다. 단어를 생각하지 않고 다만 말해야 할 것과 말하지 않아야 할 것들만 생각하면 되는 몸에 밴 언어, 양쪽 따귀와 블라우스의 자벨수 냄새, 겨울 동안 구운 사과, 양동이로 떨어지는 오줌 소리 그리고 부모의 코골이와 얽여 있는 그 언어를 되찾았다.

사람들의 죽음은 우리에게 어떤 영향도 주지 못했
다.

자갈 해변에서 짙은 색 수영복을 입은 한 소녀의 흑
백 사진. 배경은 절벽이다. 소녀는 납작한 돌 위에 앉아
있다. 튼튼한 다리를 앞으로 반듯하게 뻗고 팔을 바위
에 기대고 있으며, 눈을 감았고 고개를 살짝 기울이고
미소를 짓고 있다. 두껍게 땋은 갈색 머리는 앞으로 가
져왔고 나머지 머리카락은 뒤로 넘겼다. 모든 것이 『시
네몽드』나 앙브르솔레흐[ii] 광고 속 스타들처럼 포즈를
취하고 싶어 하는, 보잘것없는 소녀의 수치스러운 몸
을 벗어나려는 욕망을 드러내고 있다. 원피스의 형태
를 따라 더 하얀 허벅지와 팔의 윗부분이 피서지 혹은
바다로 외출한 어느 날의 이 어린이의 남다른 성격을

---

i 프랑스 영화 전문 주간지.
ii 선크림 상표.

드러낸다. 해변에는 아무도 없다. 사진 뒷장에는 '1949년 8월, 소트빌쉬르메르'라고 적혀 있다.

소녀는 곧 9살이 된다. 삼촌과 숙모의 집, 밧줄을 만드는 수공업자들이 있는 곳에서 아버지와 함께 휴가를 보내는 중이다. 소녀의 어머니는 이브토에 남아서 절대 문을 닫지 않는 카페 겸 식료품점을 지키고 있다. 평소에는 어머니가 그녀의 머리카락을 촘촘하게 두 갈래로 땋아 스프링 핀과 리본을 이용해 머리에 왕관 모양으로 고정해 줬는데, 아버지도 숙모도 그렇게 머리를 땋을 줄 모르거나, 어머니의 부재를 틈타 머리카락이 나부끼도록 내버려 두었을 것이다.

소녀가 무엇을 생각하는지, 무엇을 꿈꾸는지, 해방 이후의 세월을 어떻게 보고 있는지, 그것에 대한 어떤 기억을 쉽게 떠올릴 수 있는지를 말하기는 어렵다.

이제 쇠퇴하고 있는 기억에 저항하는 다음과 같은 장면들:
잔해만 남은 도시에 도착 그리고 발정 난 암캐가 도망감
부활절 방학이 끝나고 소녀가 학교에 간 첫날, 아는 사람이 아무도 없었음
외가 식구들과 긴 나무 의자가 있는 기차를 타고 페캉

으로 소풍을 감. 검은 볏단으로 만든 모자를 쓴 할머니 그리고 자갈 해변에서 옷을 벗는 사촌들과 그들이 드러낸 엉덩이

크리스마스를 위해 셔츠의 자투리 천으로 만든 나막신 모양의 바늘꽂이

브루빌이 나오는 〈그렇게 바보 같지 않아〉[i]

비밀 놀이, 톱니바퀴 모양의 커튼 고리로 귓불을 꼬집기

　이것들 외에 또 다른 장면들은 없는 것일까.

　어쩌면 그녀는 학교에서 보낸 시간을 엄청나게 긴 시간으로 여기고 있는지도 모른다. 그녀가 거쳐 온 세 학년, 보면대, 선생님의 책상 그리고 칠판의 위치, 동무들 :

고양이 얼굴 모양의 모자를 쓰고 광대 흉내를 내는 게 부러웠던 프랑수아 C, 특활시간에 그녀에게 손수건을 빌려달라고 한 후에, 손수건에 코를 풀고 둥글게 말아서 되돌려주며 달아나서 특활시간 내내 소녀에게 코트 속의 더러운 손수건에 대한 수치심과 더러운 감정을 느끼게 만듦

---

i　프랑스 영화, 앙드레 베르토미유 감독.

그녀가 보면대 밑으로 팬티에 손을 넣어 작고 끈적끈
적한 덩어리를 만졌던 이블린 J

신체검사 때 똥이 묻은 남자아이용 파란색 팬티를 입
어서 여자애들 모두가 비웃으며 쳐다봤던, 아무도 말
을 걸지 않았던 F, 요양원에 보내짐

무더위에 말라버린 저수조와 우물 그리고 마을 사람들
이 손에 물병을 들고 마을 입구의 분수대까지 줄지어
올라갔던, 로빅이 르투르드프랑스에서 우승했던 이미
멀어진 지난여름, 소녀가 어머니 그리고 이모와 함께
뷜르레로즈의 해변에서 홍합을 줍다가 누군가 화장을
시키기 위해 다른 이들과 함께 무덤에서 파낸 죽은 군
인을 보려고 절벽에서 구멍을 향해 몸을 기울였던, 비
가 많이 왔던 또 다른 어느 여름

　　평소대로라면 그녀는 베르트 도서관의 책이나 〈수
제트의 한 주〉에서 나온 이야기들로 상상한 것들을 다
양하게 조합해보거나, 라디오에서 나오는 사랑 노래를
들으며 그녀가 느끼는 미래를 꿈꾸는 것을 원했을 것
이다.

　　분명히 소녀의 생각 속에는 방상 오리올, 인도차이

나 전쟁, 복싱 챔피언 마르셀 세르당, 피에로르푸, 비소 독살자, 마리 베나르 같은 정치적인 일들, 여러 가지 사건들, 훗날 유년기의 풍경이라고 인식될 만한 것들이나 익히 알려진, 소문 무성한 모든 것들은 아무것도 없었을 것이다.

확실한 것이 있다면 그것은 자라고 싶은 소녀의 욕망과 다음과 같은 기억의 부재뿐이다 :
타원형의 거무죽죽한 똑같은 사진들 사이에서 처음으로 누군가 소녀에게 방석 위에 셔츠를 입고 앉아 있는 아기의 사진을 가리키며 «이게 너야»라고 말했을 때, 그녀는 자신을 사라진 시간 속에서 미스테리한 삶을 살았던, 포동포동한 살을 가진 타인처럼 바라봐야만 했다.

프랑스는 광대했고, 먹는 것과 말하는 방식으로 구분되는 민족으로 구성되어 있었다. 7월에는 투르드프랑스 달리기 선수들에 의해 그 면적이 가늠됐다. 우리는 주방의 벽에 붙어 있던 미쉘린 지도를 보며 그들의 구간을 지켜봤다. 대부분의 생활은 50km 반경 안에서 이루어졌다. 교회에 찬송가 〈이 땅의 여왕이 되소서〉의 승리의 외침이 울려 퍼질 때, 거기서 이 땅은 우리가 사는 도시, 기껏해야 지방을 가리킨다는 것을 알고 있었다. 이국적인 것은 가장 가까운 대도시에서 시작됐다. 그 외의 세상은 비현실적이었다. 가장 교양 있는 사람들 혹은 교양을 동경하는 사람들은 세계의 지식 콘퍼런스에 등록했다. 그들은『리더스 다이제스트 셀렉션』혹은 『별자리』『프랑스어로 본 세상』을 읽었다. 비제르트에서 군 생활을 하는 사촌이 보낸 엽서는 몽상에 빠지게 했다.

파리는 아름다움과 위력, 신비로움과 두려움의 총체였다. 바르베스 대로, 가장 가, 장미뇌르 가, 샹젤리제 116번지, 그곳의 모든 길은 신문에 등장하거나 광고에 인용됐으며 상상력을 자극했다. 파리에 살았거나 그곳에 놀러 갔던 사람들은 우월한 후광으로 빛나던 에펠탑을 봤다. 여름 저녁, 방학의 먼지 날리는 지루한 하루 끝에 고속열차가 도착하면, 우리는 다른 곳에 갔다가 여행 가방, 쁘랭탕 쇼핑백을 들고 내리는 사람들과 루르드에서 돌아온 여행자들을 보러 나갔다. 르미디, 레피레네, 바스크 지방의 팡당고, 이태리 산, 멕시코, 낯선 지역을 언급하는 노래들을 들으면 가보고 싶어졌다. 우리는 해 질 무렵 장밋빛 구름 속에서 인도 왕들과 인도의 궁전들을 보았다. 부모에게 «우리는 어디에도 간 적이 없잖아!»라고 불평을 늘어놓으면, 부모는 놀라며 «어디를 가고 싶은 거야? 지금 네가 있는 여기가 좋지 않은 게냐?»라고 대답했다.

집에 있는 모든 것들은 전쟁 전에 산 물건들이었다. 검게 변한 냄비는 손잡이가 없었고, 양푼은 칠이 벗겨졌으며, 구멍이 난 병은 벨로크 패치로 뚫린 곳을 메웠다. 외투는 수선했고, 셔츠 깃을 뒤집었으며, 일요일에 입는 옷을 매일 입었다. 우리가 계속 자라나면 어머니들은 절망했다. 원피스에 긴 천 조각을 대서 늘려야만 했으며, 한 사이즈 큰 신발을 샀지만 일 년 후면 너무 작아졌다. 모든 것이 튼튼해야 했다. 필통, 르프랑 물감 상자 그리고 뤼 쁘띠뵈르 과자 한 상자. 아무것도 버리는 것은 없었다. 요강은 정원의 퇴비로 비웠고, 말이 지나간 후에 길에서 주운 똥은 꽃을 가꾸는데, 신문은 채소를 싸고 젖은 신발 속을 말리고 장식장을 닦는 데 썼다.

모든 게 귀했다. 물건들, 사진들, 오락거리들, 교리 교육과 리케 신부의 사순절 설교, 주느비에브 타부이가 큰 소리로 말하던 내일의 최신 뉴스들과 오후에 커피 한 잔을 놓고 자신과 이웃의 인생을 말하던 여자들의 이야기로 국한된, 자신과 세상에 대한 설명들. 아이들은 오랫동안 산타 할아버지와 장미나 배추 안에서 발견된다는 아기들을 믿었다.

사람들은 도보나 규칙적인 움직임으로 자전거를 타고 이동했다. 남자들은 무릎을 벌렸고 바짓단을 핀셋으로 줄였으며, 여자들은 치마를 펼쳐서 엉덩이를 가리고 명확하지 않은 선을 따라 평온하게 길을 달렸다. 침묵은 사물의 본질이었고, 자전거는 인생의 속도를 쟀다.

우리는 형편 없는 것들을 곁에 두고 살았고, 그것은 우리를 웃게 했다.

가정마다 대부분 죽은 아이들이 있었다. 치료법이 없는 갑작스러운 감염, 설사, 경련, 디프테리아. 이 땅에 그들이 잠시 지나간 흔적은 «하늘의 천사»라는 글이 적힌 철제 침대 형태의 무덤이었고 눈물을 훔치며 보여 주던 사진이었으며 유예 중이라고 믿고 있는, 살아 있는 아이들을 두렵게 만드는, 거의 침착하다 싶게 낮은 목소리로 나누는 대화였다. 그들은 백일해, 홍역, 수두, 유행성 이하선염, 이염, 모든 겨울의 기관지염을 거쳐서 결핵과 뇌막염을 피한 후 대략 12살이 되어야지만 구제를 받게 되며 건강해졌다는 말을 들을 수 있었다. 당장은 «전쟁의 아이들»로 창백했고 빈혈과 손톱에 하얀 반점이 있었고 대구의 간유와 린 구충제를 삼켜야 했으며 제셀 알약을 깨물어 먹어야 했다. 약국의 체중계에 올랐고 찬바람이 들지 않게 목도리를 칭칭 감아야 했고 자라기 위해 수프를 먹어야 했으며, 철갑 코르셋을 입고 싶지 않다면 자세를 바르게 해야 했다. 곳곳에서 태어나기 시작한 아이들은 모두 백신 접종을 받았고 주시를 받았으며 시청에서 매월 실시하는 유아 체중 재기에 참석했다. 신문들은 아직도 해마다 5만 명의 아이들이 죽는다는 제목을 붙였다.

저능아가 태어나는 것은 두렵지 않았지만, 광증은 무서웠다. 정상인들에게도 원인을 알 수 없이 갑자기 나타났기 때문이다.

다리 위, 울타리 앞에 서 있는 한 소녀의 훼손된 흐릿한 사진. 머리카락이 짧고 허벅지가 통통하며 무릎이 튀어나왔다. 햇빛 때문에 손을 눈 위에 올렸다. 소녀는 웃고 있다. 뒷장에는 '1937년 지네트'라고 적혀 있다. 그녀의 무덤에는 다음과 같이 쓰여 있다 : 1938년 성 목요일, 6살에 사망하다. 그녀는 소트빌쉬르메르 해변에 있던 소녀의 언니다.

남자아이들과 여자아이들은 어디서든 나뉘었다. 남자아이들은 시끄럽고 눈물이 없으며 항상 돌, 밤, 딱총, 단단한 눈 뭉치 같은 것들을 던졌다. 욕설을 내뱉었고, 『타잔』과 『비비 프리코탕』을 읽었다. 겁이 많은 여자아이들은 남자아이들을 따라 하면 안 된다는 명령을 받았고 원무나 돌 차기, 금반지 같은 조용한 놀이를 선호했다. 겨울에는 목요일이 되면 낡은 단추들 혹은 주방 식탁 위의 〈에코 드 라 모드〉에서 오린 인형들을 놓고 선생님 놀이를 했다. 여자아이들은 어머니들과 학교의 부추김을 받아서 고자질을 잘했다. «내가 말할 거야»

는 여자아이들이 가장 좋아하는 협박이었다. 여자애들은 여자애들끼리 이봐, 아무개라고 불렀고, 손으로 입을 가리고 속삭이는 말로 예의에 어긋난 이야기들을 듣고 전했다. 남자와 하는 것보다 죽음을 택한 마리아 고레의 이야기를 은밀히 비웃었고, 남자와 잘 수 있게 되기를 간절히 기다렸으며, 어른들이 예상하지 못한 자신들의 비행을 두려워했다. 가슴과 체모, 팬티에 피가 묻은 생리대를 착용하는 것을 꿈꿨고, 그런 것들을 기다리며 베카신의 앨범들과 P-J 슈탈의 『은 스케이트』 엑토르 말로의 『가족이 모여서』를 읽었으며, 정신과 용기를 드높이고 나쁜 생각을 몰아내는 〈방상 씨〉, 〈위대한 서커스와 레일 전쟁〉을 보기 위해 교사들, 학생들과 함께 극장에 갔다. 그러나 현실과 미래는 성욕을 자극하고 금지된 외설을 알리는 마르틴 카롤의 영화나 『우리 둘이서』, 『비밀』 그리고 『내밀함』 같은 제목을 쓰는 잡지들에 있다는 것을 그녀들은 알고 있었다.

회전하는 기중기의 불규칙한 삐걱거리는 소음 속에서 재건축 건물들이 땅을 뚫고 올라왔다. 배급제는 끝났고 새로운 것들이 등장했다. 유쾌하게 놀라며 받아들일 수 있을 만큼 충분한 시간의 간격을 둔 등장이었고, 대화 속에서 그것들의 유용성을 평가했고 토론했다. 신상품들은 예측할 수 없는, 믿기지 않는 동화처럼 갑자기 나타났다. 빅 볼펜, 병에 든 샴푸, 고무 성분의 식탁보 그리고 제플렉스, 탐팩스, 제모 크림, 질락 플라스틱, 테르갈, 네온 튜브, 헤이즐넛 밀크초콜릿, 벨로솔렉스, 엽록소 치약, 봉지 수프, 압력솥, 시간이 놀랍도록 절약되는 튜브형 마요네즈. 모두가 쓸 수 있을 만큼 충분했다. 우리는 생과일보다 통조림을 더 좋아했다. 진짜 배보다 시럽에 절인 배를 내놓는 것이, 밭에 있는 것보다 통조림 콩이 더 시크하다고 생각했다. 음식의 «소화성»과, 비타민, «몸매»가 중요해지기 시작했다. 우리는 지난 세기의 몸짓과 노력을 지우는 발명품들에 감탄했고, 사람들이 더 이상 아무것도 할 게 없어라고 말하는 시대가 시작됐다. 우리는 세탁기가 옷감을 닳게 만들고, 티브이는 눈을 버리게 하며 너무 늦게 잠들게 한다고 비난했다. 사회적으로 우월함을 드러내며 발전의 징후를 보이는 이웃들을 부러워했고 또 감시했다. 도시에서는 남자애들이 베스파를 자랑하며 여자애들 주변을 돌았다. 빳빳한 좌석을 자랑스러워했고, 떨어지지 않기 위해 뒤에서 그들을 끌어안는, 턱 밑에 스카프를 묶은 여자애를 데려갔다. 연이은 폭음을 내며 길 끝에서 멀어지는 그들을 보며 우리는 단번에 세 살씩 자라기를 희망했다.

광고는 강압적인 열정으로 물건들의 품질을 끈질기게 설득했다. 레비탄 가구들은 오랫동안 품질이 보장됩니다! 위로 말려 올라가지 않는 거들, 샹텔! 세 배는 더 좋은 레지어 기름! 광고는 즐겁게, 꿈을 꾸듯이 노래했다. 돕 돕 돕, 돕 샴푸를 쓰세요. 콜게이트 콜게이트, 당신의 치아 건강, 그녀가 있으면 집에 행복이 있죠. 루이 마리아노의 목소리가 달콤하게 속삭였다. 센스 있는 여자들이 입는 루 브래지어.

주방의 식탁에서 숙제하는 동안 룩셈부르크 라디오 광고들은 노래처럼 미래의 행복에 대한 확신을 가져다줬고 우리는 나중에나 살 수 있는 부재한 것들에 둘러싸였음을 느꼈다. 부르주아, 주아(joie, 기쁨)라고 말할 때 그 J예요. 향수와 키스 립스틱을 바를 수 있을 정도로 자랄 때까지, 우리는 커피 봉지에 숨겨져 있던 플라스틱 동물들과 특활시간에 교환했던, 므니에르 초콜릿 포장 안에 있는 라퐁텐 우화 그림을 모았다.

우리에게는 플라스틱 필통, 고무 밑창이 달린 구두,

금시계 같은 것들을 갈망할 시간이 있었고, 그 물건들을 소유하는 일은 기대를 저버리지 않고 다른 사람들로부터 동경을 받게 만들어 줬다. 그것들은 보고 만져도 마르지 않는 신비함과 마법을 지녔다. 우리는 물건을 소유하게 된 후에도 그것들을 뒤집고 또다시 뒤집으며 무엇인지 모를 것을 기다렸다.

삶이 지향해야 하는 것은 발전이었다. 그것은 잘사는 삶과 아이들의 건강, 빛이 잘 들어오는 집 그리고 밝은 거리, 지식, 시골의 어두운 것들과 전쟁에 반대되는 모든 것들을 의미했다. 발전은 플라스틱과 포마이카, 항생제, 사회보장 수당, 수도와 하수구에 흐르는 물, 여름 캠프, 학업의 지속과 원자력에 있었다. 우리는 지적 능력과 열린 정신을 증명하듯 시대를 따라야 한다라고 서로 앞다투어 말했다. 4학년 작문 시험의 주제로 «전기의 효용»에 대해 쓰거나 혹은 «당신 앞에서 누군가 근대화된 세상을 비방한다면»이라는 물음에 답을 해야 했다. 부모들은 젊은 아이들은 우리보다 더 많이 알게 될 것이다라고 단언했다.

현실에서는 집이 좁아서 아이들과 부모들, 형제들과 자매들이 한방에서 자야만 했고, 계속해서 대야에 몸을 씻었으며, 화장실은 밖에 있었고, 스펀지 천으로 된 생리대는 양동이의 찬물에 적셔 두었다가 피를 빼야 했다. 아이들의 감기와 기관지염은 겨잣가루 찜질로 나았고, 부모들은 그들의 독감을 아스피린과 그로그[i]로 치료했다. 남자들은 대낮에 담벼락에 오줌을 쌌고, 공부는 '너무 높이 올라가려다가 벌을 받는다, 공부가 사람을 미치게 만든다'는 부정적인 귀결로 의심과 두려움을 불러일으켰다. 모든 이들의 입안에는 치아가 부족했다. 사람들은 모두에게 공평한 시대는 아니라고 말했다.

풍부함과 새로운 것들을 따라잡지 못하는, 똑같은 오락거리들을 반복하는 나날들은 여전히 그대로였다. 봄에는 성체배령과 청소년들의 축제와 소교구의 바자회, 파인더 서커스, 거대한 회색 몸으로 단번에 거리를 막는 코끼리 퍼레이드가 돌아왔다. 7월에는 라디오에서 투르드프랑스를 들었고 신문에서 제미니아니, 다리게디 그리고 코피의 사진을 오려서 노트에 붙였다. 가을에는 장터 축제의 놀이기구와 막사가 있었다. 덜커덩거리는 소리와 금속 줄의 번뜩임 속에 1년 치 범퍼카

---

i 럼에 설탕과 레몬 뜨거운 물을 탄 음료.

를 실컷 탈 때, 누군가 우렁찬 목소리로 젊은이들 달려!
빨리 달려!를 외쳤다. 늘 코를 빨갛게 칠하고 부르빌을
흉내 내는 남자와 추위에도 가슴이 파인 옷을 입은 여
자가 복권 추첨을 하는 단상에서 허풍을 떨었고 뜨거
운 공연, 16세 미만은 금지인 «자정에서 2시 사이 베르
제르의 광기»를 약속했다. 우리는 커튼 뒤를 대담하게
통과한 사람들의 얼굴을 살폈고, 그들은 히죽이며 자
신들이 본 것들의 단서들을 드러냈다. 괴어서 썩은 물
냄새와 기름 탄내에서는 음욕이 느껴졌다.

　　훗날, 우리에게도 천막의 커튼을 열게 되는 나이가
오리라. 비키니를 입은 세 명의 여자가 무대에서 음악
없이 춤을 췄다. 조명이 꺼졌다가 다시 켜졌다. 여자들
은 움직이지 않은 채 가슴을 내놓고 드문드문한 관객
들을 마주하며 시청 광장의 아스팔트 바닥에 섰다. 밖
에서는 확성기가 다리오 모레노의 노래, 〈에이 맘보, 맘
보 이탈리아노〉를 외쳤다.

　　종교는 인생의 공식적인 틀이었고 시간을 지배했다.
신문들은 사순절 기간 메뉴를 제안했고, 우체국 달력
은 부활절 칠순 주일 절차를 고시했다. 금요일에는 고
기를 먹지 않았다. 일요일 예배에는 내의를 갈아입고

새 옷을 입으며 모자, 가방, 장갑을 착용하고, 사람들을 보고 사람들에게 보여지는, 합창단 아이들의 눈을 쫓는 기회였다. 모두를 위한 도덕의 외적인 표시와 운명의 확신은 특별한 언어, 라틴어로 적혀 있었다. 매주 기도서에서 같은 기도문을 읽는 것과 설교의 의례적인 지루함을 감내하는 것은 닭고기와 케이크를 먹는 쾌락과 영화관에 가는 쾌락의 정화를 입증하는 역할을 했다. 선생님들과 교양 있는 사람들, 결점이 없는 태도의 사람들이 아무것도 믿지 않는다는 것이 비정상적으로 느껴졌다. 종교는 도덕의 원천이었고 인간의 존엄성을 부여했으며 그것이 없다면 인생이란 개의 삶과 다를 게 없었다. 교회의 법은 다른 모든 것들보다 더 강했고, 삶의 중요한 순간마다 오직 교회로부터만 정당성을 인정받아야 했다 : «교회에서 결혼하지 않은 사람들은 진짜 결혼한 것이 아니다»라고 교리 교육은 표명했다. 오직 가톨릭뿐이었고 다른 종교들은 잘못된 것이나 우스운 것이었다. 특활 수업시간에 누군가 크게 노래했다. 마호메트는 선지자/위대한 알라/비스크라 시장에서/그는 땅콩을 팔았네/개암이었다면/더 좋았을 텐데/그러나 그것은 팔지 않았네/알라(3번)

우리는 초조하게 성체배령을, 중요한 모든 일의 영광스러운 예고를, 생리, 학위수료 혹은 6학년에 들어가는 것을 기다렸다. 10년 후의 모습처럼 남자아이들은 어두운 정장에 완장을 차고 여자아이들은 신부처럼 긴 드레스에 하얀 베일을 쓰고 중앙 통로를 기준으로 양쪽으로 나뉜 긴 의자에 둘씩 모여 앉았다. 저녁 예배에 나는 악마를 거부하고 예수님을 항상 따른다라고 하는 누군가의 목소리가 쾅쾅 울리고 나면 그다음에 있을 종교 의식에서 면제될 수 있었고 지배적인 공동체에 속해 있다는 것을 느낄 수 있도록, 반드시 죽음 이후에 무언가 있다는 것을 확신할 수 있도록 기독교인의 갑옷을 입고 필요한 지식을 갖추게 됐다.

모두가 해야 하는 일과 하지 말아야 할 일, 선과 악을 구별할 줄 알았고 자신을 바라보는 타인의 눈 속에서 가치를 읽을 수 있었다. 옷차림으로 여자아이와 10대 소녀를, 10대 소녀와 처녀를, 처녀와 젊은 여성을, 어머니와 할머니를, 상업 노동자들과 관료를 구분했다. 부자들은 여성 판매원들과 타이피스트들이 옷을 지나치게 차려입으며, «전 재산을 걸치고 다닌다»고 말했다.

공립, 사립 할 것 없이 학교는 비슷했다. 침묵 속에 불변의 지식을 전하는, 질서와 위계를 존중하며 절대 적으로 복종하는 장소 : 블라우스를 입는 것, 종탑 앞에 줄을 서는 것, 선생님이 들어오면 자리에서 일어나지만 사감이 들어오면 일어나지 않는 것, 규정에 맞는 노트, 펜, 연필을 준비하는 것, 관찰일지에 답하지 않는 것, 겨울에 위에 덧입는 치마 없이는 바지를 입지 말아야 하는 것. 질문할 권리는 선생님에게만 있었다. 단어나 설명을 이해하지 못한다면 그것은 우리의 잘못이었다. 우리는 엄격한 규율에 제약을 받으면서 갇혀 있는 것을 특권으로 알고 자랑스럽게 여겼다. 사립학교들은 그들의 우월함을 드러내는 상징으로 교복을 강요했다.

교과 과정은 변함이 없었다. 6학년에는 『억지 의사』, 5학년 때는 『스카팽의 간계』, 『소송광』 그리고 『불쌍한 사람들』, 4학년에는 『르 시드』 기타 등등. 교과서도 마찬가지로 역사는 말레 이삭, 지리는 드망종, 영어는 카르팡티에 피알립이었다. 이 지식의 집합체는 소수에게 전달되어 그들이 〈장미는 장미다〉, 〈로마, 나의 하나뿐인 감정의 오브제〉부터 샬의 세그먼트 추가가설과 삼각법을 통과하여 해가 갈수록 고양되는 지식과 정신 안에서 더욱 견고해지는 동안, 대부분의 다른 학생들은 기차 문제를 풀고 암산을 하며 자격증을 위한 구술시험에서 〈마르세이에즈〉[i]를 불렀다. 이 구술시험이나 졸업장을 얻는 것은 하나의 큰 사건이기에 수료자들의 이름을 신문에 실어서 높이 평가하기도 했다. 시험에 실패한 이들은 이른 수치심을 헤아리게 됐으며, 할 수 없는 이들이 되어버렸다. 교육을 찬양하는 말 속에는 어디에나 인색한 분배가 감춰져 있었다.

초등학교 때까지 옆자리에 앉았던, 실습생 혹은 피지에 학교 학생이 된 여자애를 길에서 만나면, 우월한 환경의 상징인 겨울 스포츠를 즐기고 돌아와 피부색이 노랗게 된, 학교 밖에서는 눈을 마주치지 않았던 회계사의 딸에게 그랬던 것처럼, 걸음을 멈추고 말을 걸 생각을 하지 못했다.

학업, 노력과 의지로 행동을 평가받았다. 상을 받는 날에는 메르모즈, 르크레르, 드라트르 드라시니, 리요테 같은 항공술의 선구자들과 장군들, 식민지 개척자

---

i   프랑스 국가.

들의 비범함을 다뤄 흥미를 유발하는 책을 받았다. 평범한 사람들의 용기도 빼놓을 수 없었다. 가장을 존경해야 했다. «근대 사회의 모험가»(페기), «지루하고 쉬운 일 앞에서의 겸손한 삶»(베를렌느), 조르주 뒤어멜과 생텍쥐페리의 격언과 «코르네이유 작품 속 영웅들의 힘이 주는 교훈»에 대한 작문을 써야 했고 «가족애가 어떻게 애국심으로 이어지는지», «노동이 권태와 방탕과 결핍, 이 세 가지 악을 물리친다»(볼테르)는 것을 보여줘야 했다. 우리는 『용사』와 『용맹한 영혼들』을 읽었다.

이상적인 모습으로 청춘을 다지고 신체를 단련하기 위해 나태와 나약에 빠지게 만드는 활동(독서와 극장)과 거리를 두고 «시크하고», «분명하고 반듯한 좋은 여성»이 될 준비를 위해 각 가정에서는 아이들을 루브토, 피오니에르, 기드와 자네트, 크루아제, 프랑수아 프랑슈 카마하드에 보내야 한다는 조언을 받았다. 자연과 질서, 윤리를 위한 설레는 모임이 저녁에 모닥불을 둘러싸고 혹은 새벽녘 오솔길에서, 용감하게 흔들리는 깃발 뒤로 가벼운 분위기 속에서 이루어졌다. 『기독교인의 삶』과 『인류』책 표지 위에 빛나는 얼굴들의 시선은 미래를 향하고 있었다. 1954년 7월, 내내 비가 왔던 어느 여름, 역 광장에 학교별로 모인 학생들의 머리 위로 흰 구름에서 폭우가 쏟아지는 동안, 르네 코티 대통령이 울려 퍼지는 연설문에서 외쳤던 것처럼, 이 건강한 청춘들, 프랑스의 소년, 소녀들은 그들의 선배였던 레지스탕스들의 뒤를 이어가려고 했다.

　우리는 이상향과 맑은 눈빛 아래에 어떤 장면이나 태도를 담은, 끈적끈적한 형태 없는 영역이 펼쳐지고 있다는 것을 알고 있었다 : 미혼모들, 백인 여성 매춘, 영화 〈카롤린 셰리〉 포스터, 영국 콘돔, «절대 눈에 띄지 않는다»는 미스테리한 생리대 광고, «여성들은 한 달에 삼일만 수정한다»고 적혀 있던 잡지 『게리』의 표지, 사랑의 아이들, 수치스러운 테러들, 로버트 아브릴이 숲에서 브래지어로 목을 졸라 죽인 자넷 마르샬, 간통, 레즈비언들과 호모들의 언어, 쾌감, 고해성사에서 밝힐 수 없는 잘못들, 유산, 비열한 방법들, 『이 모든 것이 샤빌숲이었기 때문에』같은 금서들, 자유연합, 끝이 없었다. 형언할 수 없는 많은 것들은 — 어른들만이 알 수 있는 것들 — 모두 생식기와 그것의 사용법으로 귀착됐다. 가슴까지 파인 옷, 붙는 치마, 빨간 매니큐어, 검은색 속옷, 비키니, 혼성, 극장의 어둠, 공중화장실, 타잔의 근육, 다리를 꼬고 담배를 피우는 여자, 수업시간에

서로 머리카락을 만지는 행동 등, 곳곳에서 성적인 표식들을 보던 사회는 성을 커다란 의심의 대상으로 삼았다. 그것은 여성을 평가하는 첫 번째 기준이었고, 여성들을 «올바른 여성»과 «몹쓸 종자의 여성»으로 나누었다. 금주의 영화를 상영할 때마다 교회 문 앞에 붙어 있던 «도덕 수위»는 성에 관련된 것뿐이었다.

그러나 우리는 감시를 피해 〈베일 없는 여자, 마니나〉, 프랑수아즈 아르눌이 나오는 〈육체의 욕정〉을 보러 갔다. 우리는 여자 주인공들을 닮고 싶었고 그녀들처럼 자유롭게 행동하고 싶었지만, 책과 영화, 사회적인 규범 사이에는 금지된 공간과 도덕적인 판단의 공간이 펼쳐져 있었기에 그녀들을 따라 할 수 없었다.

이러한 환경 속에서 결혼으로 섹스를 허락받기 전까지 자위의 시대는 끝없이 이어졌다. 우리는 이 쾌락의 욕구를 가지고 살아가야만 했고, 쾌락이란 모든 시도와 기도에도 불구하고, 어떤 값을 치르더라도 욕구의 충족을 주장하는, 성도착자나 히스테리 환자, 창녀들로 분류되는, 비밀을 안고 있는 어른들을 위한 것이라고 믿었다.

『라루스』[i]에는 이렇게 적혀 있었다.

자위 : 성적인 쾌락을 인위적으로 유발하기 위해 택한 모든 방식. 자위는 자주, 매우 심각한 사고의 원인이 되기도 한다 — 역시 사춘기에 가까운 아이들을 감시해야만 하는 것인가. 신경안정제, 수(水)요법, 체조, 운동, 고도 요법, 철분과 비소를 투여하는 치료 요법 등등이 차례로 이용될 것이다.

우리는 침대 혹은 화장실에서 사회 전체의 감시를 받으며 자위했다.

남자애들은 군대에 가는 것을 자랑스러워했고 우리는 군복을 입은 그들이 멋있다고 생각했다. 징병검사 전날에 그들은 진짜 남자로서 인정받는 영광을 기념하기 위해 커피를 한 잔씩 돌렸다. 군대에 가기 전에 그들은 아직 어린 소년이었고 노동시장이나 결혼 시장에서 아무런 가치가 없었으나 제대 후에는 아이나 아내를 갖게 될 수 있었다.

남자애들이 휴가 때 입고 동네를 돌아다녔던 군복은 애국과 잠재적인 희생의 아름다움으로 그들을 감싸

---

i 사전.

61

고 있었다. 승리한 전사들, 지아이(GI)[1]의 그림자가 그들 주변을 떠다녔다. 우리가 그들에게 입을 맞추려고 발꿈치를 들어 올렸을 때 스쳤던 상의의 뻣뻣한 천은 남자들의 세계와 여자들의 세계 사이의 절대적인 단절을 구현했다. 우리는 그들을 보며 영웅주의적 감상에 젖었다.

로제르 랑작[ii]의 사진이 있는 작년 서커스 포스터와 친구들에게 나눠 준 첫 성체배령 사진들, 룩셈부르크 라디오의 가요클럽의 불변함 속에, 매일이 새로운 욕망으로 채워졌다. 일요일 오후에는 전자제품 가게의 쇼윈도에 있는 티브이 앞에 들러붙었고, 카페들은 손님들을 끌어들이려고 티브이 구매에 투자했다. 언덕 사면에 모토크로스 전용 도로가 꾸불꾸불 났고, 우리는 귀를 멍하게 하는 기구가 종일 그곳을 올라갔다 내려갔다 하는 것을 지켜봤다. 새로운 슬로건, «주체적인», «활기»와 함께 커져가는 상업의 초조함이 도시의

---

1   미군 육군 병사의 속칭.
ii   프랑스 티브이, 라디오 진행자.

반복되는 평범한 일상을 흔들어 놓았다. 장터 축제와 자선 바자회 사이에 15개의 상점이 봄의 예식처럼 자리를 잡았다. 중심가 거리에서 구매를 격려하며 외치는 확성기의 목소리는 심카[i] 혹은 다이닝룸 경품 당첨을 위한 애니 코디와 에디 콘스탄틴의 노랫소리로 중간중간 끊겼다. 시청 광장의 무대에서 지역 사회자가 로제 니콜라와 장 리샤르 농담으로 웃겼고, 라디오에서처럼 갈고리 혹은 두 배로 따거나 혹은 모두 잃거나 게임 참가자들을 모집했다. 상업의 여왕은 왕관을 쓰고 무대의 구석에 앉았다. 축제의 색을 입은 상품들이 전진했다. 사람들은 «색다르다» 혹은 «편견에 사로잡히면 안 된다, 집에만 있으면 바보가 된다»고 말했다.

중산층 아이들은 즐거움을 누렸다. 그들은 그들만의 깜짝파티를 열었고 새로운 언어를 창조했으며, «멍청하네», «어마어마해», «엄청나», «오라지게»라고 말했다. 문장마다 마리샹탈의 억양을 흉내 내며 놀았고 베이비 풋을 했으며, 부모님들 세대를 «늙은이들»이라고 불렀

---

i 피아트가 만든 프랑스, 이탈리아 합작 자동차.

고 이베르 오르너[i], 티로 로시[ii] 그리고 부르빌[iii]에 낄낄거렸다. 우리는 모두 막연히 또래의 모델을 찾았으며 질베르 베코[iv]와 그의 콘서트에서 부서진 의자에 열광했다. 라디오에서 음악과 노래 그리고 광고만 나오는 〈유럽 NO.1〉을 들었다.

흑백 사진 한 장, 골목에서 두 소녀가 둘 다 등 뒤에 팔을 숨기고 어깨를 맞대고 있다. 뒤로는 소관목과 높은 벽돌 벽, 위로는 커다란 흰 구름이 뜬 하늘이 보인다. 사진 뒷장에는 '1955년 7월, 생미셸 기숙사 정원에서'라고 적혀 있다.

왼쪽에 있는 더 큰 아이는 짧은 금발 머리가 바람에 날린다. 밝은색 원피스에 발목 양말을 신었고 얼굴에 그늘이 졌다. 오른쪽 아이는 짧은 갈색 곱슬머리로 둥

---

i   아코디언 연주가, 작곡가.
ii   배우이자 가수.
iii   배우, 가수, 개그맨.
iv   가수, 작곡가, 피아노 연주가.

근 얼굴에 안경을 썼으며 한 줄기 빛이 이마를 가로지른다. 소매가 짧은 짙은 색의 니트와 땡땡이 무늬 치마를 입었다. 두 사람 모두 발레리나 슈즈 같은 신발을 신고 있는데, 갈색 머리는 양말을 신지 않았다. 소녀들은 사진을 위해 교복 셔츠를 벗어야 했다.

갈색 머리 여자아이에게서 머리를 땋은 해변의 여자아이를 알아보지 못한다고 해도, 또 그 아이가 금발로 자랐을 수 있다고 해도, 그 여자아이는 갈색 머리 소녀가 분명하다. 금발 머리 여자애는 아니다. 지금의 구불구불한 머리카락이 5월의 의식인 첫 성체배령 때 파마를 한 것이라는 것과 치마는 너무 작아진 작년 여름 원피스를 잘라서 만들었다는 것, 니트는 이웃이 짜줬다는 것을 단언할 수 있는 하나뿐인 기억과 그 신체에 깃든 의식이었던 여자아이. 지금 이 글은 갈색 머리에 안경을 쓴 14살 반 사춘기 소녀에게서 받은 지각과 감각으로 50년대로 스며드는 무언가를 되찾을 수 있으며, 개인의 기억이라는 스크린 위에 공동의 역사로 인해 투영된 상을 포착할 수 있다.

발레 슈즈 같은 신발을 제외하면 이 사춘기 소녀의 모습에는 패션 잡지나 대도시의 상점에서 본 긴 체크무늬 미디스커트, 검은 니트, 둥근 펜던트, 〈로마의 휴일>의 오드리 헵번처럼 포니테일로 묶은 머리와 앞머리 같은 «그 나이 또래라고 할 만한 것»이 전혀 없다. 사진은 50년대 말 혹은 60년대 초로 추정된다. 그 이후에 태어난 모든 이들에게는 자신이 존재하기 이전의 세계에 속한, 그들 이전의 모든 삶을 평준화시키는 오래된 사진일 뿐이다. 그러나 이 소녀의 한쪽 얼굴과 솟아오른 가슴 사이, 니트를 비추고 있는 저 빛은 역사학자들이나 그 시기를 살았던 사람들에게는 다른 어떤 시기와도 절대로 헷갈릴 수 없는 1955년, 그 해 6월의 태양의 열기였다.

아마도 소녀는 함께 사진을 찍는다는 것을 상상할 수 없는 같은 반의 여자아이들과 자신을 갈라놓는 차이를 자각하지 못하고 있을 것이다. 놀이, 학교 밖에서의 생활, 전반적인 삶의 방식에서 나타나는, 세련된 여자들과 이미 사무실이나 작업장에서 일을 시작한 여자들을 갈라놓는 차이. 혹은 마음 쓰지 않으며 그 차이를 헤아리고 있을 수도 있다.

소녀는 140km 떨어진 파리에도, 어떤 깜짝 파리에도 가본 적이 없으며 전축도 갖고 있지 않다. 숙제할 때는 라디오에서 나오는 노래를 들었고 노트에 가사를 옮겨 적었으며 종일 걸으면서, 수업을 받으면서 그 노래들을 머릿속에 떠올렸다. 그를 사랑한다고 말했던 너, 말했던 너, 비 오는 날 그가 울도록 너는 너의 사랑으로 무엇을 했니.

소녀는 남자애들과 대화하지 않지만 계속 그들만을 생각한다. 립스틱을 바르고 스타킹을 신고 하이힐을 신을 수 있게 되기를 원한다 — 발목 양말이 부끄러워서 집 밖에서는 벗는다 — 젊은 여성의 부류에 들어갈 수 있도록, 길에서 남자들이 쫓아올 수 있도록. 이러한 목적으로 소녀는 일요일 아침에 교회를 마친 후, 같은 «평범한» 부류의 친구 두세 명과 함께 시내를 «어슬렁거리고», 어머니가 정한 엄격한 시간 규칙(«내가 몇 시라고 하면 몇 시인 거야, 1분도 더 넘으면 안 돼»)을 어기지 않도록 늘 조심한다. 대다수의 외출 금지령을 신문의 연재소설,「모가도르의 사람들」「아무도 죽지 않기 위해」「내 사촌 레이첼」「요새」를 읽는 것으로 보상받고, 밤에는 줄곧 이불 속에서 오르가슴으로 끝나게 되는 상상 속의 만남들과 이야기 속의 자기 자신을 상상한다. 창녀가 되는 것을 꿈꾸고, 사진 속 금발의 여자아이와 자신의 보잘것없는 몸을 일깨워 주는 상급생 여자아이들에게 감탄한다. 소녀는 그 여자애들처럼 되고 싶어 한다.

그녀는 극장에서 〈길〉, 〈이탈자〉, 〈오만한 자들〉, 〈장마〉, 〈카디스의 딸〉, 금지됐지만 보고 싶었던 ― 〈사랑의 아이들〉, 〈청맥〉, 〈밤의 동반자들〉 등 ―, 자격보다 욕구가 우선이었던 여러 영화를 봤다.

(시내에 가기, 꿈꾸기, 즐기기 그리고 기다리기, 지방에 사는 사춘기 소녀에게 가능한 것을 요약한 것.)

그녀가 4학년 때까지 학교에서 쌓아온 지식을 제외하고 이 세상에 대해 아는 것은 무엇이 있을까, 어떤 일들의 흔적과 어떤 사건들을, 훗날에 그것들을 연상시키는 문장을 들었을 때, 《기억한다》고 말하게 될까?
1953년 여름의 기차 총파업
디엔 비엔 푸 함락
3월의 어느 추운 날 아침, 등교 직전에 라디오에서 들었던 스탈린의 죽음
멘데스 프랑스 우유를 마시려고 급식소를 향해 줄지어 가던 저학년 학생들
수염이 음담패설의 구실이 됐던 아베 피에르에게 보낸, 전 학년 학생들이 뜨개질해서 만든 이불
반느에서 여러 명이 천연두로 사망했기 때문에 전 도시의 시청에서 실행된 끔찍한 천연두 백신 접종

네덜란드 홍수

　분명 그녀의 생각 속에 최근 알제리에서 매복돼 죽은 이들과 나중에서야 54년 만성절에 시작됐다는 것을 알게 된, 새로운 분쟁들이 있지는 않을 것이다. 그녀는 그날에 자신의 방에서 앞집의 손님들이 정원으로 하나씩 나와 창이 없는 벽 뒤에서 오줌 싸는 모습을 지켜보며 발을 침대에 걸치고 창가에 앉아 있었다는 것을 떠올리게 될 것이다. 그러므로 알제리 폭동이 일어난 날짜도, 한 여자가 숲속에서 쭈그리고 앉았다가 치마를 내리면서 일어나는 선명한 장면이나 일종의 순수한 사실로 간직하게 될 만성절의 오후도 절대 잊지 못할 것이다.

　이렇게 까닭 없이 남은 기억 중에 생각할 수도 없고 말하기에도 수치스러운 혹은 터무니없는 다음과 같은 것들이 있다 :

그녀의 어머니가 3년 전에 돌아가신 할머니에게 물려받은 침대 시트의 갈색 얼룩, 마치 살아 있는 물체처럼 그녀를 사로잡으며 지독한 혐오감을 준 지워지지 않는 얼룩

6학년 입학시험을 앞둔 어느 일요일, 아버지가 어머니를 지하실의 낫도끼가 박힌 통나무 근처로 끌고 가서

죽이려고 했던 부모님의 부부싸움

매일 학교 가는 길, 경사지를 지날 때마다 떠오르는 2년 전 1월의 어느 일요일, 그곳에서 짧은 코트를 입은 여자아이가 물을 머금은 진흙에 발을 넣고 장난을 치는 모습을 본 기억. 발자국은 다음 날에도 거기 그대로 있었고, 몇 달이 지나도 지워지지 않았다

여름방학은 다음과 같은 최소한의 활동으로 하루를 채워야 하는 길고 지루한 시간이 될 것이다 :

투르드프랑스 구간 도착 현황을 듣기, 전용 노트에 우승자들의 사진 붙이기

길에서 마주친 차의 차량 번호판에서 지역 번호 외우기

지역 신문에서 보지 않을 영화와 읽지 않을 책의 줄거리를 읽기

냅킨꽂이에 자수 놓기

블랙헤드를 제거하고 로프레시외즈 혹은 레몬 조각을 바르기

시내에 나가 샴푸와 라루스 사전을 사고, 남자애들이 핀볼 게임을 즐기는 카페 앞을 시선을 떨구고 지나가기

그녀가 상상하기에 미래는 너무나 거대했다. 미래는 다가오는 것, 그것이 전부일 뿐. 유아반의 여자아이들이 특별활동 시간에 〈장미를 다치게 하지 말고 따자〉 노래를 부르는 것을 듣고 있노라면 어린 시절이 아주 오래전의 일처럼 느껴졌다.

50년대 중반, 가족이 모인 식탁에서 청소년들은 자리에 남아 끼어들지 않고 이야기를 들었다. 웃기지 않은 농담과 그들을 대상으로 하는 신체발달에 대한 칭찬, 얼굴을 붉히게 만드는 모호한 외설적인 언행에 예의 바르게 미소를 지으며 학업에 대해 조심스럽게 묻는 말에는 대답만 했다. 와인과 리쾨르 주, 디저트 시간에 허락된 금색 담배가 어른들의 세계에 들어섰음을 나타낸다고 할지라도, 그들은 아직 전반적인 대화에 정당하게 참여할 준비가 되어 있지 않다고 느꼈다. 우리는 명절 식탁의 즐거움에 젖어 들었다. 엄격한 사회적인 판단이 흐려지면서 상스러운 말들로 유연하게 바뀌었고, 지난해 죽도록 싸웠던 일을 마요네즈 한 그릇을 건네며 화해했다. 우리는 조금 지루함을 느꼈지만, 다음 날 수학 수업 시간이 더 낫다고 할 정도는 아니었다.

손님들은 다른 장소에서 같은 것을 먹었던 추억을 떠올리게 하는 음식들을 맛보면서 평가한 후, 더 맛있게 만드는 방법을 알려 주고 비행접시가 실제로 존재하는지, 달에 제일 처음으로 간 스푸트니크가 미국 것인지 러시아 것인지를 이야기했으며, 아베 피에르의 무주택자용 임시주택단지와 비싼 물가에 대해 대화를 나눴다. 결국, 다시 전쟁 이야기로 돌아왔다. 그들은 피난과 폭격, 전쟁 후 배급제, 재즈광들, 골프바지를 기억해냈다. 우리들의 탄생과 어린 시절은 소설 같았고, 우리는 그것을 설명할 수 없는 그리움을 느끼며 들었다. 시를 쓰는 비밀 노트에 옮겨 적었던 「기억해, 바바라」를 열정적으로 암송하며 느꼈던 것과 같은 감정이었다. 그러나 어조에는 어떤 거리감 같은 것이 있었다. 두 번의 전쟁을 겪었던, 돌아가신 조부모님들과 자라나는 아이들, 도시에 완공된 재건축 건물들, 발전과 할부로 산 가구들과 함께 사라져 버린 어떤 것들. 독일군 점령 시기에 궁핍했던 기억들과 지난 과거 속에서 다시 만난 어릴 적 시골에서의 추억들. 사람들은 더 잘살아 보겠다는 커다란 열의를 품고 있었다.

너무 멀고 낯설었던 인도차이나는 — 지리 교과서에 따르면 «대나무 줄기 양쪽에 쌀 두 자루가 걸려 있었다»고 한다 — 더는 안중에도 없었고 무모한 자들과 경험 없는 지원병들이 싸웠던 디엔비엔푸의 패배는 큰 후회도 없었다. 사람들의 현실에는 단 한 번도 존재하지 않았던 분쟁이었다. 또 어떻게 발발했는지 그 이유를 아무도 정확히 알지 못하는 알제리 분쟁으로 분위기를 어둡게 만들고 싶어 하지 않았다. 그러나 그들도, 중학교 교과 과정에서 배웠던 우리도, 아프리카의 커다란 부분, 그러니까 지도의 절반이 프랑스 차지였던 것처럼, 알제리 역시 3개의 행정구역이 프랑스의 것이었다는 데에 모두 찬성했다. 반란은 진압해야 했고 «알제리 독립 운동가들의 둥지»와, 침대 매트를 등에 지고 행상하는 착한 북아프리카 친구이지만 그 구리색 얼굴에는 배신의 그림자가 엿보이던 날쌘 도살자들을 제거해야 했다. 일해. 창녀여. 코를 커피에 박아. 뜨거운지 알 수 있을 테니[i], 아랍인들과 그들의 언어는 의례적으로 비웃음의 대상이 됐고 그들의 야만성에 확신을 더하게 했다. 그렇기 때문에 지역 신문에 사진과 함께 «함정에 빠졌다»고 언급된, 결혼했어야 할 스무 살의 아들을 잃은

---

i 알제리의 프랑스 군인들이 불렀던 외설적인 노래.

부모들에게는 불행한 일이라는 것이 보편적인 의견이었지만, 징집병들과 재소집병들이 그곳에 기강을 세우기 위해 보내지는 것은 당연한 일이었다. 그것은 개인적인 비극이었고 그때그때 닥친 죽음이었다. 적도 없고 병사도 없고 전투도 없었다. 우리는 전쟁이라는 느낌을 받지 못했다. 다음 전쟁은 동쪽에서 오리라. 자유로운 세계를 파괴하기 위해 부다페스트에서 그랬듯이 러시아 전차들과 함께. 40년에 그랬던 것처럼 피난길을 떠날 것도 없을 것이다. 원자폭탄으로 모두 죽을 테니까. 우리는 이미 수에즈 운하만으로도 위험을 느꼈다.

아무도 강제수용소에 대해 말하지 않았지만 어쩌다가 부헨발트 강제수용소에서 부모를 잃었던 이 사람 저 사람에 대한 말이 나오면 서글픈 침묵이 이어졌다. 그것은 개인적인 불행이 되어버렸다.

해방 이후, 디저트 시간에 애국심을 담은 노래는 사라졌다. 부모들은 〈내게 사랑을 말해줘〉를, 애늙은이들은 〈멕시코〉 그리고 아이들은 〈내 할머니는 카우보이였네〉를 불렀다. 우리는 옛날처럼 〈별처럼 빛나는 눈〉을 부르는 것이 부끄러웠고 한 곡만 불러 달라는 요청을 받으면 아는 노래가 하나도 없다고 끝까지 우겼다.

어떤 이는 식사의 마지막에 황홀감에 젖어 브라상과 브렐의 노래를 음정이 틀리게 불렀지만, 냅킨 한쪽으로 눈물을 적셨던 다른 식사보다는 노래하는 편이 더 나았다. 우리는 부모들이 이해하지 못하는 음악적 취향을 밝히는 것을 완강히 거부했다. 해방 때 배운 fuck you를 제외하고는 아는 영어 단어가 없는 부모들은 플레터스와 빌 할리의 존재를 몰랐다.

그러나 다음 날, 우리는 교실의 침묵 속에서 공허함에 사로잡혔다. 소외될 줄 알았다고, 지루할 줄 알았다고 자위했지만, 우리는 전날이 축제의 날이었다는 것을 알고 있었다.

끝없는 긴 배움의 시간에 붙들린, 학업을 계속 이어갈 수 있었던 몇몇 젊은이들은 수업을 알리는 규칙적인 종소리를 들으며 다시 돌아온 기말시험과 『시나』와 『이피게네시아』에 대한 장황한 설명, 절대 해내지 못할 『말로를 위하여』의 번역을 만나게 됐다. 우리는 존재한다는 것은 갈증이 나지 않아도 마시는 것이다처럼 번뜩이는 표현으로 자신에 대해 고찰하는 행복을 알게 됐고 인

75

생에 관한 작가들의 문장을 적었다.

부조리한 느낌과 혐오감이 우리를 사로잡았다. 끈적거리는 사춘기 청소년의 몸이 실존주의의 «잉여»의 존재와 만났다. 우리는 파일 종이에 〈그리고 신은 여자를 창조했다〉 속의 브리짓 바르도 사진을 붙였고 나무 책받침대에 제임스 딘의 이니셜을 새겼다. 프레베르 시, 그리고 라디오에서 금지된 브라상의 노래 〈나는 불량배였다〉, 〈첫 번째 여자〉를 옮겨 적었다. 우리는 『슬픔이여 안녕』과 『성의 이론에 관한 세 가지 에세이』를 몰래 읽었다. 욕망과 금지의 영역은 거대해졌다. 죄악이 없는 세상의 가능성이 반쯤 열렸다. 어른들은 우리가 현대적인 작가들에 의해 타락하거나 더는 아무것도 준수하지 않게 되는 것을 감시했다.

당장 가장 확실하게 열망했던 것은 전축과 적어도 LP 디스크 몇 개, 질릴 때까지 끝없이 혼자 즐기거나, 더플코트를 입고 부모들을 내 늙은이들이라 부르며 헤어질 때 치아오라고 외치는 가장 진보적인 젊은이들로 분류되는 유복한 고등학생들과 함께 즐길 수 있는 값비싼 물건들이었다.

우리는 재즈와 검둥이 정신 그리고 로큰롤을 갈망

했다. 영어로 부르는 모든 노래는 신비스러운 아름다움으로 반짝였다. 드림, 러브, 하트, 사용해 본 적 없는 순수한 단어들은 다른 세상의 느낌을 안겨줬다. 우리는 방에서 비밀스럽게 한 음반만을 숱하게 들었다. 그것은 정신을 잃게 하고 육체를 터뜨렸으며, 폭력과 사랑의 또 다른 세상을 — 그토록 늦게서야 갈 수 있는 권한이 주어졌던 깜짝 댄스파티와 하나가 되어 — 열어주는 마약과도 같았다. 엘비스 프레슬리, 빌 할리, 암스트롱, 플레터스는 근대성과 미래를 구현했고 그 노래들은 우리 젊은이들의 것이었으며, 부모들의 구닥다리 취향과 촌놈들의 무지, 앙드레 클라보와 린 느로의 〈미소의 나라〉를 제쳐두고 우리만이 부를 수 있는 노래였다. 전문가들의 집단에 속한 기분이었다. 그러나 〈어느 날 연인들〉[i]은 여전히 전율을 느끼게 했다.

우리는 다시 방학의 고요함과 지방의 분리된, 서로 다른 소음들 속으로 되돌아왔다. 장을 보러 가는 여자의 발걸음, 자동차가 미끄러지는 소리, 용접 작업실의 망치질 소리. 소소한 일을 위해 시간을 썼다. 길어진 활동들, 1년 동안의 숙제를 분류하고, 옷장을 정리하고, 너

[i] 1956년에 나온 에디트 피아프의 노래.

무 빨리 읽어버리지 않으려고 애쓰며 소설을 읽었다. 거울을 보면서 포니테일로 묶을 수 있을 만큼 머리카락이 자라기를 초조하게 기다렸고, 오지 않을 친구가 오지는 않는지 살폈다. 밥을 먹을 때는 억지로 말을 시켜야 겨우 입을 열었고, «네가 전쟁 때 배고픔을 겪었으면 이렇게 까다롭게 굴지 않았겠지»라는 말로 혼나면서 음식을 남겼으며, 우리를 흔드는 욕망은 한계를 아는 지혜, 그 반대편에 있어서 «너는 인생에 너무 많은 것을 기대하는구나»라는 비난을 들어야 했다.

일요일 예배가 끝난 후 혹은 극장에서, 여자애들과 남자애들은 각자 무리 지어 돌아다니다가 서로 마주치면 눈빛을 주고받고 말을 걸었다. 남자아이들은 선생님들을 흉내 냈고 말장난을 했으며, 서로 숫총각 취급을 하며 말을 잘랐다. «네 인생을 말하지 마. 구멍투성이잖아», «감자 으깨는 기계 알지? 계속 찌그러져 있어», «네 일이나 똑바로 해». 남자애들은 우리가 듣지 못하게 속삭이며 놀리다가 «자위를 하면 귀가 먹어»라고 외쳤고, 부은 잇몸을 드러내면 눈을 가리는 척하고 «끔찍한 것은 전쟁 동안에 충분히 봤어»라고 소리쳤다. 남자애들은 모든 것을 말할 수 있는 권리를 자신에게 부여했고 말재주와 유머를 갖고 있었으며, 더러운 이야기들을 풀어놓고 〈사면발니의〉[i]를 불렀다. 여자애들은 꼭 재미있다고 생각하지 않아도 수줍게 웃었다. 그것은 남자애들이 여자애들의 주위를 맴돌며 바치는 공연이었고, 그녀들은 그런 점을 자랑스럽게 생각했다. 그 덕분에 여자애들은 단어와 어휘가 풍부해질 수 있었고, 잠자리에 들다(aller au pieu), 하의(un falzar)[ii] 등의 단어를 사용하면 다른 여자애들보다 수준이 더 높아 보였다. 그러나 모두 남자애와 단둘이 있으면 무슨 말을 할까 걱정했고, 첫 데이트를 나가기 전에는 모두의 지지와 호기심 어린 관심을 필요로 했다.

흑백 사진에서 과거와 현재를 갈라놓는 거리는 포즈를 취한 시간과 상관없이, 어쩌면 그림자 사이의 바닥으로 쏟아지는, 얼굴 위로 미끄러지는, 원피스의 주

---

i 외설적인 노래.

ii 바지라는 'pantalon'을 대신해서 쓴 구어다. 여성의 '팬티'라는 말로도 쓰인다.

름을 그리는 빛과 석양빛으로 가늠할 수 있을 것이다.

이 사진 속의 키가 큰 여자아이의 머리카락은 색깔이 짙고 길이가 중간 정도이며 결이 뻣뻣하다. 얼굴은 통통하고 햇빛 탓에 눈을 감고 있으며 비스듬하게 서 있다. 다리 중간까지 내려오는 일자 스커트 안에 바짝 붙인 허벅지는 곡선이 드러나도록 골반을 한쪽으로 살짝 빼서 전체적으로 날씬해 보인다. 광대를 스치는 빛이, 하얗고 둥근 목깃이 나온 니트 안의 봉긋한 가슴을 돋보이게 한다. 한쪽 팔은 숨기고 다른 쪽 팔은 늘어뜨렸으며, 커다란 손과 시계 위로 소매를 접었다. 학교 정원에서 찍은 사진과 너무 다른 모습이 인상적이다. 광대뼈와 더 커진 가슴 모양을 제외하고도, 2년 전 안경을 썼던 여자아이를 떠올리게 할 만한 것은 아무것도 없다. 그녀는 길이 보이는 마당에서 포즈를 취하고 있다. 시골, 도시 변두리에서 볼 수 있는 대충 수리한 낮은 창고의 문 앞이다. 뒤로 높은 경사지 위에 심은 나무 기둥 세 개가 하늘에 또렷이 보인다. 뒷면에 '1957년, 이브토'라고 적혀 있다.

그녀가 정확히 미소 짓고 있던 그 순간, 그녀는 자신만을, 새로운 여자아이가 됐다고 느끼는 자신을 포착한 그 사진만을 생각했을 것이다 :

자신의 방 안, 그 작은 공간에서 음반 국제 공동조합에서 제공하는 시드니 비쳇, 에디트 피아프 그리고 33회전 재즈 레코드를 들으면서
어떻게 살아야 할지 말해 주는 문장들을 노트에 적으면서 — 진정한 행복은 우리가 그것을 느낄 때 깨닫는 것이다 — 책에 그 문장들이 적혀 있다는 것이 진실의 무게를 보장했다

그녀는 이제 같은 반 친구들보다 더 낮은 자신의 사회적 위치를 — 그녀의 집에는 냉장고도 욕실도 없고 화장실은 마당에 있으며, 아직 파리에 가보지 못했다 — 안다. 그녀는 자신의 위치가 드러나지 않기를 바란다. 아니면 «내 방구석», «겁을 집어먹다» 같은 말을 쓰며 «재미있고» «털털하게» 굴면 친구들이 그녀를 용서해 줄 것이라고 기대한다.

그녀의 모든 에너지는 «스타일 있는» 사람에 집중됐다. 그녀의 고민은 여전히 눈을 작아 보이게 하고 «공부벌레»처럼 만드는 근시용 안경이다. 안경을 벗으면 그녀는 길에서 아무도 알아보지 못한다.

여성지에 나온 머리카락이 어깨까지 찰랑거리는 마른 모델에게서 그녀가 그리는, 〈마녀〉에 나온 마리나

블라디를 닮은 먼 미래의 — 바칼로레아 이후 — 자신의 외모와 기품을 본다. 그녀는 어딘가에서, 어쩌면 시골에서 선생님이 된다. 최고의 해방의 상징인 자가용, 시트로엥 2CV 혹은 4CV를 소유하며 자유롭고 독립적이다. 바로 이 장면에 낯선 남자의 그림자가 드리운다. 물루지의 노래, 〈언젠가 너는 알게 될 거야〉처럼 그를 만나거나 〈오만한 자〉의 마지막 장면에서 미셸 모르간과 제라르 필립이 그랬던 것처럼 서로의 품에 뛰어든다. 그녀는 «그를 위해 정조를 지켜야 한다»고 확신하며 혼자서 쾌락을 미리 알아버리는 것은 이 위대한 사랑에 대한 죄악이라고 느낀다. 오지노 법[i]에 따라 가임기가 아닌 날짜를 이미 수첩에 적어 보지만, 그녀는 감정적인 존재일 뿐이다. 섹스와 사랑은 완전히 대립한다.

바칼로레아 이후 그녀의 삶은 안개 속에 끝없이 펼쳐진, 힘겹게 올라가야 할 계단이다.

16살이 행동하고 존재하는 데 필요로 하는 기억의 가난 속에서 그녀는 자신의 어린 시절을 일종의 컬러

---

i 의학적인 피임 방법이 없었을 때 생리 주기에 맞춰 관계 날짜를 정했던 옛날식 피임 방법

가 있는 무성영화로 본다. 거기에는 탱크와 잔해, 사라진 옛날 사람들, 어머니의 날을 위한 장식과 감사 편지, 베카신 만화책, 성체배령 행렬과 벽에 공 던지기 놀이가 등장하며 서로 섞여 있다. 최근 몇 해 역시 기억하고 싶지 않다. 뮤직홀 무도회 변장과 파마, 짧은 양말, 모두 어리숙하고 부끄러운 것들뿐이다.

그녀는 1957년의 일들만을 알 수 있고 다음과 같은 것들만을 기억할 것이다 :

페캉 해변의 카지노 바, 그곳에서 보낸 일요일 오후, 그녀는 무대에서 서로를 꼭 껴안고 단둘이 느리게 블루스를 추던 커플에게 매료됐다. 여자는 키가 컸고 금발 머리였으며, 주름이 있는 하얀색 원피스를 입었다. 내키지 않았음에도 그곳까지 그녀에게 끌려온 부모님은 음료를 마실 돈이 충분히 있는지 서로에게 물었다

2월의 어느 날, 수학 수업시간 도중에 장염 때문에 내려갔던 운동장의 얼은 화장실, 그녀는 공원의 로캉탱[i]을 생각하며 하늘은 텅 비었고 신은 대답이 없다라고 혼잣말을 한다. 그녀는 오돌토돌한 허벅지와 다시 통증이 시작된 배와 함께 버려진 이 느낌을 설명할 재간이 없

---

i 사르트르 '구토' 속의 인물.

다. 장터 축젯날에 그녀를 사로잡았던 느낌도 아니고 나무 뒤에서 들려오는 확성기의 커다란 목소리와 함께 음악과 공지사항이 이해할 수 없는 웅성거림으로 녹아 버렸던, 사진 속 그 운동장에서의 느낌도 아니다. 마치 축제 밖에 있는 듯한, 안에 있는 무언가로부터 분리된 듯한 감정이다

분명 그것은 감각과 감정의 상태이며, 그녀가 세상 으로부터 얻은 정보들이 자신 안에서 굴절되어 나타난 이미지의 상태 — 그 이미지들을 일으킨 관념의 흔적 없이 — 이기도 하다. 따라서 그녀는 세상을 다음과 같 이 보고 있다 :

철벽으로 인해 둘로 나뉜 유럽, 서쪽은 태양과 컬러들, 동쪽은 그늘과 추위, 눈, 그리고 언젠가 부다페스트처 럼 결국 프랑스 국경을 넘어 파리에 배치될 소련의 전 차, 그녀를 사로잡은 너지 임레[i]와 카다르[ii]라는 이름, 그녀 는 그 음절들을 간헐적으로 반복해서 읊는다

태양에 그을린 땅, 피의 땅, 함정을 파놓은 곳 주변에 아 라비아 옷을 펄럭이는 남자들이 이리저리 날아다니는 땅, 알제리. 이 이미지 자체는 〈아브 델 카데르의 이동

---

i 헝가리의 정치가, 농민 출신, 혁명에 참여하고 공산당에 입당함.
ii 헝가리의 정치가, 수상(1956-58, 1961-65).

천막 탈환〉이라는 삽화로 1830년 알제리 정복을 다루는 3학년 역사책에 나온 것이다

오른쪽에 붉은 구멍 두 개와 함께 빛이 쏟아져 내리는 모래 위에 누워 있던, 골짜기에 잠들어 있는 자[i]를 닮은, 오레스에서 죽은 군인들

지역 신문에 반란군 진압에 동의한다는 뜻으로 실린, 밥 엘 외드 고등학교에서 대화를 나누며 나오던 세련된 옷차림의 프랑스 젊은이들의 사진은 지나치게 흔들려서 마치 스무 살의 군인들이 죽은 이유가 덜 증명된 것처럼 보였다.

그녀가 기록하기 시작한 일기장에는 이 모든 것들이 없었다. 그녀는 일기장에 지루함을 묘사했고, 과장되고 소설적인 단어들로 사랑에 대한 기대를 적었으며, 『폴리왹트』에 대한 작문을 써야 하지만 «부도덕하나 진실한 악센트가 있는» 프랑수아즈 사강 소설이 더 좋다고 적었다.

사람들은 물건들로 더 나은 삶에 더 아름다운 기반

---

i 아르튀 랭보의 시.

을 만들었다. 각자의 능력에 따라서 주방을 석탄불에서 가스불로, 방수포를 씌운 나무 탁자는 포마이카 식탁으로, 르노 4CV는 도핀으로 바꾸었고 기계식 면도기와 주석으로 된 다리미는 각각 전자제품으로, 금속 도구들은 플라스틱으로 대체됐다. 제일 부럽고 가장 값비쌌던 것은 자동차였다. 자유의 동의어이자 공간을 지배함을 뜻했고, 그것은 어떻게 보면 세계를 지배한다는 것과 같았다. 운전을 배우고 운전면허를 따는 것을 승리라고 여겼으며 졸업장을 받는 것처럼 주변 사람들에게 축하를 받았다.

사람들은 그림, 영어나 유도, 비서직을 배우기 위해 통신 강의에 등록했다. 그들은 요즘 같은 시대에는 옛날보다 더 많이 배워야 한다고 말했다. 차량 번호판에 붙은 F가 신분을 증명해 주기에, 언어를 몰라도 아무도 외국으로 떠나는 것을 두려워하지 않았다. 일요일에는 세상에 대한 무심함 속에 햇볕이 내리쬐는 해변에 비키니 차림의 사람들이 넘쳐났다. 자갈밭에 앉아 있거나 치마를 걷어 올리고 발만 담그는 사람들은 점점 줄었다. 소심한 사람들이나 단체 생활의 즐거움에 적응하지 못하는 사람들을 콤플렉스가 있다고 말했다. «여가 사회»가 시작됐음을 알렸다.

그러나 사람들은 정치에, 두 달에 한 번씩 해고되는 수상에, 계속해서 함정에 빠져 죽는 파병된 젊은이들에 대해 분노했다. 알제리의 평화를 원했지만 디엔 비엔 푸와의 두 번째 평화는 원치 않았다. 그들은 푸자드[i]를 뽑았고 «우리는 어디로 가고 있는가»라는 말을 반복했다. 알제의 5월 13일 쿠테타는 그들을 물가 대폭락 속에 빠트렸다. 내전을 대비해서 몇 킬로그램의 설탕과 몇 리터의 기름을 비축했고, 드골 장군만이 알제리와 프랑스 모두를 구할 것이라고 믿었다. 그들은 40년대의 구원자가 이 나라의 뒷수습을 한다는 사실에 안심했다 — 끊임없는 농담의 대상이자 드골의 초인성의 가시적인 증거였던 그의 동상의 커다란 그늘로부터 보호받고 있다는 듯이.

전쟁 전, 폐허가 된 도시의 포스터 속의 군모를 쓰고 콧수염이 난 마른 얼굴을 기억하고 있었던, 6월 18일의 호소문을 듣지 못했던 우리는 드골의 늘어진 볼과 살찐 공증인의 덥수룩한 눈썹, 늙은이의 떨림과 잡음이 섞인 목소리에 어리둥절하며 실망했다. 콜롱베[ii]에서 다

---

i 프랑스 포퓰리스트 정치인, 중소기업과 상인의 이익을 대변하는 푸자드주의를 일으킴
ii 본래 명칭은 콜롱베레되제글리즈, 프랑스의 도시로 드골의 집이 있었으며, 드골의 묘지가 이곳에 있음.

시 나온 그 인물은 어린 시절부터 지금까지 흘러간 시간을 그로테스크적으로 평가했다. 사람들은 우리가 사인과 코사인, 라가르와 미샤르를 복습하는 동안, 드골이 혁명의 시작으로 보였던 일을 너무 일찍 끝내 버린 것을 두고 원망했다.

«두 개의 바칼로레아를 따는 것»은 — 첫 번째는 1학년 말에, 두 번째는 그다음 해에 — 지적능력의 우위를 나타내는 명백한 표식이자 미래의 사회적인 성공의 확신이었다. 사람들은 대부분 그 이후에 이어지는 시험이나 대회를 중요하게 여기지 않았고, 그저 «거기까지 한 것만으로 훌륭하다»라고 생각했다.

우리는 〈콰이강의 다리〉 노래를 들으며 인생에서 가장 아름다운 여름이 시작됐음을 느꼈다. 마치 어른들의 믿음을 받을 자격이 있다는 듯이, 우리는 바칼로레아의 성공으로 사회적인 존재감을 부여받았다. 부모님들은 가족들과 친구들을 돌며 명예로운 소식을 알렸다. 그들은 늘 «나도 코드벡 센 강에서 물통을 나른 사

---

i 본문에서 물통이라는 뜻으로 쓴 bac이란 단어는 바칼로레아의 줄임말과 같다. 즉 언어유희를 담은 농담이다.

람이야!» 같은 농담을 할 구실을 찾았다. 7월도 서서히 독서, 음반, 시의 첫 줄 같은 잡다한 일과들로 지난해와 비슷해져 갔다. 다시 행복감을 느꼈다. 성공의 가치를 다시 한번 되새기기 위해서는 시험에 실패했다면 어떤 방학을 보내게 됐을지 생각해야 했다. 바칼로레아에 대한 진정한 보상은 〈내 청춘의 마리안느〉 같은 사랑을 경험하는 것이었다. 우리는 그런 사랑을 기다리며 가벼운 연애를 했다. 데이트할 때마다 손이 점점 더 밑으로 내려오는 남자애를 숨어서 만났고, 얼굴이 너무 붉다고 친구들이 말하는 그 남자애와 첫 섹스를 할 생각이 없었으므로 곧 헤어져야 했다.

그해 혹은 다른 해 여름, 마침내 영역은 확장됐다. 부잣집 아이들은 영국, 코트다쥐르로 부모님과 함께 떠났다. 다른 아이들은 여름방학 캠프 모니터 요원으로 약 12명의 짹짹거리는 남자애들 혹은 성가신 여자애들 곁에서 간식과 구급약 주머니를 넣은 가방을 들고 〈재주넘기, 땅콩〉 같은 동요를 부르면서 길을 누비며 기분전환을 했고 프랑스를 여행했으며, 그것으로 개학 때 필요한 책들을 살 수 있었다. 그들은 첫 월급과 사회보장 번호를 갖게 됐다. 자신들의 책임감과 비종교적 이념과 «활동적인 교육 방식»으로 즐거운 실현을 이루는 공화국 이념의 임시 전달자가 된 것을 자랑스럽게 여겼다. 수도꼭지 앞에 팬티 차림으로 나란히 선 작은 사자들의 세면과 라이스 푸딩이 나오면 좋아서 소리를 지르는 소란스러운 식탁을 감시하면서, 그들은 조화롭고 선한 올바른 질서의 본보기에 동참한다는 신념을 가졌다. 결국 힘들었지만 영광스러운 방학이었다. 우리는 부모님 시선을 벗어나 먼 곳에서 새로운 남녀의 뒤섞임에 취해, 청바지를 입고 골루아즈 담배를 손에 쥐고 계단을 두 칸씩 뛰어내려 파티 음악이 들리지 않는 지하창고로 갔던 때를 절대 잊지 못할 것이라고 확신했다. 영화 〈그녀는 여름 동안에만 춤을 췄다〉처럼 마치 방학이 끝나면 죽기라도 하는 듯이 절대적인 청춘의 감정과 순간의 불안정함 속에 잠식했다. 이토록 이성을 잃은 격한 감정 때문에 우리는 슬로 댄스를 춘 후 캠프장의 침대나 해변에서 남성의 성기와 — 사진으로만 봤거나, 그것조차도 본 적 없던 — 마주하게 됐고 마지막 순간에 생리 주기를 생각해 내며 다리 벌리기를 거부하고 입안에 정액을 넣게 됐다. 의미 없는 하얀 낮이 찾아왔다. 듣자마자 지우고 싶었던, 내 거기를 잡고 빨아 달라는 말 대신에 〈그날 아침은 어제였어. 어제는 먼 이야기〉 같은 사랑 노래를 생각하는 편이 나았다. «첫 경험»을 감상적으로 꾸며냈고, 처녀성을 잃은 실패한 추억의 우울함을 허구를 쌓아서 덮었다. 그것이 잘되지 않으면 에클레르와 사탕을 사서 크림과 설탕에 슬픔을 침몰시키거나 거식증으로 자신을 정화했다. 그러나 한 가지 분명한 것은, 자신의 몸 위에 나체가 올라오기 이전의 세상이 어땠는지를 다시는 기억할 수 없을 것이라는 사실이었다.

수치심은 여자애들을 계속해서 위협했다. 그들이 옷을 입고 화장하는 방식은 늘 과하다는 시선을 받았다 : 너무 짧고, 너무 길고, 너무 파였고, 너무 붙고, 너무 보인다 등등, 신발의 굽 높이, 그녀들이 만나는 사람들, 그녀들의 외출과 귀가, 매달 그녀들의 팬티 안쪽, 그녀들의 모든 것이 사회 전반적인 감시 대상이었다. 가족의 품을 떠나야만 하는 여자애들을 남자애들과 타락으로부터 지키기 위해 여학생 기숙사, 남자애들과 떨어져 있는 대학 기숙사에 들어가게 했다. 지적능력, 공부, 외모, 어느 것도 젊은 여성의 성에 대한 평판만큼 중요한 것은 없었다. 그러니까 결혼 시장에서 그녀들의 가치를 말하는 것이다. 어머니들은 자신들의 어머니가 그랬던 것처럼 그녀들을 감시했다 : 결혼하기 전에 남자와 자면 아무도 너를 원하지 않을 거야라는 말 속에는 불구자, 환자 혹은 그보다 더한 이혼남처럼 남자 쪽에 하자가 있어서 불량품인 경우는 제외한다는 뜻이 함축되어 있었다. 미혼모는 아무런 가치가 없었으며 결함이 있는 상품을 받아들이는 것을 용인해 줄 남자의 희생이 아니라면 아무것도 기대할 수 있는 게 없었다.

결혼 전까지 사랑 이야기는 타인의 판단과 시선 아래 전개됐다.

그럼에도 불구하고 우리는 점점 더 진한 연애를 했다. 의학책이 아니면 어디에서도 언급된 적이 없는 오럴섹스를 했고 가끔은 애널섹스도 했다. 남자애들은 영국 콘돔을 비웃었고 사정 직전에 빼는 것을 거부했다. 우리는 독일에서 판다는 피임약을 꿈꿨다. 토요일에는 하얀 베일을 쓴 여자들이 줄을 지어 결혼식을 올렸고, 6개월 후 출산을 하면서 건강한 조숙아라고 우겼다. 바르도의 자유로움, 처녀인 것은 건강하지 못한 것이라는 남자아이들의 조롱과 부모님과 교회의 가르침 사이에 붙들린 우리는 어떤 선택도 하지 않았다. 낙태와 혼전 동거 금지가 얼마나 갈지 아무도 묻지 않았다.

사회적인 변화의 신호가 개인의 삶에서 지각되진 않았다. 다만, 수천만이 동시에 마음속으로 «아무것도 절대 변하지 않을 것이다»라고 생각하게 만든, 환멸과 피로함 속에 어쩌면 그것이 있었는지도 모르겠다.

무늬가 있는 앨범에 넣은 흑백 단체 사진, 스물여섯 명의 여자아이들이 마당의 밤나무 나뭇잎 아래에 세 줄로 앉아 있다. 네모난 창이 있는 수녀원, 학교 혹은 병원으로 보일 수 있는 건물의 정면 앞이다. 모두 밝은색 블라우스를 입고 있어서 간호사처럼 보인다.

사진 밑에 손글씨로 '루앙, 잔 다르크 고등학교, 철학반, 1958–1959'라고 적혀 있다.

반장이 사진을 찍을 때, 마치 당연히 모두를 기억할 것처럼 이름을 표기하지 않았다. 분명 40년 후, 나이든 여자가 되어 이 친숙한 얼굴들을 보게 된다는 것을, 이 학급 사진에서 흔들리지 않는, 빛나는 눈동자를 가진 세 줄의 유령들밖에 보지 못하게 된다는 것을 상상조차 하지 못했을 것이다.

첫째 줄의 여자애들은 파이프 의자에 앉아서 손을 무릎 위에 올리고 있다. 오른쪽 다리는 의자 밑으로 붙이거나 구부렸고, 한 명만 다리를 꼬았다. 두 번째 줄의 여자애들은 선 자세로 — 세 번째 줄은 벤치 위에 올라가 있음 — 골반까지 보인다. 단 여섯 명만이 주머니에 손을 넣고 있는데, 이것은 교육을 잘 받지 못했다는 표시이자 주로 부르주아들이 다니는 고등학교라는 증거이기도 하다. 네 명을 제외하고는 모두 렌즈를 보며 옅은 미소를 짓고 있다. 그녀들이 보는 것이 무엇인지 — 사진사일까? 벽일까? 또 다른 학생들일까? — 분명하지 않다.

두 번째 줄, 왼쪽에서 세 번째가 그녀다. 이 여자애에게서 겨우 2년 전 사진 속, 도발적인 포즈의 청소년을 알아보기란 쉽지 않다. 그녀는 또다시 안경을 썼고, 리본으로 하나로 묶은 머리카락은 한 가닥이 목으로 빠져나왔다. 앞머리에 컬을 넣었지만 그렇다고 덜 진지해 보이지는 않는다. 그녀의 얼굴에는, 벽장의 책 사이에 몰래 숨겨 놓은 피 묻은 팬티가 증명하는 것처럼, 올여름 자신의 처녀성을 반쯤 가져가 버린 남자애에게 자신의 모든 존재가 사로잡혀 있음이 전혀 드러나지 않는다. 행동과 몸짓도 마찬가지다 : 수업을 마치고 그를 다시 볼 수 있다는 희망으로 길을 걷고 여학생 기숙사에 들어가서 운다. 몇 시간 동안 이해하지 못한 채 작문을 붙들고 있으며, 부모님 집에 돌아가면 계속해서 〈온리 유〉를 듣고, 토요일에는 빵과 비스킷, 초콜릿을 마구 먹는다.

철학의 언어를 익히기 위해 버려야만 하는, 살아 있는 존재의 우둔한 기색은 전혀 없다. 본질과 정언적 명령으로 육체와 식욕, 나오지 않는 생리에 대한 집착을 몰아낸다. 현실이 더는 현실이 되지 않도록, 추상적이거나 만져지지 않는 지적인 것이 될 수 있도록 현실에 대해 생각한다. 몇 주 후, 그녀는 먹는 것을 멈추고 다이어트약을 산다. 그녀는 단지 순수한 정신 상태일 뿐이다. 그녀가 수업을 마치고 장터 축제의 막사들로 둘러싸인 마른 대로를 올라갈 때, 시끄러운 음악은 불행처럼 그녀를 따라다닌다.

사진 속 스물여섯 명의 학생들은 모두가 서로 말을 섞지는 않는다. 각자 대략 열두 명에게만 말을 걸고 다른 아이들은 무시하거나 다른 애들로부터 무시를 받는다. 학교 근처에서 마주치면 모두 본능적으로 어떻게 해야 하는지를 알고 있다. 기다려야 하는지 아닌지, 약간의 미소만 지어야 하는지, 서로 보지 말아야 하는지. 그러나 형이상학 시간에서 체육 시간까지 출석 체크에 «네»라고 대답하는 모두의 목소리와 각자가 가진 신체적 특징과 의복의 특징은 모두의 의식에 각인되어, 학급의 모든 여자아이는 자신 안에 각기 다른 스물다섯 명의 특성을 담은 표본을 소유하게 된다. 이것은 감정과 판단이 실린, 교실 안에서 끊임없이 돌아다니는 총 스물여섯 개의 시선이다. 그녀는 사람들이 자신을 어떻게 보는지 다른 아이들보다 더 잘 알지는 못하지만, 눈에 띄지 않기를, 무관심을 받는 쪽에 속하기를, 특별히 영리하지 않고 재치 없는 착한 학생이기를 바란다. 그녀는 자신의 부모님이 카페 겸 식료품점을 운영한다고 말하고 싶지 않다. 그녀는 먹는 것에 사로잡혀 있는 것이, 더는 생리를 하지 않는 것이, 고등사범학교 준비반이 무엇인지 모르는 것이, 진짜 스웨이드 가죽이 아니라 인조가죽 재킷을 입은 것이 부끄럽다. 그녀는 매우 외롭다. 그녀는 로저먼드 레이먼의 『먼지』를 읽고, 오늘의 시인 컬렉션에서 그녀가 읽을 수 있는 모든 것들, 쉬페르비엘, 밀로시, 아폴리네르, 『내 사랑, 나는 당신이 아직도 나를 사랑한다는 것을 알고 있어요』를 읽는다.

　자신을 더 잘 알 수 있게 해주는 중요한 질문이 하나
있다면 그것은 나이마다 자신이 살아온 해를 규명할
수 있는지 없는지를, 과거를 어떻게 그릴 것인지를 묻
는 것이다. 두 번째 줄에 있는 여자아이에게는 어떤 기
억이 적합할까? 어쩌면 그녀에게는 지난여름의 기억
외에 다른 기억은 없는 게 아닐까. 그녀 안에 들어왔다
가 사라진 육체, 남자의 몸, 상(像)이 거의 없는 그 기억.
그녀는 미래를 위한 두 가지 목표를 가지고 있다 : 1) 날
씬해지고 금발 머리가 되는 것, 2) 자유롭고 독립적인,
세상에 쓸모 있는 사람이 되는 것. 밀렌느 드몽죠와 시
몬 드 보부아르를 보며 꿈꾸기.

　징집병들이 계속해서 알제리로 떠났지만, 땅과 바다
와 하늘, 위대한 말들과 커다란 슬픔, 제라르 필립 그리
고 카뮈에게 희망과 의지를 걸었던 시대였다. 대형 여
객선 프랑스 호, 제트 여객기와 콩코드가 생길 것이고, 16
세까지 의무교육, 문화의 집, 공용 시장, 그리고 언젠가

는 알제리에 평화가 올 것이다. 새로운 프랑, 플라스틱 장식 끈, 향을 첨가한 요구르트, 팩으로 된 우유, 그리고 트랜지스터 라디오가 있었고 처음으로 어디서든, 해변에서 머리맡에 두거나 길을 걸을 때도 음악을 들을 수 있었다. 트랜지스터 라디오의 기쁨은 혼자이지 않으면서 혼자 있을 수 있는, 세상의 다양성과 소리를 자기 마음대로 소유할 수 있는, 낯선 유의 것이었다.

청소년들은 점점 많아졌고 교사들은 부족했다. 18살에 바칼로레아만 수료하면 입시 준비반에 보내져서 『레미와 콜레뜨』를 읽게 했다. 훌라후프, 〈안녕, 친구들[i]〉, 〈유순한 나이 그리고 고집불통[ii]〉 같은 즐길 만한 것들을 공급받았으나 어떤 권리도 갖지 못했다. 투표도, 섹스도, 자신의 의견을 내놓을 수도 없었다. 발언권을 얻으려면 교직이나 우체국, 철도청, 미슐랭, 질레트, 보험회사에 들어가서, 즉 밥벌이를 하며 사회 지배층에 속한다는 것을 증명해야 했다. 미래는 연장해야 할 경험들의 합(合)일뿐이었다. 24개월의 군 복무, 일, 결혼, 아이들. 사람들은 우리가 자연스럽게 계승을 받아들이

---

i 라디오 방송.
ii 티브이 프로그램.

기를 기대했고, 우리는 정해진 이 미래 앞에서 막연히 오랫동안 젊음에 머무르기를 바랐다. 연설과 제도는 우리들의 욕망보다 뒤처졌고, 사회가 말로 표현하는 것과 우리가 말로 표현할 수 없는 것 사이의 격차는 당연했으며, 그것은 메울 수 없는 것으로 보였다. 그것은 우리가 생각할 수 있는 것조차 아니었다. 단지 〈네 멋대로 해라〉를 보면서 각자가 마음속으로만 느낄 수 있는 것이었을 뿐.

사람들은 비밀 무장단체가 알제리와 파리 창문가에 설치한 폭탄에, 쁘띠클라마르 테러에, 평화와 «민족자결»로 가는 길을 방해하는 낯선 장군들이 일으킨 군사쿠데타를 알리는 소리와 함께 잠에서 깨는 것에 질려버렸다. 그들은 독립과 민족해방전선의 적법성을 받아들였고, 벤 벨라 그리고 페르하트 아바스 같은 수장들의 이름에 익숙해졌다. 행복과 평온함에 대한 그들의 욕망이 정의의 근간을 세우는 일과 한때는 생각할 수 없었던 식민지 해방과 동시에 만났다. 그러나 그들은 여전히 «아랍인들»을 두려워했으며 잘 해봐야 무관심이었다. 아랍인들을 피했고 무시했으며, 지중해 반대편에서 프랑스인들을 죽인 형제라고 하는 자들을 길에서 마주치는 것을 받아들이지 못했다. 이민 노동자들은 프랑스인들과 마주칠 때면 — 프랑스인들보다 더 빠르고 분명하게 — 자신이 적군의 얼굴을 하고 있다는 사실을 알고 있었다. 그들은 판자촌에 살았고 공장이나 구덩이 안에서 일했고, 그들의 10월의 시위는 금지됐으며 극도로 잔인하게 진압됐다. 아랍인 백여 명이 센 강에 던져졌다는 사실을 알았다고 하더라도 어쩌면 우리는 그것을 당연한 일로 여겼을지도 모른다. (후에 61년 10월 17일[i]에 일어났던 일에 대해 알게 됐을 때, 그 당시 우리가 알고 있었던 사실을 말할 수 없었으며 아무것도 생각해 내지 못했다. 그저 대학의 개강을 앞에 두고 따뜻했던 날씨만 기억에 남아 있을 뿐. 무지와 침묵을 다시는 만회할 수 없다는 듯이 알지 못했다는 사실에 — 정부와 언론이 최대한 숨기기 위해 노력했다고 하더라도 — 불편한 마음을 느꼈다. 이러니 저러니 해봐야 10월, 드골 정부 경찰들의 알제리인들을 향한 분노의 장전과 그다음 해 2월, 반 비밀무장단체 투사들을 향한 장전 사이에는 비슷한 연결고리가 없었으며, 철책에 붙어 있던 샤론느 역의 9명의 죽음과 센강의 무수히 많

---

i 1961년 10월 17일, 프랑스에서 알제리인들의 시위가 일어났고 프랑스 경찰이 알제리인들을 폭력 진압한 사건.

은 죽음은 서로 접점을 찾지 못했다.)

아무도 에비앙 협정[i]이 승리인지 패배인지 묻지 않았다. 그것은 안도였고 망각의 시작이었다. 그 뒷일을, 알제리 출신의 프랑스인들 그리고 그곳의 하르키들[ii], 이곳의 알제리인들을 생각하지 않았다. 우리는 내년 여름, 이미 다녀온 사람들의 말에 의하면 물가가 싸다는 스페인으로 떠날 수 있기만을 바랐다.

사람들은 폭력에, 세계의 분단에 익숙해졌다. 동부와 서부, 농부 흐루쇼프와 주인공 케네디, 페폰네와 돈 까밀로[iii], 가톨릭 청년 학생 연맹과 공산주의 학생 연맹, 위마[iv]와 로호흐[v], 프랑코[vi]와 티토[vii], 가톨릭 신자와 공산주의자. 그들은 외부에서 벌어지는 냉전이라는 지붕 아래에서 내부의 평화를 느꼈다. 노동조합의 체계화된 폭력에 관한 입장 외에는 불평하지 않았고 정부에 묶여 있겠다고 결심했다. 매일 밤 라디오에서 설교하는

---

i 1962년 3월 18일 프랑스 오베르뉴론알프 지방 에비앙레뱅에서 프랑스 정부 대표와 알제리 임시 정부 대표 사이에 체결된 정전(停戰)협정. (두산백과 사전 참조)

ii 알제리 독립 전쟁 당시 프랑스 편에 섰던 알제리인들.

iii 조반니 과레스키의 작품을 원작으로 만든 영화 시리즈의 주인공들, 서로의 적이다.

iv L'Humanité 프랑스 신문.

v L'AURORE 프랑스 신문.

vi 스페인의 군인이자 정치가.

vii 유고슬라비아 정치가.

장 노셔르의 말을 듣고 파업을 끝까지 하지 않기로 했다. 사람들이 10월 국민투표에 찬성표를 던졌던 것은 보통선거를 통해 공화국의 대통령을 선출하려는 의지보다는 드골을 평생, 아니 세상 끝날 때까지 대통령으로 두고자 했던 비밀스러운 욕망에 가까웠다.

우리는 트랜지스터 라디오를 들으며 학사 과정 졸업을 준비했다. 〈5시에서 7시까지의 클레오〉, 〈지난해 마리안스케라즈네에서〉, 버그먼[i], 부뉴엘[ii], 이태리 영화를 보러 갔다. 레오 페레, 바바라, 장 페라, 레니 에스쿠데로 그리고 클로드 누가로를 좋아했다. 『할복자살』을 읽었다. 우리는 히틀러는 모른다라고 말하는 프랑스 대중가요와 우리보다 어린 그들의 우상에게, 꽁지머리를 하고 특활시간에 부르는 노래를 하는 여자애들과 무대 바닥을 구르며 울부짖는 남자애들에게 어떤 동질감도 느끼지 못했다. 그들은 절대 우리를 따라잡을 수 없을 것 같았다. 그들 앞에서 우리는 늙은이들이었다. 어쩌면 우리 역시 드골 정권 아래 죽을 수도 있었다.

그러나 우리는 어른은 아니었다. 숨어서 성생활을

---

i 잉그리드 버그먼, 배우.
ii 루이스 부뉴엘, 멕시코-스페인 영화 감독.

해야 했고 미숙했으며, «사고»에 사로잡혀 있었다. 혼전 임신은 절대 있을 수 없는 일이었다. 남자애들은 추잡한 농담으로 그들의 에로틱한 과학을 보여 줄 수 있다고 믿었다. 그들은 사정하기 직전에 여자의 몸에서 가장 안전하다고 여기는 곳에 싸는 것밖에 몰랐다. 처녀성은 불확실했고 성생활은 제대로 결심하지 못한 문제였기에, 여자애들은 남자애들이 들어올 수 없는 대학 기숙사에서 몇 시간이고 떠들어댔다. 그녀들은 책에서 정보를 얻었다. 쾌락의 정당성을 위해 킨제이 보고서를 읽었다. 여자애들은 어머니들처럼 섹스에 대한 수치심을 간직했다. 남성들을 위한 단어와 여성들을 위한 단어가 항상 따로 존재했다. 여자들은 «사정하다»나 «자지» 같은 말을 쓰지 않았다. 아무 단어도 쓰지 않았고 성기를 말하는 것에 혐오감을 가졌다. 다만 소곤소곤, 특이한 목소리로 «질», «페니스»를 말했을 뿐이다. 대담한 아이들은 곧장 가족계획 상담의 집을 은밀하게 방문하기도 했는데, 그곳은 음지에 있는 기관으로 고무로 된 페서리를 처방해 줬고 그녀들은 그것을 삽입하느라 애를 먹었다.

여자애들은 남자애들이 그녀들 옆, 대강당의 벤치에 앉으면서 그녀들의 몸을 두려워한다는 것을 의심치 않았다. 그들이 여자아이들의 가장 순수한 질문들에 단답형으로 대답한 것은 무시가 아니라, 그녀들의 배(함정)에서 일어나는 복잡한 문제들을 두려워했기 때문이었다. 결국, 남자아이들은 밤에 자위하는 것을 선호했다.

소나무 숲이나 코스타 브라바 모래사장에서 조심하지 않은 탓에, 그날 이후로 시간은 여전히 깨끗한 팬티 앞에서 멈춰 버렸다. 어떤 방법으로든 유산시켜야 했다 — 부자들은 스위스로, 그렇지 않은 이는 전문가가 아닌 낯선 여자가 냄비에서 뜨거운 금속관을 꺼내는 주방으로. 시몬 드 보부아르를 읽은 것은 자궁을 가졌다는 불행을 확인하는 것 외에 어떤 도움도 되지 않았다. 여자애들은 계속해서 미친 듯이 체온을 쟀고, 4주 중 3주를 위험한 기간으로 계산했다. 그녀들은 서로 다른 두 개의 시간, 준비해야 할 발표 또는 방학과 같은 평범한 시간과 변덕스럽고 위협적이며 언제든 멈출 수도 있는, 그들의 피가 소멸하는 시간을 살았다.

대강당에서는 넥타이를 맨 교수가 작가들의 작품을 그들의 일대기로 설명했다. 앙드레 말로를 무슈, 유르스나르는 마담이라고 부르며 생존 작가들에게 존경을 표하면서도 죽은 작가들만을 공부하게 했다. 우리는 조롱 혹은 나쁜 점수를 받을까 봐 프로이트를 언급하지 못했고, 바슐라르 그리고 조르주 풀레의 인간의 시간에 대해 언급해야 할 때는 최소로만 이야기했다. 발표할 때는 시작부터 «격식은 거부한다»고 말하는 것이 독립적인 정신을 보여 주는 것이라고 믿었고『감성 교육』[i]은 «첫 번째 현대문학 소설»이었다. 친구들끼리 헌사를 쓴 책을 선물했다. 카프카, 도스토옙스키, 버지니아 울프, 로렌스 더럴의 시대였다. 우리는 «누보로망»을, 뷔토르, 로브그리예, 솔레르스, 사로트를 알게 됐고 그들의 작품들을 좋아하고 싶었지만 그 안에서 삶을 위한 구원을 만족할 만큼 찾지는 못했다.

우리는 우리와 기숙사 청소 도우미 아주머니들, 배달부들의 존재가 요약되어있는 문장과 단어가 있는 글을 선호하면서도, 그들과는 달리 우리는 스스로에게 «질문을 던지는» 존재이기 때문에 그들과 구별되기를 원했다. 우리에게는 자신과 세계를 설명하는 법칙을 포함하고 있는, 우리에게 교훈을 말해 주는 «정신이상»과 그것의 추종자들, «기만», «자격지심», «내재성» 그리고 «초월성» 같은 단어들이 필요했고, 모든 것을 «진정

---

i 귀스타브 플로베르.

성»이라는 척도로 평가했다. 이혼과 공산주의자를 같은 치욕으로 묶는 부모님들과 싸우는 것을 두려워하지 않았으며, 공산당에 가입하려고 했으나 어느 카페의 웅성거림과 담배 연기 속에서 무대는 단번에 의미를 상실했고, 우리는 과거도 미래도 없는 «무용한 열정»을 가진, 세계의 이방인이 된 것처럼 느꼈다.

낮이 길어진 3월, 겨울옷을 입고 너무 더울 때면 — 다가오는 것은 여름만이 아니라 형체도, 계획도 없는, 다만 인생이었다 — 우리는 강의를 들으러 가는 길에 'The time is out of joint, life is a tale told by an idiot full of sound and fury signifying nothing'.을 반복해서 말했고 친구들끼리 어떻게 자살하는 것이 좋을지, 과달라하라 시에라에서 침낭에 들어가 수면제를 먹는 것이 어떤지 이야기를 나눴다.

60년대 중반, 부모님들이 주말에 빨랫감을 가지고 온 학생들을 핑계 삼아 일요일 점심 식사에 가족이나

i   시간은 제멋대로 흐른다. 인생은 백치가 제멋대로 지껄이는 이야기와 같다. 시끄럽고 정신없으나 아무 의미도 없다. (셰익스피어)

친구들을 초대하면 식탁에 모인 사람들은 슈퍼마켓과 시립 수영장 개축, 4L[i]과 아미6[ii]의 등장에 대해 대화를 나눴다. 텔레비전을 구매한 사람들은 장관과 아나운서의 외모에 대해 말했고 화면에서 본 스타들을 마치 자신들의 이웃처럼 얘기했다. 레이먼드 올리비에오가 후추를 뿌리고 불에 그슬린 스테이크를 만드는 장면과 이고르 바레르의 의학방송 혹은 «36개의 초»를 본 것만으로도 발언권을 우선적으로 부여받은 것 같았다. 텔레비전이 없어서 지트론도 안느마리 페이슨도, 장크리스토프 아베르티 믹서 광고에 나오는 아기도 모르는 이들의 어색함과 무관심 앞에서, 그들은 공동의 관심사에 가까운 주제들, 토끼를 가장 잘 손질하는 방법, 공무원의 장점, 고기를 잘 주는 정육점으로 다시 화제를 돌렸다. 그들은 2000년을 그리며 그때까지 살아 있을 확률과 나이를 계산했다. 식사를 대체할 수 있는 알약, 모든 것을 다하는 로봇, 달나라에 있는 집, 그들은 세기말을 상상하는 것을 즐기다가 금세 그만두었다. 모두 40년 후 어떻게 살게 될지 딱히 알고 싶어 하지 않았다. 그저 살아 있기만을 바랐을 뿐.

---

i   르노 자동차.
ii 시트로엥 자동차.

우리는 용돈과 가지고 온 옷들의 세탁과 다림질을 위해, 우리들의 성적에 경탄하는 손님들과 부모님에게 버지니아 울프의 『파도』나 스토에젤의 『사회 심리학』을 읽을 수 있는 시간을 바쳐야 할 필요성을 느끼며, 기꺼이 그리고 어설프게 대화에 껴들었다.

우리는 본의 아니게 그들이 소스를 찍어 먹는 방식과 설탕을 녹이기 위해 찻잔을 흔들면서 «높은 자리에 있는 사람»에게 존경을 표하며 말하는 방식을 주목하게 됐고, 단번에 외부적인 시선으로 가정을 바라보며 더는 우리의 것이 아닌 닫힌 세계라고 지각하게 됐다. 이곳에서 주고받는 모든 것들, 질병, 달이 뜰 때 심는 채소, 공장에 발을 들여놓는 것에 대한 의견들이 낯설었다. 그래서 우리는 어른들에게 우리 자신에 대한 것들과 수업에 관한 것들을 말하는 것을 단념했으며, 나중에 좋은 일자리를 얻거나 교사가 되는 것이 확실치 않다고 말하는 것이 어른들의 믿음을 무너뜨리고 모욕으로 여겨지게 될까 봐, 우리들의 능력을 의심하게 만드는 일이 될까 봐, 그들의 말에 어떤 반박도 하지 않으려고 조심했다.

독일군의 점령과 폭격의 추억은 손님들을 더는 자극하지 못했다. 옛 감정의 부활은 사라졌다. 누군가 식사를 마치면서 «독일군들 것을 우리가 하나 더 해치웠군»이라고 말했다면, 그것은 그저 단순한 인용일 뿐이었다.

우리에게도 전쟁 이후의 일요일들과 파리의 꽃, 화이트 와인은 이미 지나간 시절, 어린 시절에 속해 있는 것처럼 보였다. 그 시절의 이야기라면 아무것도 듣고 싶지 않았고, 만약 삼촌이 «내가 자전거 가르쳐 줬던 것을 기억해?»라고 기억을 되살리려 하면 그를 늙은이라고 생각했다. 우리는 떠들썩한 목소리, 태어날 때부터 줄곧 들어왔으나 더는 자연스럽게 떠오르지 않는 단어들과 표현들 속에서 또 다른 일요일들과 구별할 수 없는 장면들 속을 떠다니는 듯한 기분을 느꼈으며, 이제 아무도 다시 꺼내려 하지 않는 레퍼토리를 듣기 전에 신나게 놀다가 디저트 시간에 돌아와 숨을 헐떡이며 이야기를 듣던 시절까지 잠겨 들었다.

이 흑백 사진의 가장 앞쪽에는 여자애들 세 명과 남자애 한 명이 엎드려 있다. 보이는 것은 상체뿐이고 나머지는 경사지에 가려져 있다. 그들 뒤로 두 명의 남자애들이 있는데, 몸을 기울이고 서 있는 한 명이 하늘에 뚜렷이 보이고 다른 한 명은 무릎을 꿇고 팔을 뻗어 여자애 중 한 명을 괴롭히는 것처럼 보인다. 뒤로 안개 같은 것에 잠긴 골짜기가 있다. 사진 뒷장에는 다음과 같이 적혀 있다 : '63년 6월, 몽생테냥, 대학 기숙사. 브리짓, 알랭, 아니, 제랄드, 아니, 페리드.'

가운데 있는 여자애가 그녀다. 조르주 상드처럼 머리띠를 했고 넓은 어깨를 드러냈으며 가장 «여자» 같다. 누워 있는 상체 위로 꼭 쥔 주먹이 이상하게 올라와 있다. 안경은 쓰지 않았다. 이 사진은 시험을 치고 결과를 기다리던 시기에 찍은 것이다. 도시의 바와 방에서 토론하다가 〈자바네즈〉를 들으며 옷을 벗고 무모한 수위까지 애무하다가 하얗게 밤을 지새운 시간이었다. 투르드프랑스가 있던 날, 자고 일어나니 자크 앙크틸이 이미 한참 전에 지나갔던 것처럼, 그녀는 세상 밖에 있다는 죄책감을 느끼며 낮잠에서 깨어난다. 파티에 참석했고 그곳에서 지루함을 느낀다. 사진 속 그녀를 둘러싸고 있는 다른 두 명의 여자애들은 부르주아 층에 속한다. 그녀는 자신이 이 여자애들과 다르며, 더 강하고 더 외롭다고 생각한다. 이 아이들과 너무 자주 어울리고 함께 파티에 다니면서 자신이 타락하는 것 같다는 느낌을 받는다. 그렇다고 어린 시절 노동의 세계나 부모님의 작은 상점과 뭔가를 공유하고 있다고도 생각하지 않는다. 그녀는 이제 다른 세계로 넘어왔지만 그게 무엇인지는 말할 수 없다. 그녀의 지나온 인생은 관련성 없는 장면들로 이뤄져 있다. 그녀는 어디에도 속하지 못하는 느낌을 받고 있다. 단지 지식과 문학 속에만 있을 뿐.

이 순간, 이 여자애의 추상적인 지식을 열거할 수는 없을 것이다. 그녀가 읽은 책들, 그녀가 마침내 획득한 현대문학 석사 학위도 학력 수준을 나타내는 수단일 뿐이다. 그녀는 실존주의와 초현실주의에 빠져들었고 도스토옙스키, 카프카, 플로베르의 모든 책을 읽었으며, 최근에 나온 책들만이 이 세상과 현재를 가장 정확하게 볼 수 있게 해줄 것처럼 신간과 르 클레지오, 누보로망에 미친 듯이 빠져들었다.

그녀에게 학업이란 가난에서 벗어나는 수단만이 아닌, 연민을 불러일으키는 여성성의 담보와 한 남자에게 빠지는 유혹(5년 전, 고등학교 사진 참조)에 맞서 싸울 수 있는 특별한 무기다. 결혼할 마음도, 아이를 갖고 싶은 마음도 전혀 없고 모성애적인 행동과 지성의 삶은 양립할 수 없다고 여긴다. 그녀는 어차피 자신이 나

쁜 엄마가 될 것이라고 확신한다. 그녀의 이상향은 앙
드레 브르통의 시에 나오는 자유로운 결합이다.

그녀는 어느 순간에 자신이 배워온 모든 것들을 감
당할 수 없다고 느낀다. 그녀의 몸은 젊고, 그녀의 생각
은 늙었다. 그녀는 일기장에 «이론이 만능열쇠라는 생
각에 진저리가 나고», «다른 언어를 찾고 있으며», «원
초적인 순수함으로 돌아가기를» 원한다고 적었으며
그녀는 낯선 언어로 글쓰기를 꿈꾸고 있다. 그녀에게
단어란 «밤이 드리워진 천의 가장자리에 수를 놓은 일»
이다. 권태에 반박하는 «나는 의지이고 욕망이다» 같은
문장도 있으나, 무엇에 관한 의지이고 욕망인지는 쓰
여 있지 않다.

그녀는 미래를 거대한 붉은 계단, 기숙사 방 벽에 붙
이려고 잘랐던 『모두를 위한 독서』 잡지에 나온 수틴의
그림 속 그 계단으로 본다.

가끔 어릴 때 찍은 사진들 앞에서 시간을 보낼 때가
있다. 학교에 처음 입학한 날, 건물들의 잔해 속에서 열
린 장터 축제, 소트빌쉬르메르에서 보낸 방학 등등. 그
녀는 20년 후 현재의 논쟁들, 공산주의, 자살, 피임, 모든
것들을 기억하는 모습을 상상하기도 한다. 20년 후의

여성은 상념이자 유령이다. 절대 그 나이가 될 수는 없을 것 같다.

사진 속의 견고하고 아름다운 소녀를 보면서 그녀의 가장 큰 두려움이 광기라는 것은 짐작조차 할 수 없을 것이다. 그녀는 그 광기를 순간적으로나마 보존하기 위해 글쓰기만을 — 어쩌면 남자도 — 생각한다. 그녀는 과거, 현재의 장면들과 밤에 꾼 꿈들 그리고 미래의 상상이 그녀의 또 다른 자아인 «나» 안에서 교차 되는 소설을 쓰기 시작했다.

그녀는 전혀 «개성»이 없다고 확신한다.

그녀의 인생과 역사 사이에는 어떠한 관계도 없지만, 3월의 차가운 감각과 흐린 날씨로 각인된 흔적들은 이미 남아 있다. 미성년자 동맹파업, 성신강림 축일 주말의 습기, 요한 23세의 죽음, «이틀 후면 세계 대전이야»라고 말했던 친구의 말, 쿠바의 위기, 프랑스 전국학생 연맹 댄스파티에서 보낸 밤과 살랑, 샬 같은 장군들이 일으킨 쿠데타가 겹치는 우연 등등. 사건의 시간은 다양한 일들의 시간과 마찬가지로 — 그녀는 «죽은 개들»을 무시한다 — 그녀의 것이 아니다. 모두 그녀 안의 상(像)에 불과할 뿐. 몇 개월 후, 그녀에게는 댈러스에서 일어난 케네디 암살 사건이 지난여름 마릴린 먼로의 죽음보다 더 별거 아닌 일이 될 것이다. 8주째 생리가 오지 않고 있으니까.

점점 빠르게 등장하는 것들은 과거를 밀어냈다. 사람들은 용도를 묻지 않고 단지 무언가를 갖고 싶어 했으며, 당장 그것의 값을 낼 수 있을 만큼 충분한 돈을 벌지 못하는 것에 괴로워했다. 그들은 수표를 작성하는 데 익숙해졌고 «간편한 지불», 소비자금융 대출을 알게 됐다. 그들은 새로운 것에 어색함이 없었고 청소기와 전기 헤어드라이어를 사용하는 것에 자부심을 느꼈다. 호기심이 의심을 앞섰다. 생으로 먹는 요리, 불에 그슬린 요리, 육회, 향신료와 케첩, 생선튀김과 가루로 된 퓌레, 냉동 완두콩, 종려나무 순, 애프터셰이브, 욕조에 넣는 오바오[i] 그리고 개 사료인 카니구를 알게 됐다. 협동조합과 염가품 판매 조합은 마트에 자리를 내주었고, 그곳에서 고객들은 계산하기 전에 물건을 만질 수 있다는 것에 매료됐다. 우리는 자유로움을 느꼈고, 누

---

i 입욕제.

구에게 묻지 않아도 됐다. 매일 저녁, 바르베스 갤러리에서는 무료 시골풍 뷔페로 구매자들을 맞이했다. 중산층 젊은 커플들은 헬렘 커피 메이커, 디올의 로소바주[i], 주파수 변조를 할 수 있는 라디오, 전축, 베니스 커튼, 벽에 거는 황마천, 티크제로 된 거실, 던롭필로 매트리스, 개폐식 판이 달린 책상, 서랍 달린 책상, 소설에서만 봤던 이름의 가구들로 품격을 샀다. 그들은 골동품상을 자주 찾았고 훈제 연어와 새우를 넣은 아보카도, 부르기뇽 퐁뒤로 손님들을 초대했으며『플레이보이』『뤼』『바르바렐라』『르 누벨 옵세르바퇴르』, 태야르 드 샤르댕[ii], 잡지『플라네트』를 읽었다. «고급주택가»의 — 이름만으로도 이미 명품인 — 드레스룸이 있는 «호화로운» 아파트 광고를 보며 꿈을 꿨다. 그들은 불안을 감추며 처음으로 비행기를 탔고 그들 아래에 있는 녹색, 금색의 사각형들을 보며 감격했으며, 1년 전부터 요청한 전화기를 갖지 못하는 것에 화를 냈다. 전화기의 필요성을 느끼지 못한 다른 이들은 계속해서 우체국을 찾았고, 그곳에서는 창구 직원이 번호를 눌러 준 후에 그들을 전화부스로 보냈다.

---

i DIOR L'EAU SAUVAGE, 향수.
ii Pierre Teilhard de Chardin, 카톨릭 신부, 프랑스 관념주의 철학자.

사람들은 지루해하지 않았다. 그들은 즐기기를 원했다.

성공에 관한 소책자,「1985년을 위한 성찰」에서 미래는 찬란하게 보였다. 힘들고 더러운 일은 모두 로봇이 하게 되고 모든 인간이 문화와 지식을 접하게 된다. 먼 남아프리카에서 이뤄진 첫 번째 심장 이식은 막연히 죽음을 없애기 위한 첫걸음처럼 보였다.

넘치는 물건들은 생각의 결핍과 믿음의 소모를 감췄다.

젊은 교수들은 그들이 고등학교 때 배운 라가르드와 미샤르를 이용하여 점수를 주고 기말시험을 냈고, 매번 회보에 «권위가 줄어들고 있다»라고 주장하는 조합에 가입했다. 리베프의 『수녀들』은 금서였고, 에로틱한 책들은 테랑바그에서 우편으로 구입했다. 사르트르와 보부아르는 티브이에 출현하는 것을 거절했다(그러나 아무도 신경을 쓰지 않았다). 우리는 고갈 난 가치와 언어 속에서 계속 살아갔다. 우리는 훗날 〈잘 자라, 애들아〉에서 나온 곰 인형의 꾸짖던 목소리를 추억하면서 매일 밤 드골이 머리맡에 왔었던 것 같은 느낌을 받을 것이다.

사회 전반에 거쳐 이동하는 움직임이 있었다. 시골 사람들은 산에서 내려와 골짜기로 갔고, 시내 중심가에서 강제로 옮겨진 학생들은 언덕에 있는 캠퍼스로 올라가서 낭테르 빈민촌의 이민자들과 같은 진창을 나눴다. 알제리에서 송환된 사람들과 비밀기관의 가정들은 화장실이 밖에 있는 낮은 주택을 떠나 F에 숫자가 붙는 단지로 나뉜 건물에서 함께 살게 됐다. 그러나 사람들이 원하는 것은 함께 지내는 것이 아니라 오직 중앙난방과 깨끗한 벽, 욕실뿐이었다.

　가장 지지했던, 절대 가능할 것이라고 상상도 하지 못했던 피임약이 법적으로 허용됐다. 우리는 그것을 권하지 않는 의사에게, 특히 미혼이라면, 쉽게 요구하지 못했다. 그것은 정숙하지 못한 행동이었다. 우리는 피임약으로 인생이 바뀔 것이라는 것을 느꼈다. 자신의 육체로부터 그토록 자유로워진다는 것, 남자만큼 자유로워진다는 것은 두려운 일이었다.

세상의 청춘들은 폭력으로 그들의 안부를 전했다. 그들은 베트남 전쟁에서 분노해야 할 이유를, 마오쩌둥의 백화제방 백가쟁명[i]에서 꿈꿀 이유를 찾았다. 비틀스를 설명해 주는 순수한 환희에 대한 자각이 있었다. 그저 그들의 음악을 듣기만 해도 행복해지고 싶어졌다. 앙투안, 니노 페레, 뒤트롱으로 기괴함이 퍼져나갔다. 안주한 어른들은 아무것도 보지 못한 척하며 RTL의 티흘리포[ii], 유럽 채널의 모리스 비로, 생그르니에의 잠깐 상식을 들었고 티브이 속 아나운서들의 미모를 비교했으며, 미레유 마티외와 조르제트 르메르 중에 누가 새로운 에디트 피아프가 될 것인지를 물었다. 그들은 알제리를 빠져나오며 전쟁에 질렸고 이스라엘 탱크가 나세르의 군인들을 진압하는 것을 불편하게 지켜보았으며, 해결됐다고 생각했던 문제가 다시 돌아온 것에, 희생자가 승리자로 바뀐 것에 당황했다.

결국, 여름은 늘 똑같았고 자신만을 생각하는 일은 점점 더 무겁게 느껴졌다. 《실현해야 한다》는 말은 외

---

i '온갖 꽃이 같이 피고 서로 다른 많은 학파들이 논쟁을 벌인다'는 뜻으로 공산당에 대해 자유로운 비판을 할 수 있도록 인민들에게 언론을 확대한 운동. 관료주의, 종파주의, 주관주의를 극복하고자 하는 의도였지만, 실재 독재와 마오쩌둥에 대한 비판과 불만이 나오자 이듬해 우파의 책동이라고 비난하며 반대파 척결을 위한 도구로 변질됐다.

ii 라디오 방송.

로움으로 인해, 늘 같은 카페에서 나누는 대화로 인해 아무 소용이 없어졌다. 젊다는 느낌은 끝없이 우울한 시간으로 변모했고 미혼자보다 기혼자가 사회적으로 우월하다는 것을 확인했기에 우리는 그 어느 때보다 더 확신을 가지며 사랑에 빠졌다. 생리 주기 계산법에 도움을 받아 생각하지 못한 순간에 결혼하게 됐으며 얼마 지나지 않아 부모가 됐다. 난자와 정자의 만남은 개인의 역사에 속도를 더해 주었다. 사감으로, 가끔 설문 조사 조사원으로 일하고 과외를 하면서 학업을 마쳤다. 회사에 들어가기 전에 모험처럼, 자신에게 최후의 유예기간을 허락한다는 듯이 «해외 협력단»으로 알제리나 블랙 아프리카로 떠나기를 시도하기도 했다.

  젊은 부부들은 안정적인 직장을 얻은 후에 은행 계좌를 열고 Cofremca[i] 대출을 얻어서 냉동칸이 있는 냉장고와 오븐 겸용 가스레인지 등을 구매했다. 그들은 결혼의 은총으로, 사전에 가격이나 필요성을 생각하지 않고 이제는 당연한 것이 되어 버린, 부족한 모든 것 앞에서 가난을 느끼며 당황했다. 우리는 하루아침에 어른이 되어 있었다. 마침내 부모님들은 매몰차게 거절

---

i 소비자신용.

당하지 않고 자신들의 인생에 관한 지혜, 경제, 육아, 마루 청소법을 전수해 줄 수 있게 됐다. 자신의 성이 아니라 다른 성으로 «마담»이라고 불리는 것이 자랑스러우면서도 한편으로는 이상하게 느껴졌다. 생필품과 하루에 두 번씩 밥상을 차리는 일에 대해 늘 고민하기 시작했고 카지노,[i] 프리수와 누벨갤러리의 식품 코너에 자주 드나들게 됐다. 예전처럼 태평하게 친구들과 밤 드라이브를 하고 영화 관람을 하고 싶은 마음은 아기의 등장으로 사그라들었다. 어두운 극장에서 아니에스 바르다의 〈행복〉을 보면서 요람 속에 혼자 있는 아기 생각을 멈출 수 없어 서둘러 귀가했으며, 아기가 새근거리며 편안하게 잠든 모습과 꼭 쥔 작은 주먹을 보며 안도감을 느꼈다. 우리는 결국 텔레비전을 샀다 — 그것으로 사회에 통합되는 절차를 마친 것이다. 일요일 오후에는 〈하늘의 기사들〉, 〈그녀는 요술쟁이〉를 봤다. 공간은 줄어들었고 시간에는 규칙이 생겨서 일하는 시간, 어린이집에 가는 시간, 목욕시키는 시간, 〈마법의 회전목마〉 방영 시간, 토요일의 장보기로 재단됐다. 우리는 질서의 행복을 알게 됐다. 개인적인 계획들이 — 그림, 음악, 글쓰기 — 멀어지는 것을 보는 우울함은 가

---

i 슈퍼마켓 체인 이름.

정의 계획에 일조하며 얻는 만족감으로 보상받았다.

우리는 모두 놀라울 정도로 빠른 속도로, 새지 않는, 매우 작은 가족 단위를 만들었다. 젊은 부부들, 젊은 부모들끼리 서로를 초대하고, 독신들을 모유 수유와 블레디나 이유식, 닥터 스포크를 모르는 미숙한 부류의 사람들로 여겼으며, 그들이 자유롭게 오가는 것에 조금은 감정이 상했다.

우리는 정치적인 발언들과 세계의 사건들을 어떻게 느꼈는지 평가할 생각을 하지 못했다. 다만 드골을 반대하며 알제리 프랑스 시절에 어렴풋이 파묻혀 있던 이름, 기력이 팔팔한 후보, 프랑수아 미테랑을 뽑는 것에 희열을 느꼈을 뿐이다. 한 개인의 삶에 역사는 의미가 없었다. 우리는 그날그날 그저 행복하거나 불행했다.

현실이라고 말하는 것, 일, 가족 안에 묻혀 있을수록 더욱 비현실적인 느낌을 받았다.

햇살이 좋은 오후, 젊은 여성들은 공원 벤치에 앉아 모래사장 놀이를 감시하며 기저귀, 아이들 음식에 대한 대화를 나눴다. 수다와 사춘기 시절의 비밀들, 끝도 없이 서로를 배웅했던 시절은 너무도 멀게 느껴졌다. 예전의 삶이 3년 전 혹은 그 이상이라는 게 믿어지지 않았으며 그 시간을 즐기지 못했던 것을 후회했다. 그녀들은 음식과 빨래, 소아병을 고민하게 됐다. 절대 어머니를 닮지 않으리라 생각했던 그녀들은 조금 더 가볍게 어머니의 뒤를 이어갔다. 그것은 『제2의 성』의 독서와 물리넥스가 여성을 해방시켰다[i]가 장려한 거침없는 형태였으며, 어머니들과는 다르게 이유 없이 의무감을 느꼈던 모든 가치를 거부했다.

우리는 신혼부부의 불안과 흥분으로 점심 식사에 시댁 식구들을 초대하여 다른 형제자매들보다 더 세련되게 잘살고 있다는 것을 보여 줬다. 베니스 스타일의 커튼에 감탄하게 만들고, 소파의 비로드 천을 만져보게 하고, 스피커의 커다란 사운드를 들려주고, 결혼예물로 받은 식기 세트를 — 그러나 잔이 부족했다 — 꺼낸 후에 모두를 식탁에 앉히는 것까지 성공하면 부르기뇽 퐁뒤를 —『엘르』에서 찾은 레시피로 만든 — 먹

---

i 물리넥스 광고 카피.

는 방법을 설명했다. 중산층 사람들은 일과 휴가, 자동차, 샌 안토니오[i], 앙투안의 긴 머리, 알리스 사프리취의 못생김, 뒤트롱의 노래들에 대한 대화를 시작했다. 여자가 밖에서 일하는 것과 집 안에 있는 것 중에 무엇이 부부에게 더 경제적으로 이득이 되는지에 대한 토론은 피할 수 없었다. 우리는 드골의 프랑스인들이여, 나는 당신을 이해합니다! 자유로운 퀘벡 만세!를 비웃었다(마치 미테랑과의 결선 투표로 인해 그의 불손함이 터져 나오고, 르 카나르 앙셰네[ii]가 달랑달랑한 샤를르라고까지 부르게 된 그의 노쇠함이 갑자기 밝혀지기라도 한 것처럼). 우리는 망데스 프랑스의 총명함과 청렴결백함을 찬양했고 지스카르 데스탱, 드페르, 로카르의 미래를 점쳤다. 식탁은 비밀경찰, 모리악과 그의 낄낄대는 답답한 웃음소리, 말로의 이상한 버릇에 관한 화제로 평화롭고 분분하게 냉소하며 속닥거렸다(혁명가 쳉[iii]일 것이라고 상상했는데, 공식 석상에서 그가 걸친 겉옷을 보는 것만으로도 그의 문학을 더는 믿을 수 없게 됐다).

전쟁에 대한 언급은 50세 이상의 입에서 나오는 허

---

i 프레드릭 다르가 경찰, 생 안토니오라는 이름으로 쓴 범죄 수사물 드라마다. 주인공의 성 역시 생 양토니오, 이름은 앙투안이다.
ii 주간지.
iii 앙드레 말로의 소설 '인간의 조건'의 등장인물.

영심 넘치는 개인적인 일화로 축소됐고, 30세 이하는 그것을 지루하게 반복되는 말로 여겼다. 우리는 이 모든 것들을 위한 추모사와 꽃다발이 있어야 한다고 생각했다. 제4공화국의 인물들의 이름, 비도, 피네가 등장했지만 그들은 우리 안에 어떤 구체적인 이미지도 일깨우지 못했다. 다만 «이미 거기까지 왔다»라는 사실은 분명했고 또 한 번의 분노 속에서 — «그 천박한 기 몰레»라고 불렀다 — 그들이 중요한 역할을 했다는 것을 놀라워하며 깨달았다. 젊은 교사들에게 알제리는 경제적으로 유리한 파견 근무지로 변했다. 과거는 이미 지나간 일이었다.

피임에 대해 말하는 것은 가족들을 경악하게 하는 일이었다. 낙태는 입에 올려서도 안 됐다.

디저트를 위해 접시를 바꿨다. 부르기뇽 퐁뒤로 이미 충분히 자존심이 상했다. 기대했던 칭찬이 아니라 호기심 어린 반응과 그에 덧붙은 실망스러운 언급뿐이었고 — 소스를 만드는데 힘들었던 것을 참작해서 — 어떤 친절한 말도 듣지 못했다. 커피를 마신 후에는 식탁을 치우고 브리지 게임을 준비했다. 위스키로 시아

---

i 제4공화국 수상.

버지의 말투가 걸출해졌고 톤이 높아졌다. 영국인 만 명이 에이스를 내지 않으려고 템스강에 빠졌다라는 말을 계속해서 듣게 될 줄을 생각이나 할 수 있었겠는가. 새로운 가족들의 얼굴을 활짝 피게 만든 배부름과 낮잠에서 깨어나려는 아이의 칭얼거림 속에 모든 것이 잠시 머물다 사라질 것만 같은 느낌이 스쳐 지나갔다. 우리는 남편, 아이, 집, 우리가 원했던 것들을 가지고 지금 여기에 있다는 것에 흠칫 놀랐다.

실내에서 클로즈업으로 찍은 흑백 사진, 쿠션을 이용해 소파로 꾸민 침대 위에 젊은 여자와 아이가 투명한 커튼이 있는 창문 앞에 나란히 앉았다. 벽에는 아프리카 장식품이 있다. 그녀는 밝은 저지 소재의 트윈 세트와 무릎 위로 올라온 스커트를 입고 있다. 항상 어두운 색상의 머리띠를 착용하는 그녀의 비대칭적인 머리카락이 활짝 웃어서 광대가 올라간 통통한 타원형 얼굴을 돋보이게 한다. 헤어스타일도, 전체적인 옷차림도, 훗날에 66년 혹은 67년이라고 짐작할 수 있을 만한 것들이 아니다. 유일하게 미니스커트만이 메리 퀀트가 유행시킨 패션과 맞을 뿐. 그녀는 아이를 어깨로 지탱하고 있다. 아이의 눈에는 생기가 넘치고 활달해 보이며 터틀넥 니트와 잠옷 바지를 입었고, 벌어진 입으로 작은 치아가 보이는 것을 보면 말하는 도중에 찍힌 사진이다. 사진 뒷장에는 '67년 겨울, 로베르쉬 가'라고 적혀 있다. 그러니까 여기에는 보이지 않는, 이 사진을 찍은 남자는 4년 만에 바람기 있는 어린 학생에서 남편, 아이의 아버지, 산을 낀 도시의 행정부 공무원 간부가 된다. 일요일에 찍은 사진이 분명하다. 약한 불에 익어가는 점심 식사의 향기 속에 레고를 조립하는 아이의 재잘거림, 바흐의 〈음악적 헌정〉을 틀어 놓고 화장실 수세 장치를 고치는, 그들이 공동의 기억을 구축하고, 요컨대 행복한 감정을 확고히 다져나가는, 유일하게 함께 보낼 수 있는 날. 사진은 이러한 구축 작업에 참여하며 이것의 복사본을 받은 아이의 조부모들을 안심시키는 담보가 되는 동안, 《작은 가정》을 정착시킨다.

1967년에서 68년 겨울, 바로 그 순간 그녀는 그들 셋을 가둔 이 사회적 단위의 기쁨 안에서 — 전화 한 통, 벨 소리 한 번으로 동요될 수 있는 — 이 단위의 유지를 주된 목적으로 둔 일거리들, 교사의 일과 그녀의 외부적인 업무를 어렵게 만드는 장보기 목록, 세탁물 확인, 저녁에 무엇을 먹을까 같은 코앞에 닥친 미래를 위한 끝도 없는 준비에서 잠시 벗어나 분명 아무 생각도 하지 않고 있을 것이다. 그녀에게 가정에서의 시간은 느끼는 것이지, 생각하는 시간은 아니었다.

그녀가 진짜 생각이라고 여기는 것은 그녀가 혼자 있을 때나 아이와 산책할 때 찾아온다. 그녀에게 진짜 생각은 사람들이 말하는 방식, 옷을 입는 방식, 유모차를 배려한 인도의 높이, 장 주네의 〈병풍들〉 공연 금지와 베트남 전쟁에 관한 것이 아닌, 그녀 자신에 대한 질문들, 존재와 소유, 실존에 대해 생각하는 것이다. 더 깊어지는 달아나는 느낌, 타인과의 불가능한 소통, 그녀에게 글을 쓸 시간이 주어진다면 ─ 그녀에게는 읽을 시간도 없다 ─ 이 모든 것들이 그녀의 책을 위한 소재가 될 수 있을 것이다. 그녀는 마치 이 가족이라는 단위를 위협한다는 듯이, 그녀에게 이제 내면성은 허락되지 않는다는 듯이, 자주 열어보지 못했던 일기장에 이렇게 적었다. «더 이상 아무것도 생각나지 않는다. 나는 이제 내 인생을 더는 설명하려 하지 않고 있다», «나는 이제 프티브루주아가 됐다».

그녀는 내면의 목표를 빗겨나가 그저 어머니로서만 전진하는 느낌을 받는다. «나는 조용하고 편안한 이 삶에 정착하는 것이, 자신도 모르게 이 삶을 살아 버리는 것이 두렵다.» 이러한 사실을 확인한 순간에도, 그녀는 일기장에 절대 적혀 있지 않은 모든 것들, 함께 하는 삶, 같은 공간을 나누는 친밀함, 그녀가 수업이 끝나면 빨리 돌아가고 싶어 하는 집, 둘이서 자는 잠, 아침의 전기 면도기 소리, 저녁의 『돼지 삼 형제』 이야기, 이러한 것들이 반복되는 일상, 잠시 떨어지면 삼 일을 넘기지 못하고 그리워지는, 그녀가 증오하고 아낀다고 믿는 것들을 — 사고로 잃는다는 상상만 해도 그녀의 가슴을 옥죄는 모든 것들 — 포기할 준비가 되어 있지 않다는 사실을 알고 있다.

그녀는 예전처럼 다음 해 여름의 해변이나 첫 번째 책을 출간하는 작가를 꿈꾸지 않는다. 미래는 구체적인 물질들로 표현된다. 더 좋은 일자리, 승진하고, 획득하고, 아이를 유치원에 입학시키고, 그런 것들은 꿈이 아니라 예측이다. 그녀는 자주 혼자였던 시절의 모습을 떠올린다. 그녀가 걸었던 도시의 거리와 그녀가 머물던 방에 있는 자신의 모습을 본다 — 루앙의 여자 기숙사, 오페어로 살았던 핀칠리, 방학 동안에 있었던 로

마의 세르비오 튈리오 가의 하숙집. 그녀는 그곳에 계속해서 존재하는 것이 자신의 자아들이라고 생각한다. 요컨대 과거와 미래가 뒤바뀐 것이다. 이제 욕망의 대상은 미래가 아닌 과거다 : 63년 여름, 로마의 그 방으로 돌아가는 것. 그녀는 일기장에 다음과 같이 기록했다 : «극한의 자아도취적인 시선으로, 내 과거를 선명하게 보고 싶다. 그리고 그것을 통해 내가 아닌 존재가 되고 싶다», «나에게 고통을 주는 부류의 여성의 모습, 어쩌면 나는 그것을 향해 가고 있는지도 모른다». 3년 전, 파리에서 열린 전시회에서 그녀는 도로시 태닝의 그림을 봤다. 가슴을 내놓은 한 여자와 그 여자 뒤로 늘어선, 살짝 열려 있는 여러 개의 문이 있었다. 제목은 〈생일〉이었다. 그녀는 그 그림이 자신의 삶을 표현하고 있으며 오래전에 그녀가 『바람과 함께 사라지다』『제인에어』 나중에는 『구토』 속에 있었던 것처럼 그 안에 자신이 있다고 생각한다. 그녀는 『등대로』 『빛의 세월』 같은 책을 읽을 때마다 자신의 인생 역시 그런 모습이라고 할 수 있는지를 자문한다.

그녀는 노르망디의 작은 도시에 있는 부모님의 모습을 불현듯 떠올린다. 밤에 성체강복식에 가려고 블라우스를 벗던 그녀의 어머니와 어깨에 삽을 지고 정원을 올라가는 아버지, 영화보다 더 비현실적인, 여전히 존재하는 느린 세계, 무엇을 향해서인지는 말할 수 없지만 앞으로 나아가고 있는 그녀가 속한 모던하고 교양 있는 세계와는 거리가 먼 곳.

세상에 일어나는 일과 그녀에게 일어나는 일 사이에는 어떤 교차점도 없다. 두 개의 평행선의 연속이다. 하나는 추상적이며 모든 정보는 받는 즉시 잊혀지고, 또 다른 하나는 고정된 장면들이다.

시대마다 사람들이 당연하다고 여기는 행동과 말, 책이나 지하철 포스터만큼이나 웃기는 이야기들이 권장하는 사고에서 빗겨나간 곳에, 이 사회가 자신도 모르게 침묵하는 모든 것들이 있다. 사회는 명명할 수 없는 것들을 느끼는 사람들에게 고독한 불편함을 안겨준다. 어느 날 갑자기 혹은 조금씩 깨진 침묵과 무언가에 대해 터져 나온 말들은 결국 인정받게 되지만, 반면 그 아래로 또 다른 침묵이 형성된다.

후일에 기자들과 역사학자들은 68년 5월 항쟁이 일어나기 전,『르몽드』에 실렸던 피에르비안손 퐁테의 문장 프랑스는 지루해하고 있다를 서로 다투어 회상하려 할 것이다. 일요일에 안느 마리 페이슨[i] 앞에서 시대를 알 수 없는 우울함이 넘치던, 자신의 어두운 모습을 알아보는 일은 쉬울 것이며 모두가 일률적이고 무미건조한, 경직된 세상에 있었다고 확신할 수 있을 것이다. 텔레비전은 관계자들의 제한된 자료들과 함께 불변의 도상학을 방송에 내보내며 사건들의 결정적인 진술을 확립할 것이고, 그해에는 모두가 열여덟에서 스물다섯이 되어 손수건으로 입을 막고 CRS[ii]에게 돌을 던진 듯한 느낌을 심어 줄 것이다. 카메라가 포착한 장면들의 반복 속에, 우리는 알려지지도 — 일요일, 여행객도 가판대에 신문도 없는 텅 빈 광장 — 명예롭지도 않은 — 굶주렸던 기억을 물려받아 돈이 부족하거나(은행에 서둘러 돈을 찾으러 갔다), 기름, 특히 음식이 모자라는 것이 두려워서 카르푸의 카트를 가득 채웠던 — 자신들만의 5월의 이미지들을 머릿속에서 내몰 것이다.

---

i   아나운서.
ii 공화국 보안 기동대.

다른 이들에게도 똑같은 봄이었다. 소나기 내리는 4월과 늦게 찾아온 부활절. 우리는 장클로드 킬리와 함께 동계올림픽을 지켜봤고,『엘리스 혹은 진짜 인생』을 읽었다. R8[i]을 피아트 세단으로 보란 듯이 바꿨으며, 고등학교 2학년들과 『캉디드』를 공부하기 시작했고, 라디오에서 상세하게 묘사하던 파리 대학가에서 일어난 분쟁에 약간의 막연한 관심을 보였다. 늘 그랬듯이 권력에 의해 진압되리라 생각했다. 그러나 소르본이 문을 닫았다. 중등교원 자격증 필기시험이 취소됐고 경찰들과 대치가 있었다. 어느 저녁, 우리는 유럽 1번 채널에서 숨넘어가는 목소리를 들었고 10년 전 알제에서 그랬던 것처럼, 라탱 지구에 바리케이드, 화염병, 그리고 부상자들이 있었다. 이제 우리는 무슨 일이 일어났다는 사실을 인식하게 됐으며 다음날이 되자 더는 정상적인 생활로 돌아가고 싶지 않아 했다. 서로 마주쳤고 갈팡질팡했으며 한자리에 모였다. 우리는 구체적인 이유나 요구 없이 전염된 것처럼 일을 멈췄다. 갑자기 예기치 못한 일이 생겼을 때, 기다리는 것 외에 무언가를 한다는 것은 불가능했기 때문이다. 내일 일어날 일을

---

i 아우디 R8.

알지 못했고 알려고 하지도 않았다. 지금과는 다른 시대였다.

직업을 진정으로 받아들이지 않았던, 구입한 물건들을 정말로 원하지는 않았던 우리는 CRS에게 돌을 던지는, 우리보다 겨우 조금 어린 학생들을 보며 자신의 모습을 깨달았다. 그들은 우리를 대신해서 권력자들에게 검열과 억압의 세월을, 알제리에서 일어난 전쟁을 반대하는 시위에 대한 난폭한 진압을, 아랍인 박해를, 『수녀』[i]의 금지를 그리고 장교들의 검은 DS[ii]를 거부했다. 그들은 우리들이 청소년 시절을 무기력하게 보낸 것에, 대강당의 공손한 침묵과 기숙사 방에 몰래 남자애들을 들인 수치심에 복수했다. 우리는 내면의 박대 당한 욕망과 복종에 대한 실의로 파리의 타오르는 저녁을 마음속으로 지지했고, 이 모든 것을 조금 더 일찍 알지 못했다는 사실을 안타까워하면서도 사회생활 초기에 이런 일이 찾아온 것이 다행이라고 생각했다.

가족들이 말했던 1936년의 이야기들이 갑자기 실제가 되었다.

---

i   드니 디드로의 소설.
ii   시트로엥 자동차.

우리는 태어나서부터 지금까지 듣지도 보지도 못했으며, 가능하다고 생각하지도 않았던 것들을 보고 듣게 됐다. 오래전부터 허용된 규정에 따라 사용됐던, 특정인들만 들어갈 수 있었던 장소들, 대학, 공장, 극장이 모두에게 개방됐고 그곳에서 토론하기, 먹기, 잠자기, 사랑하기 등 본래의 용도를 제외한 모든 것들을 할 수 있었다. 제도적이고 신성한 공간은 더는 없었다. 선생님들과 학생들, 젊은이들과 늙은이들, 간부들과 노동자들이 서로 말을 섞었으며 위계질서와 거리감은 대화 속에서 기적적으로 녹아버렸다. 또 우리는 신중한 연설, 예의 바르고 정제된 언사, 사려 깊은 어조 그리고 완곡한 표현들, 권력자와 그들의 부하가 이런 거리감으로 ― 미셸 드루아를 보면 알게 된다 ― 그들의 지배를 강요하는 것에 ― 그렇다는 사실을 깨달았다 ― 종지부를 찍었다. 울림이 있는 목소리로 거칠게, 사과 없이 말꼬리를 자르며 말했다. 얼굴에는 분노와 경멸, 쾌락이 드러났다. 태도의 자유로움과 몸의 에너지가 화면을 뚫고 나왔다. 그것을 혁명이라고 한다면, 그렇다, 혁명은 그곳에 있었다. 선명하게, 육체의 팽창과 안이 속에, 혁명은 아무 곳에나 앉아 있었다. 다시 등장한 드골이 ― 그동안 어디 있었던 것일까? 완전히 떠났기를 바

랐는데 — 혐오감에 비틀어진 입으로 의미를 모르고 «
난장판»을 말했을 때, 우리는 배설물, 성교, 동물적인
난립과 새어 나온 본능을 조롱하는 단어로 요약된 이
저항이 그에게 불러일으킨 귀족적인 경멸을 감지했다.

　우리는 어떤 노동자 지도자도 등장하지 않았다는
사실을 알아채지 못했다. 공산당과 조합의 지도자들은
아버지 같은 모습으로 계속해서 필요와 의지를 결정지
었다. 그들은 구매력을 증가시키는 것과 정년퇴직 나
이를 앞당기는 것보다 더 나은 일은 아무것도 없다는
듯이 정부와의 협상에 — 정부는 거의 움직임이 없었
다 — 참여했다. 우리는 그들이 그르넬[i]을 나오면서, 3주
전에 이미 잊어버린 단어들로 권력자들이 이미 «동의»
했다는 «조치들»을 거창하게 발음하는 것을 보며 스스
로가 식었음을 느꼈다. 우리는 «일반 당원»들이 그르넬
조약의 양위를 거부한 일과 샤를레티에서의 망데스 프
랑스를 지켜보며 다시 희망을 품었다가, 의회의 붕괴
로 다시 회의를 느꼈다. 샹젤리제에 어두운 군중들이
드브레, 말로와 함께 — 비굴함을 벗어나지 못한 그들

---

i　1968년 5월 정부의 주최로, 조합 대표단과 경영자 단체가 공동으로 맺은 협약. 그르넬
가에서 회의가 열렸기 때문에 그르넬 협약이라고 부르게 됐다.

의 말이 불러일으킨 참화 — 부자연스럽고 음울한 형제애로 서로 어깨를 두드리며 몰려드는 것을 보았을 때, 모든 게 끝날 것이라는 사실을 알고 있었다. 더는 두 개의 세상이 있다는 것을 모른 척할 수 없었고 선택해야만 했다. 선거, 그것은 선택이 아니라 유력자들을 그들의 자리에 데려다 놓는 일이었다. 어차피 젊은이들의 반은 스물한 살 미만이었으므로 투표를 할 수 없었다. 고등학교에서, 공장에서, 노동총연맹 그리고 공산당이 재개를 지시했다. 우리는 그들의 대변인이 느린 화법이나 가짜 농부의 거친 말투로 우리를 제대로 속였다고 생각했다. 일터에서 그 나물에 그 밥이었던 그들은 «권력자들의 객관적인 아군들»과 스탈린주의 배신자들이라는 명성을 얻었고, 수년에 거쳐 굉장한 인물이자 모든 공격의 대상이 되어갔다.

시험이 치러졌고, 기차가 굴러갔고, 석유가 다시 흘렀다. 우리는 휴가를 떠날 수 있게 됐다. 7월 초, 버스로 역에서 역을 지나 파리를 건너던 지방 사람들은 그들 밑에 아무 일도 없었다는 듯이 다시 제자리에 놓인 포석을 느꼈다. 몇 주가 지나 다시 돌아왔을 때, 그들은 더 이상 몸을 흔들지 않는 매끄러운 아스팔트가 깔린 것

을 보았고, 그 많던 포석들을 어디에 두었는지를 궁금
해했다. 십 년 동안 있었던 일보다 두 달 사이에 더 많
은 일이 일어난 것처럼 느껴졌지만, 우리에게는 그것
이 무엇이든 간에 뭔가를 할 수 있는 시간이 없었다. 어
느 순간 무언가를 빠트렸으나 그것이 무엇인지 알 수
없었다 — 아니면 그렇게 되도록 그냥 내버려 둔 것이
었는지도 모르겠다.

모두가 격동의 내일을 믿기 시작했다. 그것은 몇 달,
기껏해야 일 년이면 일어날 일이었다. 가을은 뜨거울
것이고 그러고 나면 봄이 온다(더는 생각하지 않을 때
까지, 훗날 낡은 청바지를 발견하고 «68년 5월에 입은
것이다»라고 말할 때까지). «또다시 5월»은 혁명의 회귀
와 다른 사회의 도래를 위해 일하는 이들에게는 기대
였고, 가브리엘 뤼시에르를 감옥에 넣고 머리가 긴 젊
은이들 모두를 «극좌파»로 간주하며 시위와 모든 것을
막는 법에 환호하면서 혁명이 돌아오는 것을 막으려고
하던 이들에게는 강박이었다. 사람들은 일터에서 두
부류로 갈라졌다. 5월의 투쟁자들과 투쟁자가 아니었
던 사람들, 그들은 같은 반감으로 나뉘었다. 5월은 개인
을 분류하는 방식이 됐다. 누군가를 만나게 되면 그 시

국에 어느 쪽에 있었는지를 물었다. 양쪽 모두 똑같이 폭력적이었으며 서로 그 어느 것도 용서하지 않았다.

사회를 바꾸기 위해 통합사회당에 남아 있었던 우리는 어느 날 갑자기 마오, 트로츠키주의자들, 엄청난 양의 이념들과 개념들을 알게 됐다. 사회적인 운동, 서적들 그리고 잡지들, 철학가들, 비평가들, 사회학자들이 곳곳에서 나왔다 : 부르디외, 푸코, 바르트, 라캉, 촘스키, 보드리야르, 빌헤름 라이히, 이반 일리치, 텔켈, 구조적인 분석, 서사학, 생태학. 어차피 『상속자들』[i]이건, 섹스 자세에 관한 스웨덴 소책자이건, 모두 새로운 지식과 세상의 변화를 향하고 있었다. 우리는 고개를 어디에 둬야 할지 모르고 전대미문의 언어들 속을 헤엄쳤으며, 이 모든 것들을 이전에 들어보지 못했다는 사실에 놀라워했다. 한 달 만에 몇 년을 따라잡았다. 낡았지만 그 어느 때보다 더 공격적인 것들, 감동적인 것들, 더는 새로 배울 것이 없어도 터번을 쓴 보부아르와 사르트르를 되찾았음에 안도했다. 앙드레 브루통은 안타깝게도 2년 일찍 세상을 떠났다.

---

i 피에르 부르디외 저서.

지금까지 당연하다고 여긴 것 중에 어느 하나도 자명한 것은 없었다. 가족, 교육, 교도소, 직장, 휴가, 광기, 광고, 모든 현실은 검토를 받게 됐다. 비판하는 자의 말도 마찬가지로 지금 네가 말하고 있는 곳은 어디인가?라는 물음으로 자신의 근본, 가장 깊은 곳을 살피기를 요구받았다. 사회는 순진하게 기능하기를 멈췄다. 차를 사고, 해야 할 일들을 적고, 출산하는 것, 모든 것이 의미가 있었다.

이 지구상의 어떤 것도 우리에게 낯선 것이 되어서는 안 됐다. 대서양, 브뤼에 앙 아르투아의 범죄사건, 알렌드의 칠리, 쿠바, 베트남, 체코슬로바키아 우리는 모든 투쟁에 참여했다. 제도를 평가했고 모델을 찾았다. 우리는 보편화된 정치적 시각으로 세상을 읽었다. 가장 중요한 단어는 «해방»이었다.

단체, 사회적 신분, 불공정함을 나타내는 것이라면 지식인이든 아니든 누구나 말하고 들을 수 있었다. 여자, 동성연애자, 계급을 벗어난 사람, 억류된 사람, 농부, 미성년자로서 무언가를 경험한 것만으로도 나를 말할 수 있는 권리를 얻었다. 공동의 언어로 스스로 사고하는 것에 흥분했다. 매춘부들, 파업 중인 근로자들의 대변인들이 자발적으로 일어났다. 립[i]의 노동자였던 샤를르 피아제는 철학 시간에 귀가 닳도록 들었던, 같은 이름을 가진 심리학자보다 더 유명했다(언젠가 이 이름이 노동자도 심리학자도 아니라, 미용실 잡지 속 명품 보석만을 떠올리게 할 것이라는 사실은 모른 채로).

이제는 남학생들과 여학생들이 어디에서나 함께 했다. 시상, 기말시험, 블라우스가 사라졌고, 점수는 A에서 E까지 문자로 대체되었다. 학생들은 수업시간에 키스하고 담배를 피우며 작문 주제를 큰 목소리로 바보 같다 혹은 훌륭하다라고 평가했다.

우리는 구조 문법, 의미장, 동위성, 프레네 교육학을 설명했다. 보리스 비앙과 이오네스코, 바비 라푸앙트와 콜레트 마그니 노래들, 『필로트』[ii], 만화를 위해 코르네유와 부알로를 버렸으며, 68년 교무실에 숨었던 동료들이나 호밀밭의 파수꾼과 세기의 아이들을 읽혔다는 이유로 소란을 피운 부모들에 대한 적대감에서 영감을 얻은 소설이나 일기를 쓰게 했다. 끈기가 더해졌다.

우리는 일종의 취한 상태에서 마약, 환경오염 혹은

i 브장송에 있는 시계 공장으로 1970년에 파업이 시작되어 1976년까지 이어짐. 프랑스 전국, 유럽 전체의 수많은 이들이 파업에 동참함.
ii 1959년에서 1989년까지 발간되었던 만화 주간지.

인종차별주의를 주제로 두 시간 동안 이어진 토론을 마치고 나오면서 학생들에게 아무것도 가르친 것이 없는 것이 아닌가, 헛수고가 아닐까 하는 의심을 품었다. 그러나 어쨌든 학교는 무언가에는 쓸모가 있었다. 우리는 끝도 없이 묻고 또 물었다.

생각하고, 말하고, 글을 쓰고, 일하고, 다른 방식으로 존재하기 : 우리는 모든 것을 시도해도 아무것도 잃을 게 없다는 판단을 내렸다.

1968년은 세상의 첫해였다.

어느 11월 아침, 드골 장군의 사망 소식을 듣고 잠시 의심했다 ─ 우리 눈에 그는 불멸의 존재였다. 그리고 우리는 일 년 반 동안 얼마만큼 그를 이미 잊고 지냈는지를 깨달았다. 그의 죽음으로 우리들의 인생에서 먼 세월, 5월 이전의 시간의 문이 닫혔다.

그러나 며칠 동안 중학교의 종소리, 알베르 시몬과 〈유럽 넘버 1〉의 마담 솔레이의 목소리, 토요일의 스테이크와 감자튀김, 〈광대 키리〉와 저녁에 하는 아닉 보샹의 〈여성들을 위한 1분〉은 계속됐고, 여전히 변화는 느껴지지 않았다. 어쩌면 그것을 인식하기 위해서는 잠시 멈춤의 순간이, 그러니까 예를 들면 르노 경비가 죽인 노동자, 피에르 오베르니가 사망했을 때처럼, 단지 3월, 어느 오후의 특별한 맛을 알게 된 것인 줄 알았지만 시간이 흐르고 보니 첫 연좌 대모라는 역사적인 장면이 돼 버린, 햇볕 내리쬐는 학교 운동장에서 학생들인 만든 그림 앞에 모두가 앉아 있었던 순간 같은 것이 필요했을 것이다.

어제의 수치심은 더는 통용되지 않았다. 죄책감은 조롱을 받았다. 우리는 모두 멍청한 그리스도인들이었다. 밝혀진 성적 빈곤, 성적 쾌락을 잘 못 느낌 같은 말들은 제일 심한 모욕이었다. 잡지 『부모들』은 불감증인 여성들에게 거울 앞에서 다리를 벌려 스스로 자극을 주라고 가르쳤다. 고등학교에서는 카르펜티에르 박사가 학생들에게 수업의 지루함을 달래기 위해 자위를 하라고 권하는 전단지를 나눠줬다. 어른과 아이 사이에 스킨십은 정당한 것이었다. 금지되었던 모든 것들이, 형언할 수 없는 죄악들이 권장됐다. 화면으로 성기를 보는 것에 익숙해졌다고 하나, 말론 브란도가 마리아 슈나이더에게 애널 섹스를 했을 때는 감정을 표출하지 않기 위해 숨을 참아야 했다. 우리는 섹스를 더 완벽히 연마하기 위해 여러 가능한 자세들을 사진으로 보여 주는 빨갛고 작은 스웨덴 책을 샀고 〈육체적인 사랑의 기술〉을 보러 갔으며, 세 명이 하는 섹스를 생각했다. 그러나 아무리 별짓을 다 한다고 해도, 과거에 음란하다고 여겼던 일, 자식 앞에서 나체를 드러내는 일만큼은 하지 못했다.

쾌락에 관한 말들이 퍼져나갔다. 책을 읽으면서, 글을 쓰면서, 목욕하면서, 배변하면서 성적 쾌감을 느껴야 했다. 그것은 궁극의 인간 활동이었다.

우리는 여성들의 역사를 돌아봤다. 성적인 자유, 창조의 자유, 남자들을 위해 존재하는 모든 것들을 충분히 갖지 못했다는 사실을 깨달았다. 가브리엘 뤼시에르의 자살은 몰랐던 자매의 죽음처럼 충격적이었다. 우리는 아무도 이해하지 못하는 엘뤼아르의 시를 인용하며 이 사건에 대한 언급을 피하려고 했던 퐁피두의 교활함에 분노했다. 여성 해방 운동의 들썩임은 지방에서부터 시작됐다. 신문 가판대에서 『불타는 행주』를 볼 수 있었고, 저메인 그리어의 『여성 거세당하다』, 케이트 밀레트의 『성의 정치학』, 수잔 호러와 잔 소케트의『숨 막히는 창조』를 읽으며 고양된 감정과 책 속에서 자신을 위한 진리를 발견하는 무력함을 느꼈다. 부부관계의 무기력함에서 깨어났고, 남자 없는 여자는 자전거 없는 물고기다라고 적힌 포스터를 깔고 앉았으며, 우리들의 인생을 다시 돌아봤고, 남편과 아이들을 떠날 수 있음을, 모든 것으로부터 해방될 수 있음을 그리고 잔인한 것들을 쓸 수 있음을 느꼈다. 그러나 집으로 돌아오면 결의는 식어 버렸고 죄책감이 올라왔다. 자유로워지기 위해 더 이상 무엇을 어떻게 해야 하는지 알지 못했다 — 무엇을 위한 것인지도. 우리는 자신의 남자가 남성우월주의자도, 마초도 아니라고 확신했다. 남성과 여성의 평등을 권하는 이들의 입장과 «아버지의 법»을 공격하는 이들, 월경과 모유 수유, 여성적인 모든 것의 가치를 높이는 것을 선호하는 이들과 파 수프 요리법 사이에서 망설였다. 그러나 우리는 처음으로 자신의 인생을 자유를 향한 걸음으로 표현했고, 그것은 많은 것을 변화시켰다. 여성으로서 느끼는 감정, 열등하다는 느낌은 자연스럽게 사라지고 있었다.

날짜도, 달도 기억하지 못할 테지만 — 그러나 봄이었다 —『르누벨 옵세르바퇴르』에서 불법 낙태 시술을 받았음을 밝힌 343명의 여성의 이름을 ― 그러니까 그녀들은 그토록 다수였으며, 낙태 기구와 침대 시트의 분사된 피와 함께 무척이나 외로웠다 ― 처음부터 끝까지 모두 읽었다는 것만은 남게 될 것이다. 우리는 부정적인 시선을 받으면서도 1920년 법을 폐지하고, 의료적 행위로 낙태의 자유를 요구하는 이들과 뜻을 함께했다. 고등학교 복사기로 전단지를 복사했고 밤이 되면 우체통에 넣었다. 〈A의 이야기〉를 보러 갔고, 원하지 않는 태아를 무료로 소파수술을 시켜 주는 군의관들의 사택으로 임신한 여자들을 비밀스럽게 데려갔다. 스튜 냄비에 도구들을 소독했고, 도구는 자전거 펌프기 장치를 거꾸로 뒤집은 것이면 충분했다. 카르망 박사는 낙태하는 사람의 행위를 간소화시켜 줬고 안심시켜 줬다. 우리는 런던과 암스테르담에 있는 장소들을 제공했으며, 그런 지하 활동들은 우리를 흥분시켰다. 그것은 레지스탕스를 부활시키는 일과 같았고, 알제리 전쟁 동안 자금과 위조 서류를 날랐던 프랑스 투사들의 뒤를 잇는 일이기도 했다. 기자들의 플래시 세례 속에서 보비니 법원을 나오던, 너무 아름다웠던 자밀라 부파샤의 변호사, 지젤 할리미는 이 활동을 이어가는 대표적인 인물이었다 ― 아기들이 살 수 있게 내버려 둬라를 지지하는 이들과 티브이에서 태아를 보여 주며 사람들을 분개하게 만든 르죈느 교수, 비쉬 정부가 그들의 활동을 계속 이어나갔던 것처럼. 토요일 오후, 태양 아래 수천 명이 플래카드 뒤를 따라 걸었다. 우리는 도피네[i]처럼 파란 하늘을 올려다보며 수천 년 전부터 지금까지 계속되고 있는 여자들의 핏빛 죽음을 우리가 처음으로 끝내야 한다고 말했다. 그러니 어느 누가 우리를 잊어버릴 수 있을까.

나이, 직업과 사회 계층, 이익, 오래된 죄의식에 따라 우리는 혁명을 자기 기준대로 이용했고, 축제, 쾌락, 지성의 명령을 마지못해 따랐다. 바보처럼 죽을 수는 없었다. 한쪽은 마리화나를 피우고 공동체로 살아가며 르노의 노동자로 자리를 잡고 카트만두에 갔으며, 다른 한쪽은 타바르카에서 일주일을 보냈고 『샤를리 엡도』,『플뤼드 글라시알』,『레코데사반느』,『탕코날라상테』,『고함치는 메탈』,『벌린 입』을 읽었으며, 차 문에는 꽃을, 방에는 체 게바라의 붉은 포스터와 네이팜의 불

---

i 르노 자동차.

타는 소녀 포스터를 붙였다. 마오쩌둥식 슈트 혹은 판초를 입었고, 방석을 놓고 바닥 생활을 했으며, 향을 피웠고, 모리스 메세게[i] 제품을 샀으며, 〈위대한 마법 서커스〉, 〈파리에서의 마지막 탱고〉, 〈엠마누엘〉을 보러 갔다. 아르데슈에 있는 낡은 농장을 고쳤고, 버터에 들어가는 농약 때문에『5천만 소비자』를 구독했다. 더는 브래지어를 착용하지 않았고, 탁자 위에『뤼』를 올려 두며 아이들의 재량에 맡겼고, 자녀들에게 동료처럼 이름을 불러 줄 것을 요구했다.

우리는 인도와 세벤느, 이국적인 혹은 농촌 같은 시공간에서 본보기를 찾았다. 순수한 것에 대한 열망이 있었다.

직장과 아파트, 모든 것을 떠나지 못해 시골에서 사는 계획은 연기됐지만 언젠가 이루리라는 확신이 있었다. 그런 삶을 재현하는 것을 가장 갈망하는 이들은 휴가를 위해 투박한 땅의 고립된 마을을 찾았고, 바보들이 태닝하는 해변과 산업 발전으로 «흉해진» 밋밋한 고

---

i   허브차, 허브로 만든 화장품 등을 파는 브랜드.
ii   남성용 매거진.

향을 경멸하면서도, 반면에 몇 세기 동안 모습이 바뀌지 않은 무미건조한 고장의 가난한 농부들의 공과 진정성을 인정했다. 역사를 만들고자 했던 이들에게는 돌아오는 계절과 그것의 소멸, 변함없는 몸짓만큼 감탄할 만한 것이 없었다 ─ 그래서 그들은 이 농부들에게 헐값으로 낡은 집을 샀다.

동유럽으로 휴가를 떠나는 이들도 있었다. 보도블록이 깨진 잿빛 거리, 커다란 종이에 둘둘 말려 있는 상표 없는 알뜰한 상품들을 파는 정부가 운영하는 상점 앞에서, 아파트 천장에 매달린 장식 없는 전구 앞에서, 그들은 우아함이 없는, 전쟁 후 줄곧 열악했던 느린 세계를 걷고 있는 듯한 기분을 느꼈다. 그것은 말로 표현할 수 없을 만큼 기분 좋은 감정이었지만, 결코 그곳에서 살고 싶지는 않았다. 그들은 자수를 놓은 블라우스와 증류주를 가져왔고, 언제까지나 이 세상에 미개발된 나라가 있어서 그들을 이렇게 과거로 데려가 줄 수 있기를 바랐다.

70년대 초, 여름밤의 마른 땅과 사향초 향기 속에, 꼬치 요리와 니스식 라따뚜이 — 채식주의자들을 생각해야 했으니까 —, 골동품 상점에서 약 1000프랑을 주고 사 온 커다란 농가용 식탁을 둘러싸고 손님들이 모였다. 옆집을 개조 중인 파리지앵들, 지나가는 무전 여행객들, 등산과 실크 천에 그림 그리기를 좋아하는 이들, 자녀가 없는 부부들, 털이 덥수룩한 남자들, 야생 상태로 돌아간 청소년들, 인디언 스타일의 원피스를 입은 농익은 여성들, 그들은 서로 모르는 사이였다. 단번에 말을 놓기는 했지만 초반의 어쩔 수 없는 어색함이 지나가고 대화는 식품 속 색소와 호르몬, 성의학과 육체적 표현, 안티짐나스틱[i], 메지에르 운동[ii], 로저스 요법[iii], 요가, 프레드릭 르부아이에르의 평화로운 탄생, 동종요법과 대두(大豆), 자영업과 립, 르네 뒤몽[iv]으로 이어졌다. 우리는 아이들을 학교에 보내는 것이 좋은지, 직접 가르치는 것이 좋은지, 아작스[v]로 문질러서 닦으면 독

---

i 1970년에 테레즈 베테라에서 창시된 기존의 신체 훈련과 정반대의 방식을 제안하는 운동. 재활 운동이라고 할 수 있으며 작은 움직임을 통해 근육의 뭉침, 통증을 정확하게 인식하고 풀어주는 방식이다.

ii 1947년, 프랑수아 메지에르가 개발한 재활 운동.

iii 미국의 정신과학자, 칼 로저스가 창시한 비지시적 카운슬링 용법.

iv 농학자, 친환경주의자.

v 청소용 세제.

성이 있는지, 요가를 하는 것이 유용한지, 그룹 테라피를 할 것인지, 하루에 일을 두 시간만 하는 것은 비현실적인 것인지, 여성들이 남성과의 평등을 요구해야 하는지 혹은 차이 속에서 평등을 요구해야 하는지를 서로 물었고, 음식을 섭취하는 가장 좋은 방법, 출산, 아이들 교육, 스스로 자신을 가꾸기, 가르치기, 자신과의 조화를 찾기, 타인들, 자연, 사회에서 벗어나는 것에 대해 하나하나 살폈고, 도자기, 직조, 기타, 보석, 연극, 글쓰기로 자신을 표현하는 일에 대해 말했다. 엄청나고 모호한 창작의 욕구가 떠다녔다. 모두가 예술적인 활동을 하거나 혹은 그런 것을 할 계획임을 표방했고, 어쨌거나 모든 것이 가치가 있다는 것에, 그림을 그리지 않거나 플루트를 불지 않아도 정신분석을 하며 얼마든지 혼자서 창작할 수 있다는 것에 동의했다.

한편 한 방에 함께 모여 자던 아이들은, «말썽을 부리지 마라»는 형식적인 큰 소리에도 다양한 장난을 칠 수 있음에 마음껏 즐거워했다. 우리는 옆집 농부의 ― 식전주에만 초대된 ― 술을 마셨고, 대화는 이성애자인지 동성애자인지를 묻고 고백하고, 첫 번째 오르가슴에 대해 말하다가 꿈꾸는 성관계에 대한 질문으로 이어졌다. 야성적인 여자는 «똥 싸는 것이 좋다»고 말했다. 그 여름밤에 이뤄진 연관 관계가 없는 사람들의 모임은 가족 식사 자리나 우리가 혐오했던 예식과는 거리가 먼, 세상의 다양성에 자신을 여는 흥분감을 느끼게 해줬다. 다시 청소년이 되는 기분이었다.

아무도 전쟁, 아우슈비츠와 수용소, 알제리 사건들에 대해서 말을 꺼낼 생각을 하지 않았다. 다만 히로시마와 핵의 미래에 대해 말했을 뿐이다. 가시덤불 향기나는 밤의 숨결에 실려 온 농민의 시대와 73년 8월, 그 순간 사이에는 어떤 공통점도 없었다.

누군가 기타를 연주하고 맥심 르포레스티어의 〈도시의 나무처럼〉과 낄라빠윤의 〈잘 자라, 아가야〉를 부르기 시작하자 두 눈을 감고 들었다. 우리는 오른쪽 집 남자와 섹스를 하는 게 좋을지, 왼쪽 집 남자가 좋을지, 아니면 누구와도 하지 않는 게 더 나을지 알지 못한 채, 옛 양장점의 캠핑 침대로 닥치는 대로 잠을 자러 갔다. 결정을 내리기도 전에 잠이 우리를 덮쳤고, 저녁 내내 자신에게 선물했던, 생활양식의 가치를 담은 연극 안에서 기분 좋은 편안함을 느꼈다 — 메를랑 해변의 야영장에 몰아넣은 «천박한 부르주아들»과는 거리가 멀었다.

이제 이 사회는 «소비사회»라는 이름을 갖게 됐다. 그것은 자명한 사실이었고 재론할 것도 없었으며, 그 확신을 자랑스럽게 여기거나 혹은 개탄했다. 석유 가격 상승으로 잠시 경직되기는 했으나 소비하는 분위기였고, 물건과 재산을 확고하게 소유하는 것에 쾌락을 느꼈다. 문이 두 개인 냉장고, 충동적으로 R5를 샀고, 플랜느의 클럽 호텔에서 일주일을 보냈으며, 라 그랑드 모트의 원룸을 샀다. 우리는 티브이를 바꾸었다. 컬러 화면 속에서 세상은 더 아름다웠으며, 티브이 속 세상은 더욱 선망의 대상이 됐다. 거의 비극일 정도로 심각하게 부정적이었던 일상의 세계와 함께 흑백이 만들었던 거리감은 사라졌다.

광고는 어떻게 살아야 하고, 어떻게 행동해야 하며, 어떻게 가구를 갖춰야 하는지 보여 주는 이 사회의 문화적인 코치였다. 아이들은 과일 향 에비앙을, «근육 발달을 돕는다는» 캐드버리 비스킷과 키리를, 〈아리스토샤〉와 〈사제의 하녀〉 노래를 들을 수 있는 휴대용 축음기를, 원격조종 자동차와 바비 인형을 요구했다. 부모들은 자신들이 주는 모든 것들로, 나중에 아이들이 마리화나를 피우지 않기를 바랐다. 학생들과 광고의 위

험에 대해 심각하게 검토했던, 쉽게 속지 않던 우리는 «
물건을 소유하는 것에 행복이 있을까?»라는 작문 주제
를 내주었으며, 지성을 위해 현대성을 이용한다는 마
음으로 프낙에서 전축과 그룬딕 라디오카세트를, 벨엔
호웰 슈퍼 8 카메라를 샀다. 우리를 위해, 우리에 의해,
소비는 정화됐다.

5월의 이념들은 물건과 오락으로 전환되었다.

우리는 거실에 펼쳐 놓은 화면에서 영사기의 잡음
을 들으며, 처음으로 자신이 걷고 입술을 움직이고 소
리 없이 웃는 모습을 보면서 당황했다. 우리는 자신에
게, 자신의 몸짓에 놀랐다. 그것은 처음 느끼는 감정이
었으며, 분명 그것은 17세기에 사람들이 거울 속의 자신
의 모습을 처음 봤을 때나 혹은 증조부들이 처음으로
자신의 초상을 찍은 사진을 마주했을 때 느꼈던 감정
과 비슷했을 것이다. 우리는 혼란스러움을 말하지 못
했고, 우리가 익숙하다고 느끼는 모습에 더 가깝게 나
온 타인들, 부모님, 친구들을 보는 것이 더 낫다고 여겼
다. 녹음기로 자신의 목소리를 듣는 일은 더 끔찍했다.

다른 사람들이 듣는 그 목소리를 절대 잊을 수 없을 것 같았다. 스스로에 대해 더 잘 알게 될수록 신경 쓰이는 일이 많아졌다.

민소매, 사보, 나팔바지, 옷을 입는 방식, 읽고(르 누벨 옵세르바퇴르), 분노하고(원자력, 바닷속의 세제에 대하여), 인정하는(히피들) 방식에서, 우리는 스스로가 시대에 걸맞다고 느꼈다 — 그렇기에 모든 상황에서 옳다고 확신한 것이다. 부모들과 50대 이상들은 다른 시간을 살았으며, 젊은이들을 이해하려는 그들의 고집도 마찬가지였다. 우리는 그들의 의견과 조언을 순수한 정보로만 받아들였다. 우리는 자신이 늙지 않으리라 생각했다.

영상의 첫 장면은 살짝 열려 있는 문이 — 밤이다 — 닫혔다가 다시 열리는 모습을 보여 준다. 급하게 달려온 한 남자아이가 멈춘다. 아이는 망설인다. 오렌지색 점퍼를 입고, 귀 덮개가 있는 모자를 썼으며 눈을 깜빡인다. 그리고 더 어린 또 다른 아이, 하얀 털이 달린 파란색 재킷에 달린 모자를 뒤집어썼다. 큰아이가 움직이자 마치 영상이 멈춘 것처럼 작은 아이는 꼼짝도 하지 않고 한 곳만을 응시한다. 이번에는 한 여자가 들어온다. 허리를 조이는 긴 밤색 코트를 입었고, 코트에 달린 모자로 머리카락을 감췄다. 그녀는 식료품들이 보이는 상자 두 개를 겹쳐 안고 있다. 어깨로 문을 민다. 화면에서 사라졌다가 상자 없이 다시 등장한다. 코트를 벗어서 옷걸이에 걸며 «앵무새»라고 말한다. 그녀는 카메라를 향해 돌아보며 잠시 미소를 짓다가 마그네슘 램프의 강렬한 불빛에 눈이 부셔서 눈을 감는다. 그녀의 몸은 앙상하다. 화장을 살짝 했고, 지퍼가 없는 밤색의 달라붙는 카팅 바지와 밤색과 노란색이 섞인 줄무늬 스웨터를 입었다. 중간 길이의 밤색 머리카락은 핀으로 고정했다. 표정 안에 금욕주의적인, 슬픈 ─ 혹은 환멸을 느낀 ─ 무언가가 있다. 자연스럽다고 말하기에는 너무 늦은 미소였다. 거침없는 혹은/그리고 신경질적인 몸짓이다. 아이들이 다시 그녀 앞에 있다. 세 사람 모두 무엇을 해야 할지 모르고 팔과 다리를 움직이면서 카메라 앞에 모여 있다. 강렬한 불빛에 익숙해진 그들은 카메라를 바라본다. 그들은 아무 말도 하지 않는 듯하다. 마치 아직 다 찍지 못한 사진을 위해 포즈를 취하는 것 같다. 큰아이는 팔을 올리며 우스꽝스럽게 군대식 인사를 하고, 입술을 실룩이며 눈을 감는다. 카메라는 부르주아적인 취향이라고 말할 수 있는, 미적 가치와 상품 가치가 있는 인테리어 장식, 상자, 반투명한 등을 향해 달려든다.

그녀가 수업을 마치고 학교에서 아이들을 찾아 데리고 왔을 때, 이 영상을 찍었던 사람은 그녀의 남편이다. 영상 테이프에는 '72-73년, 가정생활'이라는 제목이 붙어 있다. 항상 그가 영상을 찍었다.

여성 잡지에서 말하는 기준으로 봤을 때 외관상으로 그녀는 점점 늘어나고 있는, 사회활동을 하는 30대 여성 부류에 속한다. 이들은 일과 육아를 병행하고, 여성성을 지키는 일에 신경을 쓰며, 유행을 따르려고 한다. 하루 동안 그녀가 다니는 장소들과(중학교, 카르푸, 정육점, 세탁소 등등) 미니 오스틴으로 다니는 소아과, 큰아들의 유도 수업과 둘째의 도자기 수업, 우체국 사이의 여정을 열거하고 수업과 채점, 아침 식사 준비, 아이들 옷 입히기, 빨랫감, 점심, 빵을 제외한 — 그가 퇴근할 때 가져온다 — 장보기 같은 일거리에 쓰는 시간을 계산하면 다음과 같은 결론이 나온다 :

집안일과 바깥일을 공평하게 나누고 있지 않은 듯함.
직장인으로서의 일(2/3) 그리고 교육을 포함한 집안일
(1/3)

매우 다양한 업무

상점들을 자주 방문함

쉬는 시간이 거의 없음

이 계산은 ― 그녀는 창조도, 변화도 필요로 하지 않
는 일들을 빨리 해치운다는 자부심을 느끼며 이런 계
산을 하지 않는다 ― 그녀의 새로운 정신 상태를 설명
하기에 역부족하다.

그녀는 자신의 직업을 계속되는 불완전함과 기만으
로 느끼고 있으며, 일기장에 «교사라는 것이 고통스럽
다»고 적었다. 그녀는 새로운 것을 배우고 시작하고 싶
은 욕망과 에너지가 넘쳤으며, 22살에 «25살까지 소설
을 쓰겠다는 약속을 지키지 않으면 자살한다»고 썼던
것을 기억하고 있다. 어떻게 68년 5월은 ― 그녀는 이
혁명이 실패했고, 이미 너무 정착해 버렸다고 느낀다
― 그녀를 끊임없이 괴롭히는 «다른 삶을 살면 나는 행
복할까?»라는 질문의 근원이 됐을까.

그녀는 부부와 가족 외의 것들을 생각하기 시작했
다.

그녀에게 학창시절은 그리운 욕망의 대상일 뿐이다. 그녀는 그 시절을 지적 부르주아 계급화가 이루어지는 시간, 자신의 태생으로부터 단절되는 시간으로 여긴다. 로맨틱한 추억들은 비판의 대상이 됐다. 어린 시절의 모습과 어머니가 너는 나중에 우리 얼굴에 침을 뱉을 년이야!라고 소리쳤던 말을 자주 떠올린다. 예배가 끝나고 베스파를 타고 돌던 남자애들, 기숙사 마당에서 찍은 사진 속 파마를 했던 그녀, 아버지가 《군입정질》— 잊었던 언어처럼 단어들이 다시 생각났다 — 을 하시던, 미끄러운 방수포 식탁보를 깐 식탁에서 하던 숙제들, 독서, 『비밀』과 델리[i], 마리아노의 노래들, 우수한 성적과 낮은 사회적 계급의 추억들 — 사진에는 나타나지 않는 것들 —, 지성의 빛으로 펼쳐진, 그녀가 부끄럽게 여겨 묻어뒀던, 되찾아야 마땅한 모든 것들. 그녀의 기억은 조금씩 수모를 벗고, 미래는 다시 활동의 장이 된다. 여성의 낙태 권리를 위해 싸우는 일과 사회적인 불공정함에 맞서 싸우는 일, 어떻게 자신이 지금의 여성이 됐는지를 이해하는 일, 그녀에게는 이 모든 것들이 하나로 연결된다.

---

i Jeanne-Marie et Frédéric Petitjean 이라는 남매의 공동 필명, 로맨스 소설을 씀.

이제 막 흘러가 버린 세월의 추억 속에는 그녀가 행복한 장면이라고 여길만한 것이 하나도 없다 :

창백한 하늘과 함박눈 때문에 흑백으로 남은 69년에서 70년 겨울. 눈은 4월까지 보도블록 위에 잿빛 얼음판이 되어 붙어 있었고, 그녀는 일부러 부츠로 그것을 밟고 걸으며 한없이 긴 겨울을 소멸시키는 데 동참했다. 이제르의 생로랑뒤퐁 무도장 화재 사건은 그다음 해, 겨울에 일어났음에도 불구하고 그해 겨울을 떠올리게 만들었다

생폴드방스의 광장에서 분홍색 셔츠를 입고 페탕크를 하던, 배가 조금 나온 이브 몽탕은 매번 산책 후, 거들먹거리는 행복한 시선으로 담장 너머 멀찌감치 떨어져 모여 있던 관광객들을 지켜봤다. 같은 해 여름, 가브리엘 뤼시에르는 옥살이를 마치고 자신의 아파트로 돌아와서 자살한다

생토노레레방의 온천, 아이들이 장난감 배를 띄우는 수영장, 그녀가 아이들과 함께 3주를 머물렀던 호텔뒤파크는 로베르 팽제의 책 『누군가』에서 나온 하숙집과 헷갈렸다

견딜 수 없는 기억 중에 아버지의 임종 장면이 있다.

그녀의 결혼식 때 딱 한 번 입었던 슈트를 수의로 입힌 아버지의 시체는, 방에서 1층까지 관이 통과하기에 너무 좁은 계단을 비닐에 싸여 내려갔다.

정치적인 사건들은 세세한 형태로만 남아 있다 : 대통령 선거 기간에 티브이 속 멘데스 프랑수아 드페르 조합의 비전은 한심했고, 그 당시 그녀는 «왜 PMF(피에르 멘데스 프랑스)는 혼자 출마하지 않는가»라고 생각했으며, 2차 투표 전, 연설 중에 코를 판 알랭 포에르는 시청자들 앞에서 그러한 행동을 했기에 퐁피두에게 질 것 같은 느낌이 들었다.

그녀는 나이를 느끼지 못한다. 분명 젊은 여성으로서 더 나이든 여성을 향한 교만과 폐경기 여성들을 향한 거만함을 품고 있을 것이다. 그녀가 그렇게 된다는 것은 있을 수 없는 일인 것만 같다. 그녀는 52세에 죽는다는 예언에도 아무렇지 않으며, 죽기에 괜찮은 나이라고 생각한다.

봄 그리고 가을이 더울 것이라고 했지만 그렇지 않았다.

고등학생 활동 위원회, 자치주의자들, 친환경주의자들, 반핵주의자들, 신앙 혹은 양심적 이유에 의한 병역 거부자들, 페미니스트, 동성연애자들, 모든 동기는 뜨거웠지만 서로 뜻을 함께하지 않았다. 어쩌면 그 외의 세계에 너무도 많은 혼란이 있었기 때문이었을까. 체코슬로바키아에서 끝나지 않는 베트남까지, 뮌헨의 올림픽 테러, 차례로 등장한 그리스의 군사 정권. 마르슬랭[i]의 권력은 천천히 «좌파들의 활동»을 억압해 나갔다. 그리고 치질에 걸린 줄로만 알았던 퐁피두가 갑자기 사망했다. 교무실의 교사 노동 조합 포스터는 «우리들의 근무 조건의 악화»에 대한 며칠날의 파업이 «권력을 물러서게» 할 것이라고 다시 알리기 시작했다. 고작 달력에 9월 개학부터 방학 기간을 표시하는 것이 미래를 향한 상상의 전부였다.

혁명을 누리는, 활동하는 단체에 속해 있다는 믿음을 유지하기 위해 『샤를리엡도』와 『리베라시옹』을 읽었다. 그 모든 것에도 불구하고, 새로운 5월은 도래했다.

---

i 레이몽 마르슬랭, 1968년에서 1974년까지 내무부 장관을 역임함.

솔제니친이 알린 «강제노동수용소»는 새로운 사실로 받아들여졌고, 혼란의 씨를 뿌렸으며 혁명의 미래를 더럽혔다. 포스터 속 가증스러운 미소를 짓던 놈이 행인의 눈을 똑바로 보고 나는 당신의 돈에 관심이 있습니다라고 말했다. 우리는 결국 다시 좌파 연합과 그들의 공동 프로그램에 뜻을 맡기게 됐다. 그것은 어쨌든 지금까지 우리가 한 번도 보지 못한 것들이었다. 1973년 9월 11일에서 — 우파들이 «칠레인들의 슬픈 경험»이 끝나는 것을 보며 기뻐하는 동안, 아옌데 암살 사건 이후, 우리가 땡볕 아래 뒤따랐던 피노체트 반대 시위 — 1974년 봄 사이 — 미테랑과 지스카르가 맞대면을 한 이 커다란 사건에 누가 나왔는지 보려고 티브이 앞에 앉았다 —, 우리는 다시 5월이 온다는 것을 믿지 않기로 했다. 그다음 해 봄, 어느 날 저녁에 학급 위원회를 마치고 나오면서 3월 혹은 4월에 내리는 미적지근한 빗물 때문에 어떤 일이 일어날 수 있을지도 모른다는 느낌을 받았으나 그것은 그저 착각일 뿐이었다. 파리에도, 프라하에도, 그해 봄에는 아무 일도 일어나지 않았다.

  그 후로 우리는 지스카르 데스탱과 함께 «발전된 자

유주의 사회»를 살게 됐다. 정치적인 것 혹은 사회적인 것은 아무것도 없었고, 오직 모던한 것과 그렇지 않은 것뿐이었다. 모든 것은 근대성이 관건이었다. 사람들은 얽매이지 않는 것과 자유주의를 헷갈렸고, 이런 이름이 붙은 사회가 최대한의 권리와 최대한 많은 것들을 줄 것이라고 믿었다.

우리는 특별히 지루함을 느끼지는 않았다. 우리조차도 — 선거가 있던 날 밤, 지스카르가 뾰로통한 입으로 줄방귀를 뀌듯이 «경쟁자들에게 경의를 표합니다»라고 말하는 것을 듣자마자 티브이 채널을 돌려 버렸던 — 18세 투표와 합의 이혼, 낙태법 토론에 흔들렸다. 우리는 시몬느 베이유가 국회에서 그녀의 정당에 속한 남자들의 반대에 혼자 맞서 싸우는 것을 보며 분노에 눈물을 흘릴 뻔했고, 그녀를 우리들의 팡테옹에 또 다른 시몬느, 보부아르 — 터번을 두르고 붉은 매니큐어를 칠하고 모험담을 이야기하는 여인처럼 티브이에 나와서 인터뷰한 것은 유감이었지만 이미 늦었다. 그러지 말았어야 했다 — 곁에 안치했다. 학생들이 그녀를 수업시간에 가끔 인용하던 철학자와 헷갈려도 더는 짜증 내지 않았다. 그러나 우리는 비 한 방울 떨어지지 않는 뜨거운 한여름에, 이 우아한 대통령이 오랫동안 없었던 사형 선고를 받은 라누치의 특별사면을 거절했을 때, 그와 완전히 단절했다.

가벼움, «묵인하는 것»이 유행이었다. 더 이상 도덕적인 분노는 없었다. 우리는 〈빠는 여자들〉과 〈젖은 팬티〉 같은 영화 광고판을 읽는 것을 즐겼고, 〈광녀〉에서 장 루이스 보리의 등장을 한순간도 놓치지 않았다. 옛날 〈수녀〉의 상영금지는 상상할 수도 없었지만, 그렇다고 해도 파트릭 드베르가 갓난아기 대신에 여자의 젖을 빨던 〈고환〉의 장면이 우리를 얼마나 당황하게 했는지를 밝히기는 쉽지 않았다.

우리는 일반적인 윤리의 언어를 버렸다. «욕구불만»과 «만족감»처럼 쾌락의 척도가 되는, 행동과 자세 그리고 감정을 헤아리는 또 다른 언어를 위해서였다. 세상을 사는 새로운 방식은 «느긋함»이었고, 운동화를 신고 편안함을 느끼는 것이었으며, 자신에 대한 확신과 타인에 대한 무관심을 적절히 섞는 것이었다.

그 어느 때보다 사람들은 «오염», «지하철, 일, 잠», «

집단 수용소»인 외곽 지대, 그리고 그들의 «불량배»들로부터 멀리 떨어진 시골을 꿈꿨다. 그럼에도 불구하고 그들은 계속해서 대도시로, 각자의 재량에 따라 우선개발구역 혹은 빌라촌으로 몰려들었다.

35세가 되지 않았던 우리는 지방의 한 중소도시에서 «자리를 잡고», 늙어가고, 죽는다는 생각을 하면 기분이 우울해졌다. 폭발하기 직전의 넘쳐 흐르는 그릇으로 상상하던 그곳으로 절대 들어갈 수 없는 것일까. 기차가 단번에 사람들을 태우고 리옹역의 회색벽까지 — 파리 지역 — 한 번도 쉬지 않고 미친 듯이 달리면, 우리는 이미 디종에서부터 열망을 느꼈다. 그것은 성공한 삶의 불가피한 변화였고 근대성으로의 완전한 도달이었다.

생주느비에브데부아, 빌다브레, 칠리마자랑, 르쁘띠클라마르, 빌리에르르벨, 이 이름들이 — 발음이 예쁘고 역사적이며, 영화, 드골에 대한 테러를 연상시키거나 혹은 아무것도 떠오르게 하지 않는 — 지도의 어디에 위치하는지는 알지 못했지만, 어느 지점에서 출발해도 라탱 지구에 도달하여 레지아니[i]처럼 생제르망에서 커피를 마실 수 있는 매력적인 범위 안에 있다는 사

---

i   이탈리아 출신의 영화배우이자 가수, 1985년 레지옹 도뇌르 훈장을 받음.

실만은 알고 있었다. 다만 사르셀, 라쿠르뇌브 그리고 생드니와 학교 교과서에까지 «악행»이 알려진 그곳의 «단지» 안에 사는 거대한 «외국인» 부대는 피해야 했다.

우리는 떠났다. 파리 외곽 순환도로에서 40km 떨어진 신도시에 정착했다. 휴양지 마을처럼 알록달록한, 준공이 멀지 않은 연립주택 단지의 우아한 주택으로, 길마다 꽃 이름이 붙어 있었으며 문을 닫을 때는 방갈로 소리가 났다. 일드프랑스 하늘 아래, 철탑의 행렬이 가로지르는 밭으로 둘러싸인 조용한 곳이었다.

조금 떨어진 곳에는 풀밭과 유리로 된 건물들 그리고 고층의 행정기관들, 보도블록이 있었고 다른 한쪽에는 도로 위의 육교와 연결된 연립주택 단지가 있었다. 이 도시의 경계선을 그리는 것은 불가능했다. 지나치게 넓은 공간 속에 떠 있는 듯한 느낌이었으며, 존재는 희석됐다. 산책은 의미가 없었다. 차라리 속옷 차림으로 주변을 보지 않고 뛰는 게 나았다. 우리는 이전에 살던 도시의 차가 다니는 길과 보도의 행인들, 그곳의 흔적을 몸 안에 지니고 있었다.

지방에서 파리 지역으로 오면서 시간은 가속화됐다. 감정이 유지되는 시간이 달랐다. 저녁이 오면 신경이

곤두선 학생들과 모호한 수업을 했을 뿐, 아무것도 한 게 없는 것 같았다.

파리 지역에 산다는 것은,

차로만 다닐 수 있는 도로망으로 혼잡해진, 지리학을 벗어난 영토에 던져지는 것이자,

황무지에 모인 의기양양한 상품들의 쇼 혹은 라디오 상품 광고 당연히 생마클루죠에 불현듯 기묘한 현실감을 안겨 주는 투살롱, 몬디알모케트, 퀴르센터 같은 간판들로 거대함을 알리는 창고들이 도로를 따라 뒤섞인 끈처럼 펼쳐져 있는 광경을 피할 수 없는 것이며,

우리가 보는 것 안에서는 행복한 질서를 찾을 수 없는 것이었다.

우리는 다른 공간, 다른 세계, 확실한 미래의 세계로 옮겨졌다. 그러기 때문에 그토록 정의 내리기가 어려웠고, 푸른색 타워 주변의 포석을 가로지르며 전혀 알지 못하는 사람들과 바퀴 달린 판자 사이에서 그저 파리 지역을 느낄 뿐이었다. 이곳에 수천 명, 라데팡스까지 수백만 명의 사람들이 있다는 것을 알면서도 절대 다른 이들을 생각하지 않았다.

이곳, 파리는 현실성이 없었다. 토요일, 일요일에 에펠탑과 그레뱅 뮤지엄, 센 강의 바토무슈를 보여주기 위해 아이들을 데리고 파리에 가는 것에 지쳤다. 우리가 어릴 적 그토록 꿈꿨던 역사적 유적지들, 도로 표지판에서 가깝다는 것을 알게 된 베르사이유, 샹티는 더 이상 욕망을 불러일으키지 않았다. 일요일 오후, 우리는 집에 남아서 〈작은 고자질쟁이〉를 보며 자질구레한 것들을 만들었다.

우리가 불가피하게 가장 자주 다녔던 곳은 문을 닫은 대형 쇼핑센터였다. 3층으로 되어 있었고 따뜻했으며 많은 인파에도 불구하고 소리가 희미하게 들렸다. 유리로 된 건물로 분수와 벤치가 있었고, 은은한 조명이 비추던 통로는 쇼윈도의 강렬한 조명과 다닥다닥 붙어 있던 상점들의 내부 조명과 대조됐으며, 상점에는 밀고 들어가는 문이 없어서 인사말 없이 자유롭게 드나들 수 있었다. 옷과 식료품들이 그보다 더 아름답게 보일 수가 없었다 ─ 거리감 없이, 격식 없이 다가갈 수 있었다. 프로크리, 카르트리, 진느리, 상점들의 줄임말로 된 이름은 물건을 뒤지는 행위에 유치한 무분별함을 부여했다. 그렇게 우리는 나이를 느끼지 못했다.

더는 프리수 혹은 누벨갤러리에 장을 보러 다니던 그때의 내가 아니었다. 열다섯 살에 유행하는 말들과 로큰롤을 알면 변할 것이라 기대했던 것처럼, 전기 와플 기계와 일본식 램프를 사는 것이 우리를 다른 사람으로 만들어 줄 것처럼, 닥터에서 피에르 앵포까지 구매 욕구가 우리 안에서 팔딱거렸다.

노곤한 현실로 미끄러져 들어가는 것이 과거가 없는 도시로 이사 왔기 때문인지 혹은 진보한 자유주의 사회의 무궁무진한 전망 때문인지, 아니면 그 둘의 우연한 만남 때문인지는 말할 수 없었다. 우리는 〈헤어〉를 보러 갔다. 베트남으로 가는 비행기 안에 있던 영화 속 주인공은 우리들 자신이었으며, 죽음으로 내보낸 68년의 환상이었다.

몇 주가 흐르고 되풀이되는 노선과 주차 연습에 따라 우리는 낯섦에서 벗어날 것이다. 우리는 거대하고 모호하며 어렴풋한 울림이 있는, 아침저녁으로 고속도로를 타는 이 인구의 범주에 들어갔다는 사실을 놀라워하며 알게 될 것이고, 그것은 우리에게 비가시적이면서도 강렬한 현실성을 가져다줄 것이다. 우리는 파리를 알아가며 구와 거리, 지하철역 그리고 환승에 유리한 플랫폼의 위치를 파악해 나갈 것이고, 마침내 차를 몰고 에뚜왈과 콩코드까지 가는 것을 감행할 것이다. 주느빌리에르 다리 입구에서 갑자기 펼쳐진 파리의 거대한 전경을 눈앞에 두고 개인적인 신분 상승을 이룬 것처럼 이 거대하고 분주한 도시의 일부가 된 듯한 흥분된 감정을 느낄 것이며, 이제는 무관심해진 지방으로 더는 돌아가고 싶어 하지 않게 될 것이다. 어느 날 저녁, 광고들의 붉고 푸른 조명들로 얼룩해진 파리의 밤으로 들어가는 기차 안에서, 3년 전에 떠나온 오트사부아 시는 세상의 끝처럼 보일 것이다.

베트남 전쟁은 끝났다. 우리는 삶의 일부였던 전쟁의 시작부터 너무 많은 일을 겪었다. 사이공이 몰락한 날, 절대 가능하지 않으리라 생각했던 미국인들의 패배를 깨달았다. 그들은 결국 네이팜에 대한 대가를 지불했고, 논밭을 뛰는 소녀의 포스터가 우리들의 벽을 장식했다. 마침내 완전히 끝나버린 것들에게서 희열과 피로를 느꼈다. 환상에서 깨어나야 했다. 티브이에서는 베트남 공산당을 피해 도망치는, 보트에 빽빽하게 올라탄 사람들의 무리가 나왔다. 캄보디아에서는『르카나르 앙셰네』를 구독한 인자한 왕, 시아누크의 문명화된 얼굴이 크메르 루주의 잔인함을 감추는 데 실패했다. 마오쩌둥이 사망했고, 학교에 가기 전, 주방에서 스탈린이 죽었다라는 외침을 들었던 어느 겨울의 아침을 떠올렸다. 우리는 백화운동 뒤에 미망인 장칭이 이끄는 악한 단체가 있다는 것을 알게 됐다. 여느 마피아들처럼 적군파와 바더 조직이 국경 근처에서 경영자들과 정부의 사람들을 납치했고, 그들은 차 트렁크 안의 시체로 발견됐다. 혁명을 기대하는 것은 부끄러운 일이 되어버렸고, 울리케 마인호프[ii]가 감옥에서 자살한 사실이 우리를 슬프게 했다는 말은 차마 할 수 없었다. 일요일 아침, 침대에서 아내를 교살한 알튀세르의 범죄는 막연히 그의 정신적인 문제만큼이나 그가 구현했던 마르크스주의 탓으로 보일 것이다.

《새로운 철학자들》이 티브이 쇼에 등장했다. 그들은 《이념들》과 싸웠고, 솔제니친과 강제노동수용소를 앞

---

i   프랑스 주간지.

ii   여성 테러리스트, 테러집단 적군파를 창설함. 학생운동 후배였던 바더를 감옥에서 탈출시켜 바더 마인호프단을 만들어 암살, 폭탄 테러 등을 주도했다.

세워 협박하며 혁명의 몽상가들을 지하에 묻었다. 늘 티브이 출현을 거절했던, 노망이 났다던 사르트르나 보부아르와 그녀의 따발총 같은 언변과는 달리, 그들은 젊었고 모두에게 쉬운 말로 의식의 «반향을 불러일으켰으며», 지성으로 사람들을 안심시켰다. 그들의 윤리적인 분노의 연극은 보기에는 좋았으나 어디에 이르고자 하는 것인지를 알 수 없었다 — 아니면 좌파 연합에 투표할 의욕을 꺾으려고 했던 것이었는지도.

유년기 내내 올바른 행동으로 영혼을 구해야 하고, 철학 시간에 마르크스, 사르트르와 함께 세상을 바꾼 —60년에는 그렇게 믿었다 — 칸트의 정언명령, 너의 행동이 보편적인 원리라고 불릴 수 있도록 처신하라를 실천해야 한다고 들었던 우리는 그 안에서 어떤 희망도 볼 수 없었다.

권위 있는 자들은 파리 근교와 영세민 임대 아파트에 새로 등장한 가정들에 대해서는 입을 다물었다. 이 가정들은 이미 그곳에 살고 있던 이웃 주민들에게 우리와 같은 말을 쓰지 않고 같은 것을 먹지 않는다는 이유로 비난받았다. 모호한, 정체불명의 주민들이었다. 그들은 사회가 열망하는 행복의 이념이 미치지 못하는 곳에 있었고, 우연이 만든 기박한 운명들의 조합이었으며, 누구도 행복을 상상할 수 없는 «토끼 사육장» 같은 곳에 사는 것 외에는 다른 선택을 할 수 없는 «빈민층»이었다. 이민은 제방에 난 구멍 속의 모자를 쓴 토역꾼과 덤프차에 매달린 쓰레기 수거인의 얼굴을 벗지 못했으며, 순전히 경제적인 존재로 남아 있었다. 우리 학생들은 일 년에 한 번 이뤄지는 선량한 토론에서 인종차별주의에 대항하는 최고의 논거를 가졌다고 믿으며, 프랑스인들이 더 이상 원하지 않는 일들을 하는 데 그들이 필요하다고 기고만장하게 말했다.

티브이에서 보여지는 사건들만이 현실에 접근했다. 모두가 컬러 티브이를 가지고 있었다. 노인들은 방송이 시작하는 점심에 티브이를 켜서 테스트 패턴이 나오는 화면 앞에서 잠이 들었다. 독실한 신자들이 겨울에 가정예배를 보려면 〈주님의 날〉을 보면 됐다. 여자들은 집에서 1번 채널의 드라마나 2번 채널의 〈오늘 마담은〉을 보며 다림질을 했고, 어머니들은 〈수요일의 방문객들〉과 〈월트 디즈니의 환상적인 세계〉로 아이들을 편안하게 돌볼 수 있었다. 티브이는 모두에게 저렴한 값으로 곧바로 오락거리를 제공해 줬고, 아내들에게는 〈일요일의 스포츠〉로 남편들을 곁에 붙잡아 두는 평온을 줬다. 티브이는 하나 같이 너그러운 진행자들(자크 마르탱과 스테판 콜라로)의 웃는 얼굴과 그들의 건실한 모습에(베르나르 피보, 알랑 드코) 떠다니는, 만질 수 없는 정성으로 한결같이 우리들을 감쌌으며, 똑같은 호기심과 두려움 그리고 만족감으로 우리를 점점 더 단결시켰다. 어린 필립 베흐트랑과 엉빵 남작을 죽인 추악한 살해범을 찾아낼 수 있을까, 메스린 체포, 루홀라 호메이니가 다시 이란을 차지할 수 있을까. 티브이는 우리에게 시국과 다양한 사건들에 대해 새롭게 언급할 수 있는 능력을 끊임없이 줬고, 의학, 역사, 지리, 동물 등에 관한 정보들을 제공해 줬다. 공동의 지식의 폭이 넓어졌다. 학교에서 배우는 것과는 달리 그것은 귀결 없는 행복한 지식이었다. 이 지식은 대화 속에서만 드러났고, 그들이 말하기를 혹은 티브이에서 그들이 보여줬는데라는 말을 전제하여, 정보의 원천에 대한 거리감을 표시하거나 혹은 진실의 증거로 삼기도 했다.

교사들만이 티브이가 아이들을 독서로부터 멀어지게 하고 상상력을 고갈시킨다고 비난했다. 아이들은 개의치 않고 목청을 다하여 〈홍합을, 홍합을, 홍합을 잡으러〉를 노래했고, 티티와 그로스미네의 목소리를 흉

내 내며 매머드는 가격을 박살 내고, 할머니는 방귀를 박살 낸
다'를, 〈머핏 쇼〉에서 나온 단단한 똥은 찬 방귀가 나온다를
반복해서 말하며 즐거워했다.

날마다 잡다하고 연속적인 세상에 대한 기록들이
티브이에 나왔다. 새로운 기억이 탄생했다. 오래 지속
되는 광고들과 가장 특이한 혹은 넘치도록 흔한 얼굴
들, 진 세버그와 알도 모로가 같은 차 안에서 시체로 발
견된 것으로 겹쳐 보이는, 기괴한 혹은 잔인한 장면들
이 우리가 봤고 잊었던, 그에 따른 언급들을 지웠던 수
천 개의 가상 물질들의 마그마 위를 떠다녔을 것이다.

지식인들과 가수들의 죽음이 시대의 설움에 더해
진 듯했다. 바르트는 너무 일렀고, 이미 예견했던 사르
트르의 죽음은 결국 찾아오고 말았다. 웅장했다. 백만
명의 사람들이 관을 뒤따르며 행진했으며, 하관식에서
시몬 드 보부아르의 터번이 미끄러졌다. 사르트르는
카뮈보다 — 59년에서 60년 겨울, 같은 해에 사망한 제
라르 필립 곁에 오래전에 묻혔다 — 두 배를 더 살았다.

---

i 코메디언 콜루쉬의 '마무스(매머드)는 가격을 박살낸다'라는 마무스 광고 슬로건을
따라서 단어의 글자를 바꿔 만든 언어유희다.

175

브렐과 브라상의 죽음은, 한 명은 너무 교훈적이고 다른 한 명은 귀여운 무정부주의자 같아서 잘 듣지 않았고 르노와 수숑을 더 좋아했지만, 에디트 피아프가 그랬듯이 우리와 평생을 함께했어야만 했던 사람들처럼 더 갈피를 못 잡게 했다. 그것은 총선거 1차 투표 ― 모두가 좌파가 이길 거라고 기대했지만 결국 패배했다 ― 전날에 욕조에서 감전사한 클로드 프랑수아의 우스운 죽음과는 전혀 달랐으며, 거의 우리와 비슷한 나이에 쓰러진 조 다상의 죽음과도 달랐다. 우리는 순식간에 75년의 봄과 사이공의 몰락, 〈인디언 썸머〉가 떠오르는 희망의 도약으로부터 너무 멀어진 듯한 느낌을 받았다.

70년대 말, 각각 다른 지역으로 뿔뿔이 흩어졌음에도 불구하고 전통을 지킨 가족 식사 자리에서 기억은 단축됐다.

관자 요리와 정육점에서 산 ― 대형마트가 아니라 ― 로스트비프, 거기에 곁들인 도핀감자 ― 냉동이지만 진짜만큼 맛있어서 마음이 놓였다 ― 를 둘러싸고 대화는 자동차와 상표들의 비교, 집을 새로 짓는 것이 좋은지 옛날 집을 사는 게 좋은지, 지난 휴가, 시간과 물건의 소비를 주제로 전개됐다. 오래된 사회적 욕구와 문화적인 격차를 깨우는 주제들은 본능적으로 피하면서 우리는 공유하고 있는 현재, 코르시카의 플라스틱 폭탄 테러, 스페인과 아일랜드에서 일어난 테러, 보카사[i]의 다이아몬드, 아자르 데스탱의 풍자문[ii], 콜루슈[iii]의 대통령 선거 입후보, 비외른 보리[iv], 색소 E123, 영화, 극장에 절대 가지 않는 할아버지, 할머니를 제외하고 모두가 본 〈그랑부프〉와 유행을 따르는 이들만 본 〈맨하탄〉 등, 유행하는 것들만을 자세히 설명했다. 남자들이 주제를 독점하는 대화 속에서 여자들은 몸을 사리며 살림에 관한 이야기들을 — 침대 시트를 접는 법, 청바지의 무릎이 닳는 것, 식탁보의 와인 얼룩을 소금으로 지우는 법에 대한 — 조용히 나눴다.

샴페인을 곁들인 디저트 시간에는 가장 연장자들

---

i   중앙아프리카 공화국의 군인이자 정치가. 쿠데타로 대통령이 됐다가 다코의 쿠데타로 다시 실격함.

ii   베트랑 푸아로 델페쉬가 아자르 데스탱이라는 가명으로 지스카르 데스탱에 대한 비난의 글을 쓴 책자.

iii   영화배우.

iv   테니스 선수.

이 하나씩 꺼낸, 전쟁과 나치 독일 점령하의 추억들이 되살아나자마자 고갈돼 버렸다. 우리는 그들이 모리스 슈발리에와 조세핀 베이커를 언급했을 때 그랬던 것처럼 미소를 지으며 그들의 이야기를 들었다. 과거와의 끈은 점점 약해지고 있었다. 우리는 단지 현재만을 전달했다.

아이들은 부모들의 대화를 불안해하며 들었다. 부모들은 그들의 교육 방식과 그들은 누리지 못했던 자유방임주의를 조절하는 방식, 지지하는 것과 허락하는 것(피임약, 파티, 담배, 경오토바이)을 비교했다. 사교육의 장점과 독일어를 배워야 할 필요성, 어학연수를 하는 것에 대해 토론했고 좋은 중학교, 훌륭한 전문 과정, 좋은 고등학교, 좋은 교사들을 원했다 — 아이들을 둘러싼 가능한 최상의 것들과 오직 부모들의 책임이라고 느끼는 개인적인 성공을 아이들에게 고통 없이 주입시키는 것에 사로잡혔다.

죽은 이들의 시간은 아이들의 시간으로 대체됐다.

취미와 좋아하는 음악에 대해 조심스러운 질문을 받은 청소년들은 마음속으로는 우리가 그들의 취향에 관심이 없다는 것을 확신하면서 온순하고 간략하게 경계를 하며 대답하거나, 아니면 막연히 무언가에 대한 신호로, 어쩌면 자신들의 숨겨진 자아로 지각하면서 우리에게 알리려고 하지 않았다. 역할놀이와 워게임, 영웅 판타지에 당황했던 우리들은 아이들이 핑크플로이드, 섹스피스톨즈, 하루 종일 우리를 고역스럽게 하는 하드록만이 아니라, 〈반지의 제왕〉이나 비틀즈를 언급하는 것에 안심했다. 우리는 아이들의 착한 눈빛과 체크무늬 셔츠 위에 입은 V자 니트, 얌전한 헤어스타일을 보면서 지금 당장은 그들이 마약이나 정신분열증, 국가 고용기구를 모면했다고 생각했다.

디저트를 먹은 후, 가장 어린 녀석들은 못과 철사로 만든 작품과 루빅큐브 솜씨, 부모 외에는 아무도 듣지 않는 드뷔시의 〈작은 검둥이〉 피아노 연주를 보여주기를 권유 받았다. 우리는 망설임 끝에 보드게임으로 가족 모임을 마무리하는 것을 포기했다. 젊은 아이들은 브리지 게임을 하지 않았고, 나이든 어른들은 스크래블을 경계했으며, 모노폴리[i]는 너무 길었다.

80년대쯤 마흔이 된 우리는 이행된 전통의 싫증난 편안함 속에서, 역광으로 어두워진, 테이블에 둘러앉은

---

i 브루마블 게임.

얼굴들을 훑어보며 이제는 우리가 두 세대 사이, 가운데 위치를 차지하게 된 이 예식의 반복에 별안간 낯선 감정에 사로잡혀 버렸다. 마치 이 사회에서 달라진 것은 아무것도 없는 것처럼 변함없음에 현기증이 났다. 우리는 육체에서 떨어져 나온 것처럼 갑자기 인식된 목소리들의 왁자지껄함 속에서 가족 식사란 불시에 광기가 찾아와 고함을 치며 상을 뒤엎을 수 있는 자리라는 것을 알고 있었다.

　우리들의 욕망과 은행, 주택적금으로 이어진 정부의 욕망에 따라, 우리는 «집 소유권을 취득할 수 있게 됐다». 이 실현된 꿈, 이 사회적인 실현은 시간을 수축시켰고 부부의 노화를 앞당겼다. 그들은 이곳에서 죽을 때까지 함께 살 것이다. 직장, 결혼, 아이들, 그들은 이제 20년 상환 어음으로 단단히 봉인된 재생산 여정의 끝에 이른 것이다. 집수리와 페인트칠을 하고, 벽에 직물을 거는 것으로 마음을 달랬다. 잠깐 동안 옛날로 돌아가고 싶다는 욕망이 그들을 덮치기도 했다. 해서는 안되는 «청춘동거»를 만장일치로 실행하는 젊은이들을 부러워했다. 주변에 이혼하는 이들이 급격히 늘어났다. 그들은 에로 영화와 속옷 구입을 시도해보기도 했다. 여성들은 똑같은 남자와 섹스하는 것에 다시 처녀로 돌아가는 기분을 느꼈다. 생리 주기가 짧아진 것 같았다. 그녀들은 자신들의 삶과 미혼, 이혼녀들의 삶을 비교했고, 기차역 앞에서 배낭을 메고 땅바닥에 앉아 천천히 우유를 마시는 젊은 여자 여행자들을 우울하게 바라봤다. 남편이 없이도 살 수 있는지를 시험해보기 위해 오후에 혼자 극장에 가서, 모두가 그녀들이 자기 자리에 있지 않다는 것을 알고 있을 것이라고 믿으며 속으로 두려워했다.

그녀들은 매혹적인 쇼핑센터로 돌아가서 결혼과 육아로 멀어진 세상의 모험에 다시 노출된 자신들을 발견했다. 남편도 아이도 없이 휴가를 떠나고 싶었지만, 여행을 하고 혼자 호텔에 머문다는 생각이 그녀들을 불안하게 만든다는 사실을 깨달았다. 날마다 모든 것을 떠나 혼자가 되고 싶은 욕구와 두려움 사이에서 흔들렸다. 자신이 진짜 원하는 것을 알기 위해, 용기를 얻기 위해, 〈지배하에 있는 여성〉, 〈여성의 정체성〉을 보러 갔고, 〈왼손잡이 여인〉과 〈정조를 지키는 여인〉을 읽었다. 헤어짐을 결심하기 전에는 몇 달 동안 또 다른 부부싸움과 지겨운 화해, 친구들과의 대화가 필요했고, 결혼할 때 우리 집에는 이혼이란 없다고 경고했던 부모님들에게 집안의 불화를 용의주도하게 알려야 했다. 이혼 과정에서 나눠야 할 가구와 전자제품 목록은 돌이킬 수 없는 지점에 왔음을 알렸다. 우리는 15년 동안 쌓아둔 물건들의 목록을 만들었다 :

카펫 300프랑

전축 10,000

수족관 1,000

모로코 거울 200

침대 2,000

안락의자 1,000

약을 정리하는 수납장 50, 기타 등등

우리는 상품 가치 «이제 이건 아무 가치도 없어»와 사용가치 «내가 당신보다 차가 더 필요해»를 두고 다퉜다. 같이 살기 시작했을 때 함께 원했던 것들, 갖게 돼서 만족했던 것들과 삶에 녹아들었던 것들 혹은 일상적으로 사용했던 것들이 원래의 상태를 되찾거나, 잊히거나, 값이 붙은 물건이 됐다. 예전에는 냄비에서 침대 시트까지 구매할 것들을 적은 목록이 장기적인 결합을 증명해 줬다면, 이제는 나눠 가져야 할 것들의 목록이 헤어짐을 구체화했다. 공동의 호기심과 욕망, 저녁을 먹은 후 카탈로그를 보며 주문하기, 닥티에서 가스레인지 모델 두 개를 두고 갈등하기, 어느 여름 오후 골동품상에서 산 의자를 자동차 지붕에 올리고 무모하게 실어 나르기에 줄이 그어졌다. 목록은 부부생활의 종말을 인증했다. 다음 단계는 변호사와의 상담이었다. 그것은 우리들의 이야기를 법적인 언어로 바꾸어서, 단번에 결별에서 격정적인 요소들을 걸러내 진부함, 익명의 «공동체의 붕괴» 속으로 들어가게 만들었다. 우리는 도망치고 싶었고 그 상태 그대로 남고 싶었지만, 이제 되돌릴 수 없다는 것을 예감했다. 이혼의 상처, 협박과 욕설의 난립 속으로 들어갈 준비가, 두 배나 적은 돈으로 살 준비가, 미래의 욕망을 되찾기 위해 모든 것을 할 준비가 되어 있었다.

컬러 사진이다. 여자, 열두 살 정도 된 작은 남자아

이, 남자, 세 사람 모두 서로 일정한 거리를 두고 삼각형을 그리며 서 있다. 햇볕에 모래가 하얗게 바랜 광장이다. 옆으로 그림자가 졌고, 그들 앞에는 박물관으로 보이는 큰 건물이 있다. 오른쪽에 뒷모습이 찍힌, 아래위 마오쩌둥 스타일의 검정 슈트를 입은 남자는 팔을 들고 건물을 찍고 있다. 가장 안쪽, 삼각형의 꼭짓점에 정면으로 서 있는 남자아이가 있다. 반바지에 알아볼 수 없는 글자가 적힌 티셔츠를 입었고, 카메라 케이스로 보이는 검은색 물체를 들고 있다. 왼쪽, 가장 앞에 있는, 옆모습의 반이 보이는 여자는 허리를 조인 녹색 원피스를 입었는데, 무난함과 바바쿨[i] 중간 정도의 스타일이다. 가이드 블루[ii]로 보이는 두꺼운 책을 들고 있고, 머리카락을 귀 뒤로 바짝 당겨 묶어서 빛 때문에 희미해진 통통한 얼굴이 돋보인다. 헐렁한 원피스 아래로 드러낸 하체는 무거워 보인다. 여자와 아이, 두 사람은 렌즈를 향해 몸을 돌리고 사진을 찍는 이가 예고하는 마지막 순간에 미소를 지어 보인다. 사진 뒷면에는 '80년 7월, 스페인'이라고 적혀 있다.

그녀는 아내이자, 사진을 찍고 있는 4번째 가족 구성

---

i   폭력적이고 공격적이지 않은 한적한 삶을 추구하는 사람.
ii 프랑스에서 가장 오래된 가이드 책 시리즈 중 하나.

원, 첫째 아들이 속한 이 소가족의 어머니다. 머리카락
은 뒤로 묶었고 어깨는 굽었으며 미소를 짓고 있지만,
모양 없는 원피스의 맵시가 권태와 환심을 사는 일에
무관심함을 보여 주고 있다.

햇빛이 쏟아지는 이곳, 이 정체불명의 관광코스에서
그녀의 생각 속에는 ETA[i]가 타이어에 구멍을 낼지도 몰
라 두려운 푸조 305를 타고, 타파스 바가 있는 호텔들과
가이드 책이 별 세 개를 준 역사 유적지를 돌아다니는
자신의 가족 외에는 어떤 다른 것도 없을 것이다. 자유
로워 보이는 이 울타리 안에서, 다이어리에 타원형으
로 표시한 다양한 형태의 고민들과 — 침대 시트 교체,
구운 고기를 주문하기, 학교 위원회 등등 — 격양된 의
식에 빠지게 하는 것들을 잠시 내려놓은 그녀는, 그들
이 비가 쏟아지는 파리 지역을 떠난 이후로 부부의 고
통과 무력함에서 오는 답답함, 원망과 버림받은 느낌
에서 헤어나오지 못하고 있으며, 그것은 그녀가 세상
을 이해하는 방식을 여과하는 고통이다. 그녀는 도시
입구의 공업지대 앞에서 확인하는 정도에서 그치는 막
연한 관심으로 풍경을 바라본다. 평지에 끌어 올린 거

---

i 자유조국바스크, 스페인 북부 바스크 지방의 독립을 요구하는 단체.

대한 상업지구의 실루엣, 사라진 작은 당나귀들, 프랑코[i]의 죽음 이후 스페인은 변했다. 카페의 테라스에서 그녀는 서른다섯에서 오십대 사이로 보이는 여성들만을 바라보며, 그녀들의 얼굴에서 행복과 불행의 징후를 찾는다. «이 여자들이라면 어떻게 할 것인가?» 그러나 바의 구석에 앉아 저만치에서 아버지와 컴퓨터 게임을 하고 있는 아이들을 이따금씩 바라보며, 이토록 평화로운 세상에 이혼으로 고통을 불러일으켰다는 생각에 가슴이 찢어진다.

이 스페인 여행에서는 다음과 같은 순간들이 기억에 남을 것이다 :

살라망카 대광장, 그들이 그늘 아래에서 음료를 마실 때, 그녀는 한 40대 여성에게서 눈을 떼지 못했다. 한 가정의 정숙한 어머니로 볼 수 있었던 그 여자는 꽃무늬 셔츠와 무릎까지 오는 치마에 작은 가방을 들고 아케이드 밑에서 손님을 유인하고 있었다

밤, 톨레도의 엘 에스코리알 호텔, 신음 소리에 잠이 깬 그녀는 아이들이 있는 옆방으로 달려갔다. 아이들은 편히 자고 있었다. 다시 방으로 돌아온 그녀와 그녀의

---

i   스페인의 정치가, 독재자.

남편은 그 소리가 한 여성이 끝없이 오르가슴을 느꼈던 것임을 깨달았다. 여자의 비명은 안뜰의 담을 통해 창문이 열려 있는 모든 방에 전달됐다. 그녀는 잠든 남편 결에서 자위행위를 참을 수 없었다

산 페르민 축제 동안 그들이 삼 일을 머물렀던 팜플로나, 어느 오후에 혼자 잠들었던 그녀는 자신을 여학생용 기숙사 방에 있는 열여덟 살처럼 느꼈다. 같은 육체와 같은 고독, 그때처럼 움직이고 싶지 않은 마음. 그녀는 침대에서 유명 인사들과 도시를 휘젓고 다니는, 절대 멈추지 않는 음악을 들었다. 그것은 축제에서 소외된 옛 감정이었다

80년 여름 동안, 그녀에게 청춘의 시간은, 그녀가 모든 요소를 차지하고 있는, 아무것도 구체적으로 구별하지 않고 현재 자신의 시간으로 품은, 빛이 가득한 무한한 공간처럼 보였다. 그 과거의 세계는 그녀를 놀라게 했다. 그해, 그녀는 처음으로 인생은 한 번뿐이다라는 문장의 끔찍한 의미를 이해하게 됐다. 어쩌면 〈까마귀 기르기〉에서 — 이미 너무 멀어진 또 다른 여름, 비현실적으로 더웠고 《가뭄》이었던 그 여름에 그녀를 감동시켰던 영화 — 같은 노래가 계속 나오는 동안 눈물로

뒤덮인 얼굴로 벽에 붙은 사진만을 하염없이 응시하던, 몸이 마비된, 늙은 벙어리 여인에게서 자신의 모습을 예감한 것일까. 〈완다〉, 〈단순한 이야기〉, 그녀가 보고 싶어 하는 영화들과 최근에 본 영화들은 그녀 안에서 허구의 선을 만들고, 그 속에서 그녀는 자신만의 인생을 찾는다. 그녀는 그 영화들이 미래를 그려 줄 것이라고 기대한다.

살아 있다는 것만으로도 이미 책 한 권이 저절로 써지는 것 같지만, 사실은 아무것도 없다.

우리는 자신도 모르는 사이에 혼수상태를 빠져나왔다.

사람들은 사회와 정치를 콜루슈[i]의 유쾌한 조롱으로 보았다. 아이들은 모든 «금지된 것들»을 알고 있었고, 모두가 «이건 새로운 거다. 이제 막 나왔다»라는 말을 반복했다. «요절복통하게 웃기겠다»는 프랑스를 향한 콜루슈의 비전은 우리들의 비전과 맞았고, 그가 대통령 선거에 나오길 원한다는 것이 우리를 즐겁게 했다.

i 1981년 대통령 선거 후보로 나왔다가 사퇴한 프랑스 코미디언.

끝까지 갈 수 없을지라도 그를 뽑는 것이 보통선거에 대한 모독이라고 생각했다. 우리는 건방진 지스카르 데스탱이 적들의 시체를 냉동실에 보관한 것으로 의심 받는 아프리카 전제군주에게 다이아몬드를 받았다는 사실을 알고 기뻐했다. 초반에는 지고 있었지만 뒤집 어진 여론으로 진실을 구현하는 것은 그가 아닌, 발전 과 젊음, 바로 미테랑이었다. 그는 자유로운 라디오, 낙 태 수술비 보상, 60세 퇴직, 39시간, 사형제도 폐지 등등 에 찬성했다. 이제 군주의 아우라가 그의 주위를 떠다 녔고, 교회 종탑이 있는 마을을 배경으로 한 그의 초상 화는 그에게 옛 기억에 뿌리를 내리게 하는 명백한 힘 을 부여했다.

우리는 징크스 때문에 입을 다물었다. 좌파의 등장 을 굳건히 믿는다고 말하는 것만으로 불행을 가져올 수도 있었으니까. 속 보이는 계략의 선거는 지난 시대 의 슬로건이었다.

우리는 티브이 화면에 점점이 찍힌 프랑수아 미테 랑의 낯선 얼굴을 보면서도 아직 믿지 못했다. 그리고 우리와 상관없는 정권 밑에서 성인 시절의 전부를 보 냈다는 사실을 깨달았다. 5월 한 달을 제외한 23년이 정치적인 것에서 어떤 행복도 얻지 못했던, 희망 없이 흘러간 시간처럼 여겨졌다. 마치 무언가 우리들의 청춘을 훔쳐간 것처럼 울분이 터져 나왔다. 그 모든 시간을 보내고 이전의 실패를 지운 5월의 안개 낀 어느 일요일 저녁, 우리는 젊은이, 여성, 노동자, 교사, 예술가와 동성연애자, 간호사, 우체부, 사람들과 무리 지어 역사 속으로 함께 되돌아왔다. 우리는 역사를 새로 쓰길 원했다. 그것은 1936년, 부모들의 인민 전선이었고 해방이었으며, 성공했어야 하는 68년이었다. 서정적 표현과 감정, 장미와 팡테옹, 장 조레스와 장 물랭, 〈체리의 계절들〉과 피에르 바슐레의 〈솜털들〉이 필요했다. 오랫동안 듣지 못했기에 진실하다고 여겨졌던 떨림이 있는 단어들. 과거를 다시 점령해야 했다. 바스티유를 되찾고, 미래와 맞서기 전에 상징과 노스탤지어에 취해야 했다. 미테랑이 망데스 프랑스를 안았을 때, 그가 흘린 행복의 눈물은 우리들의 눈물이었다. 우리는 스위스로 돈을 빼돌린 자본가들의 두려움을 비웃었고, 자신들의 집이 국유화될 것이라고 믿었던 비서들을 친절하게 안심시켰다. 터키인에게 권총을 맞은 장폴 2세 테러 사건은 시기가 좋지 않았다. 우리는 그 일을 잊어버렸다.

모든 것이 가능한 것처럼 보였다. 모든 것이 새로웠다. 네 명의 공산주의 장관들을 이국적인 어떤 것처럼 호기심을 가지고 바라봤다. 그들이 소련인 같아 보이지 않는다는 것과 마르셰[i]와 라주아니[ii]의 억양 없이 말한다는 것에 놀랐다. 우리는 60년대 학생들처럼 파이프를 피우고 수염을 기른 국회의원들을 보고 감격스러워했다. 기류는 가벼워진 듯했고, 삶은 더 젊어진 것 같았다. 부르주아 계급, 사회 계층 같은 단어들이 다시 쓰였다. 언어는 자유분방해졌다. 휴가를 떠난 고속도로에서 아이언 메이든의 카세트와 카본 14채널, 〈다비드 그로스섹스의 모험〉을 크게 틀어 놓으면 우리 앞에 새로운 시대가 열린 것만 같았다.

기억을 더듬어 봐도 고작 몇 개월 만에 이렇게 많은 것들이 허락된 적은 없었다(다시 옛날로 돌아간다는 것을 더는 상상조차 하지 못하며 곧 잊어버리게 될 것들). 폐지된 사형제도, 보험 혜택을 받게 된 임신중절 수술, 불법 이민자들의 정식 체류허가, 동성애 허용, 일주일 늘어난 휴가, 한 시간 줄어든 주중 노동시간, 기타 등등. 그러나 평온은 흔들렸다. 정부는 돈을 요구했고, 우

i 조지 마르셰, 프랑스 정치인, 공산당의 사무총장이었음.
ii 앙드레 라주아니, 프랑스 정치인, 공산당의 당원.

리에게 돈을 빌렸으며, 신용은 떨어졌고, 프랑이 국외로 유출되는 것을 환전 감시로 막았다. 분위기가 심각해졌다. 시간과 돈, 권리를 더 갖는 것이 불법적인 것처럼 처벌을 이야기하는 말들이 — «긴축»과 «간소» — 돌아다녔으며, 경제학자들이 규정하는 자연의 질서로 돌아가야만 했다. 미테랑은 더 이상 «좌파들»에 대해 말하지 않았다. 우리는 그를 많이 원망하지는 않았다. 그는 아직, 바비 스탠스를 죽게 놔두고 포클랜드에 군인들을 보내 죽게 만든 마거릿 대처는 아니었다. 그러나 5월 10일은 거슬리는 추억이었다. 거의 조롱거리에 가까웠다. 국유화, 월급 인상, 노동시간 단축, 정의의 실현이자 다른 사회의 도래였던 모든 것이, 인민전선을 추도하는 광범위한 예식과 어쩌면 예식의 집행자들은 믿지 않았던, 사라진 이상에 바치는 숭배 의식에 속한 것처럼 보였다. 결말은 없었다. 정부는 다시 한번 우리에게서 멀어졌다.

정부는 언론과 가까워졌다. 정치인들은 음악을 이용해 성대하고 비극적인 연출을 하며 티브이에 출현했고, 질문에 순응하며 진실을 말하는 것처럼 연기했다. 그 많은 숫자를 망설임 없이 언급하며 무슨 일이 있어도 놀라지 않는 그들의 말을 듣고 있으면, 질문들을 미리 알고 있었던 것이 아닌가 하는 의심이 들었다. 논술처럼 «설득»의 문제였다. 몇 주 동안 한 명씩 차례대로 나왔다. 안녕하세요, 마담 조르지나 뒤푸아, 안녕하세요. 무슈 파스카, 안녕하세요. 모리스 브리스 라롱드 씨. 아무것도 기억에 남는 것은 없었다. 눈을 부릅뜨고 지켜보던 기자들이 자신만만하게 유포하지 않았더라면 주목하지 않았을 «간단히 한 마디»를 제외하고는.

팩트, 물질적인 현실과 비물질적인 현실이 숫자와 퍼센티지로 우리에게 왔다. 실업자들, 자동차 판매와 책 판매, 암의 확률과 죽음의 확률, «긍정적인» 의견과 «부정적인» 의견. 프랑스인의 55%가 아랍인들이 너무 많다고 생각하며, 30%가 비디오테이프 녹화기를 가지고 있다, 2백만 명의 실업인들. 숫자는 숙명과 결정론을 제외한 어떤 것도 말하지 않았다.

우리는 경제위기라는 이 모호하고 형체 없는 정보가 언제부터 모든 것의 시초이자 세상만사의 원인이 됐는지 알지 못했다. 그러나 카프카의 『소송』의 문과는 다르지만 분명 그 문을 떠올리게 하는, 웅장하고 높은 자본의 문이 천천히 열리는 동안, 쓰리피스 정장을 입은 이브 몽탕이 『리베라시옹』의 — 확실히 더 이상 사르트르의 신문이 아니었다 — 지지를 받으며 경제위기를 위한 기적적인 치료법이, 후에 민간자본 개시를 찬양하는 수에즈 은행 광고 속 카트린 드뇌브의 이미지와 목소리로 모든 종말론적인 아름다움을 구현하게 될, 기업이라고 설명했을 때 이미 경제위기는 그곳에 있었다.

기업은 자연의 법칙이었고 근대성, 지성이었으며 세상을 구할 수도 있었다. (그렇다면 왜 공장들이 직공들을 해고하고 문을 닫는지 이해할 수 없었다.) «이념들»과 그것들의 «식상한 말»에서 더 이상 기대할 것은 아무것도 없었다. «계급투쟁», «참여», «자본과 노동»에 대한 반대는 연민의 미소를 불러일으켰다. 더 이상 쓰이지 않는 그 단어들은 의미를 잃어버린 듯했다. «성과», «도전», «이익»과 같은 또 다른 단어들이 등장했고, 개인과 행위를 평가하는데 강요되었다. «성공»은 초월적인 가치를 지닌 위치에 이르렀고, 폴루 슐리저에서 필립 드빌리에르까지 «이기는 프랑스»를 정의했다. 베르나르 타피는 «아무것도 없이 시작한» 사람이라는 후광에 둘러싸였다. 감언이설의 시대였다.

우리는 그들을 믿지 않았다. 대학교 근처, 낭테르 RER역 플랫폼 맞은편의 회색 콘크리트 건물에 커다랗게 쓰인 ANPE[i]라는 글자가 우리를 얼어붙게 만들었다. 너무 많은 남자들, 여자들까지도 구걸을 해서 이제는 그것을 새로운 직업이라고 말할 수 있을 정도였다. 현금카드로 돈이 눈에 보이지 않게 됐다.

희망이 없어서 배지와 행진, 콘서트와 음반으로 기아와 인종차별주의, 가난에 맞서고, 세상의 평화와 솔리다르노시치[ii], 사랑의 식당, 만델라와 장폴 코프만의 석방에 찬성하며 «마음의 사슬을 풀 것»을 권장 받았다.

파리 근교는 콘크리트 덩어리들과 버스, 북부로 향하는 RER 종점의 진흙투성이 땅, 오줌 냄새가 진동하는 계단곬, 깨진 유리창과 고장 난 엘리베이터, 지하실의 주사기 모습으로 그려졌다. «근교의 젊은이들»은 다른 젊은이들과 다르게 분류됐다. 그들은 문명화되지 않았

i 국립직업국.
ii 폴란드 자유노조.

195

고 막연히 위험했으며, 이곳에서 태어났지만 프랑스인들은 드물었고, 훌륭한 교사들과 경찰 그리고 소방관들만이 용감하게 «맞서기 위해» 그들의 땅으로 갔다. «문화 간의 대화»는 그들의 말을 가로챘고 그들의 억양을 흉내 냈으며, 단어의 순서나 음절을 바꾸는 것으로 요약됐다. 그들은 출신, 피부색, 말하는 방식을 모두 담은 집단, les Beurs(레뵈르)ⁱ라는 이름을 얻게 됐다. 우리는 조롱 삼아 그들에게 나는 프랑스를 말한다ⁱⁱ라는 문장을 부여했다. 그들은 다수였고, 우리는 그들을 알지 못했다.

극우파, 장 마리 르펜이 다시 등장했다. 우리는 예전에 그가 모셰 다얀ⁱⁱⁱ처럼 한쪽 눈에 안대를 했던 모습을 본 것을 기억하고 있었다.

도시 외곽에는 일요일에 문을 여는 거대한 창고와 실내 시장이 수천 개의 신발과 장비, 가구들을 제공했다. 대형마트는 더 늘어났고, 쇼핑 카트는 몸을 숙이면

---

i   프랑스로 이민 온 부모에게서 태어난 마그렙(북아프리카 지역)의 청년들을 일컫는 말.
ii '나는 프랑스어를 말한다'는 문장의 잘못된 표현.
iii 이스라엘의 정치가이자 군인.

손에 바닥이 살짝 닿는, 더 커다란 것으로 교체됐다. 페리텔[i] 플러그와 비디오테이프 녹화기를 위해 터브이를 바꿨다. 신상품들의 등장은 사람들을 잠잠하게 했고, 발전에 대한 확신은 계속해서 상상의 욕구를 빼앗아 갔다. 사람들은 감탄도 초조함도 없이, 개인의 자유와 쾌락이 더해진 것으로 여기며 사물들을 수용했다. CD로 더 이상 테이프를 뒤집기 위해 20분마다 일어나지 않아도 됐고, 리모컨으로 저녁 내내 소파에서 움직이지 않아도 됐다. 비디오카세트는 집에서 보는 영화라는 큰 꿈을 실현시켜 줬다. 전화번호부와 기차 시간표, 별자리 운세와 에로틱한 인터넷 사이트를 미니텔 화면에서 찾았다. 마침내 누구에게도 아무것도 요구하지 않고 집에서 모든 것을 할 수 있게 됐으며, 수치심 없이 성기와 정액을 클로즈업한 화면을 볼 수 있었다. 놀라는 일이 줄어들었다. 우리는 언젠가 이런 것들을 보게 될 줄을 믿지 않았다는 사실을 잊었다. 우리는 봤다. 그리고 그것은 아무것도 아니었다. 예전에는 금지됐던 쾌락들에 어떤 처벌도 받지 않고 접근할 수 있다는 만족감만이 있었을 뿐.

---

i 텔레비전 연결 단자.

음악이 처음으로 워크맨과 함께 몸 안에 들어왔고, 우리는 세상에 벽을 치고 음악 안에서 살 수 있었다.

젊은이들은 합리적이었다. 중요한 것들에 대해 우리처럼 생각했다. 그들은 고등학교에서 소란을 피우지 않았고, 학교 프로그램이나 규정, 권위에도 이의를 제기하지 않았으며, 수업의 지루함을 받아들였다. 그들은 학교 밖에서의 삶을 살았다. 플레이스테이션 게임을 했고 아타리[i], 역할 놀이를 했다. 오릭 1[ii] 첫 번째 버전을 요구했던 컴퓨터에 열광했고 〈록의 아이들〉,〈얼간이들〉,〈안녕, 뮤직비디오〉를 봤으며, 스티븐 킹과 우리를 기쁘게 해 주기 위해 『포스포』[iii]를 읽었고 펑크나 하드록, 로커빌리를 들었다.

그들은 CD와 워크맨 사이에서 음악으로 살았다. 파티에서 «몹시 즐겼고», 분명 마리화나를 피웠을 것이다. 복습을 했고 미래에 대한 말을 아꼈으며 제멋대로 냉장고, 찬장을 열어 아무 때나 다네트, 볼리노, 누렐라

---

i 비디오 게임기.
ii 1980년대 pc 상표.
iii 청소년용 매거진.

198

를 먹었고 우리집에서 여자 친구와 함께 잤다. 운동, 그림, 영화클럽과 수학여행, 모든 것을 하기에는 시간이 부족했다. 그들은 우리를 원망하지 않았다. 언론은 그 아이들을 «냉소적인 세대»라고 불렀다.

우리 눈에는 어릴 때부터 서로 섞여 자란 소년, 소녀들이 일종의 순수함과 평등 속에서 평온하게 함께 성장해온 것처럼 보였다. 모두 똑같이 투박하고 거친 언어를 썼고, 서로를 개자식 취급했으며 매몰차게 대했다. 우리가 그들의 나이였을 때 우리를 괴롭혔던 성, 교사 그리고 부모에 대해서 그들은 «있는 그대로», «자연스럽게» 대처하는 것 같았다. 우리는 아이들에게 부담을 주거나, 아이들을 화나게 만들까 봐 무서워서 조심스레 질문했다. 그들의 태도와 침묵에 어머니로부터 딸이 물려받은 은밀한 감시를 실행하며, 우리가 누리기를 원했던 자유를 누리며 살도록 내버려 뒀다. 우리는 그들의 자율과 독립을 놀라움과 만족감으로, 세대의 역사 속에 승리한 무언가로 지켜봤다.

그들은 우리에게 관용을, 반인종차별주의를, 평화주의와 환경보호를 다시 한번 보여 주었다. 그들은 정치에 관심을 보이지는 않았지만, 모든 보편적인 질서에 대한 말들을 받아들였다. 내 친구를 건드리지 마는 그들

을 위한 슬로건이었고 에티오피아의 기아들을 위해 음
반을 샀으며 레뵈르들의 행진에 동참했다. «다를 수 있
는 권리»에 주목했고 세상에 대한 윤리적인 비전을 가
지고 있었다. 그들은 우리를 기쁘게 했다.

명절의 점심 식사 자리, 과거에 대한 언급이 뜸해졌
다. 젊은 초대 손님들은 우리가 세상에 등장한 거대서
사를 캐내는 일에는 관심 밖이었으며, 전쟁과 사람들
사이의 미움은 그들만큼이나 우리들에게도 끔찍했다.
더 이상 알제리, 칠레 혹은 베트남을 언급하지 않았고,
68년 5월도, 자유로운 낙태를 위한 투쟁도 말하지 않았
다. 우리는 우리 아이들과 같은 시대만을 살았다.
옛 시절은 가족 식사 자리를 떠났고 증인들의 몸과
목소리에서 빠져나갔다. 그것은 티브이 속의 어디에도
없는 목소리가 설명하는 영구보존문서에만 있었다. «
기억의 의무»는 시민의 도리였고 새로운 애국심, 올바
른 의식의 표식이었다. 40년 동안 유대인 대학살에 대
한 무관심함에 동의하다가 ─ 영화, 〈밤과 안개〉가 많
은 관객을 끌어모았다고 할 수는 없었고, 프리모 레비
와 로베르 앙텔미의 책도 마찬가지였다 ─ 이제 와 부
끄럽다고 생각했지만, 그것은 너무 늦은 수치심이었다.

겨우 〈쇼아〉를 보면서 의식이 두려움을 가지고 자기 자신의 비인간성의 가능한 범위를 주시하게 됐다.

사람들은 족보에 사로잡혔다. 그들은 태어난 지역의 시청에 가서 출생신고서와 사망신고서를 모았고, 이름과 날짜 그리고 직업만 나와 있는 말 없는 자료 앞에서 매료되고 실망을 느꼈다 : 자크 나폴레옹 튀이에르, 1807년 7월 3일 출생, 농민, 플로레스틴 펠라지 슈발리에, 방직공. 우리는 가족의 물건들과 사진에 애착을 갖게 됐고, 오늘날 그들을 그토록 그리워하면서 70년대에는 애통함 없이 그 물건들을 잃어버렸다는 사실에 놀랐다. 우리는 «근원적인 가치를 되찾는 일»을 필요로 했다. 사방에서 «뿌리»에 대한 요구가 높아졌다.

지금까지 지갑 속, 사진이 부착된 증명서의 의미뿐이었던 정체성이 지배적인 관심거리가 되었다. 아무도 정체성이란 것이 정확히 무엇으로 이루어졌는지 알지 못했다. 그것은 어쨌든 가져야 하는 것이며, 되찾아야 하고 정복해야 하며 확신해야 하고 설명해야 하는 어떤 것, 가장 소중한, 최고의 재산이었다.

세상에는 머리서부터 발까지 베일을 쓴 여성들이 있었다.

조깅과 격렬한 트레이닝, 에어로빅은 육체의 《건강》을 보장했고, 에비앙 물, 요거트, 내면의 정화는 육체의 승천으로 이어졌다. 우리 안에서 사고하는 것은 바로 육체였다. 성생활을 《만끽》해야 했다. 우리는 완벽해지기 위해 닥터 를루의 『애무학개론』을 읽었다. 여성들은 그 무엇보다 《자신을 위한 것》이라고 말하며 스타킹과 코르셋을 다시 착용하게 됐다. 사방에서 《스스로 즐겨라》라고 명령했다.

40대 부부들은 카날플뤼스에서 포르노 영화를 봤다. 지치지 않는 남자의 성기와 클로즈업한 장면 속 왁싱한 외음부 앞에서, 그들은 기술적인 욕망에 사로잡혔다. 10년 혹은 20년 전, 신발을 벗을 시간도 없었던 시절, 서로를 부추겼던 정열과 상관없는 희미한 불씨에 사로잡혔다. 그들은 사정하는 순간, 배우들처럼 《지금 간다》라고 말했고 스스로를 정상이라고 느끼며 만족감에 잠들었다.

희망, 사물에서 몸의 대화로 옮겨진 기대, 영속적인 젊음. 건강은 하나의 권리였고, 질병은 가능한 한 신속히 고쳐야 하는 부당한 것이었다.

아이들은 더는 기생충이 없었고 죽는 일도 거의 없었다. 시험관으로 태어난 아이들이 흔해졌고, 인간들의 피로한 심장과 신장은 죽은 이들의 것으로 교체됐다.

지독한 것들과 죽음은 눈에 보이지 않아야 했다.

노인들을 얼빠지게 하는, 이름과 얼굴을 잊게 만드는 독일식 이름의 알츠하이머나 비역과 주사, 동성연애와 마약에 대한 벌, 최악으로는 수혈한 사람들이 재수 없게 걸리기도 하는 또 다른 병, 치료법이 없는 새로운 질병의 등장에 대해서는 차라리 말하지 않는 편이 나았다.

기독교는 생활환경에 의해 소리 없이 지워졌다. 가정에서는 더는 기독교에 대한 지식과 관습을 전수하지 않았다. 몇몇 예식을 제외하고, 우리는 더 이상 존엄성의 표식으로서 종교를 필요로 하지 않았다. 너무 많이 사용해 버린 것처럼, 2천 년 동안 수십억 번의 기도와 예배, 세차(歲差) 운동으로 닳아져 버린 것처럼. 가벼운 죄와 치명적인 죄, 신과 교회의 명령, 은혜와 대신덕

(對神德)은 이해하기 힘든 어휘와 옛날 사고방식에 속해 있었다. 성적인 자유는 색욕과 카마레의 신부[i]와 수녀들의 방탕한 이야기들을 구식으로 만들었다. 교회는 더 이상 사춘기 청소년들의 상상력을 공격하거나 성교를 규제하지 않았으며, 여성들의 뱃속은 교회의 영향력으로부터 벗어나게 됐다. 성이라는 주요 활동무대를 잃은 종교는 모든 것을 잃었다. 신의 생각은 철학 수업 시간을 제외하고는 정말로 효력이 있지도 않았으며 토론을 할 만큼 진지한 것도 아니었다. 한 학생이 중학교 나무 책상에 신은 존재한다. 나는 그 안에서 걸었다라고 적었다.

새로운 폴란드 교황의 유명세는 아무것도 바꾸지 못했다. 서구적 자유의 정치적 영웅, 세계적인 규모의 레흐 바웬사[ii]일뿐이었다. 그의 동유럽 악센트, 하얀 사제복, «두려워하지 말라»라는 그의 말과 그가 비행기에 내리면서 땅에 입을 맞추는 방식은 마돈나가 콘서트에서 팬티를 던졌던 것처럼 쇼의 일부였다.

(어느 더운 3월의 일요일, 사립학교의 학부모들이 단체로 행진했을 때, 신은 그 일과 아무 상관이 없다는 것

---

i 외설적인 전통 노래다.
ii 폴란드 대통령(1990 ~ 1995년).

을 모두가 알고 있었다. 그것은 종교적인 믿음이 아니라 세속적인 것이었고, 그들이 자신들의 아이들을 위해, 성공을 위한 최고의 상품을 쥐고 있다는 확신이었다.)

85년 2월, 비트리쉬르센 고등학교 2학년 수업 시간에 찍었던 30분짜리 비디오카세트 테이프다. 60년대 이후 모든 학교에서 사용해 온 책상에 앉아 있는 여자가 바로 그녀다. 그녀 앞에는 학생들이 질서 없이 의자에 모여 앉아 있는데, 대부분이 여자아이들이고 아프리카, 앙틸레즈, 마그렙 출신들이 여럿 있다. 화장을 하거나 가슴 부분이 파인 니트, 집시 반지를 낀 아이들도 있다. 그녀는 글과 삶, 여성들의 상황에 대해 살짝 날카로운 목소리로 이야기한다. 특히 누군가 질문을 던지면 망설이며 말을 끊었다가 다시 이어간다. 그녀는 자신만이 지각하고 있는 총체로 인해 괴로운 사람처럼, 모든 것을 의식해야 할 필요성에 정신 없어 보이는 듯하다가 독창성이 없는 평범한 문장들을 내뱉는다. 커다란 손을 움직이며 자신의 붉은 머리카락을 자주 훑지만 신경과민이나 13년 전에 집에서 슈퍼위트로 찍은 영상 속의 들썩이는 몸짓은 전혀 아니다. 스페인에서 찍은 사진에 비해 얼굴은 광대가 줄어들었고, 턱뼈와 계란형의 선이 더 분명해졌다. 그녀가 웃는다. 그 가벼운 웃음은 — 수줍음의 구두점 혹은 서민적이고 냉소적이었던 사춘기 시절과 자신의 하찮음을 받아들였던 처녀 시절의 태도의 잔재가 제어되지 못하고 나온 — 쉬는 시간의 차분하고 근엄한 얼굴과 대조를 이룬다. 화장은 거의 하지 않았고 파우더를 바르지 않았으며(피부에 윤기가 있다), 갑갑해 보이는 선명한 녹색 셔츠를 풀어헤친 곳에는 붉은 스카프가 미끄러져 있다. 하체는 책상에 가려져 보이지 않는다. 액세서리는 없다. 질문들 중에는 다음과 같은 것들이 있었다 :

당신이 우리 나이 때는 어떤 삶을 상상했나요?

무엇을 기대했나요?

대답(느리게) : 16살 때로 돌아가려면 생각을 해봐야 하는데…… 아마도…… 적어도 한 시간은 걸릴 것 같아요. (갑자기 목소리가 날카롭고 신경질적이 된다.) 여러분, 여러분들은 85년을 살고 있죠. 여성들은 아이를 갖길

원한다면 선택할 수 있어요. 결혼을 하지 않아도 여성이 원한다면요. 20년 전에는 불가능했던 일이었죠!

분명 그녀는 이런 《소통의 상황》에서, 16살에서 44살 사이의 여성들이 겪는 경험들을 일반적인 단어들과 상투적인 말로 전달할 수밖에 없는 자신의 부적격함을 깨달으며 절망감을 느꼈을 것이다. (2학년 때의 그녀의 모습에 다시 빠져들어 오래 머무르며, 노래들과 노트들을 되찾고, 일기장을 다시 읽어야 할 것이다.)

인생의 이 시기에, 그녀는 이혼 후 두 아들과 함께 살며 애인을 만난다. 9년 전에 샀던 집과 가구들을 팔아야 했지만, 스스로 놀랄 정도로 초연했다. 그녀는 물질의 상실과 자유 속에서 산다. 마치 결혼은 그저 막간극이었던 것처럼, 두고 온 사춘기 시절을 되찾은 듯한 느낌이다. 그때와 같은 기대, 하이힐을 신고 약속장소로 달려가며 숨을 헐떡이는 그 방식, 사랑 노래에 민감한 그때와 같은 태도를 되찾는다. 같은 욕망들, 그러나 이제 그녀는 그 욕망들을 더 완벽하게 충족하고 싶어 하는 마음을 부끄러워하지 않으며 섹스를 하고 싶다고 스스로 말할 수 있다. 이제 자신의 육체의 절대적인 동의 안에서 《성적 혁명》을 이루고, 이미 오래돼 버린 68년 이전의 가치를 뒤집으며, 그녀의 나이가 갖고 있는 연약

한 찬란함을 너무도 분명히 자각한다. 그녀는 늙는 것
이, 피의 냄새를 그리워하게 되는 것이 두렵다. 최근에
는 행정부로부터 2000년까지 현 학교 교사로 임명한다
는 편지를 받고 몸이 굳어버렸다. 여태껏 그 날짜에는
현실성이 없었다.

평소 그녀의 생각 속에 그녀의 아이들은 존재하지
않는다. 어릴 때 혹은 청소년 시절에 그녀의 부모님이
그랬던 것처럼, 아이들은 그녀의 일부일 뿐이다. 더는
누군가의 아내가 아니니까, 그때와는 다른 어머니, 누
이이면서 친구이고 코치이면서 이혼 이후로 가벼워진
일상의 기획자이기 때문이다. 아이들은 각자 원할 때,
티브이 앞에 앉아 무릎에 쟁반을 놓고 밥을 먹는다. 그
녀는 줄곧 아이들을 놀라워하며 바라보곤 한다. 시리
얼과 꿀을 넣은 죽, 학교 입학 첫날 그리고 중학교, 결국
아이들이 자라기를 바랐던 기다림은 그녀가 의심하는,
그녀로서는 아는 것이 별로 없는 다 자란 소년들이라
는 결실을 맺게 됐다. 이 아이들이 없었다면 그녀는 시
간을 인식하지 못했을 것이다. 그녀는 놀이터 모래사
장에서 놀고 있는 어린이들을 보며, 벌써 자식들의 어
린 시절을 추억하고 그 기억을 먼일처럼 느끼게 됐다

는 것에 당황한다.

현재 그녀의 삶에서 중요한 순간들은 다니엘 카사노바 가에 있는 호텔 방에서 오후에 만나는 애인과의 약속이고, 오래 병원에 머물고 계신 어머니를 문병하는 일이다. 이 두 개의 일은 서로 너무 긴밀하게 연결되어 있어서 가끔은 하나의 것처럼 보이기도 한다. 마치 치매에 걸린 어머니의 피부, 머리카락을 만지는 것과 애인과의 에로틱한 몸짓이 같은 본능에서 나온 것처럼. 사랑을 나눈 후, 그녀는 그에게 묵직한 몸을 포갠 채, 자동차들의 소음 속에 반쯤 잠이 들며 이렇게 낮잠을 잤던 기억들을 떠올린다 : 어릴 적 이브토의 일요일, 책을 읽다가 어머니의 등에 기대어 잠든 낮잠, 영국에서 오페어로 머물 때 전기난로 옆에서 따뜻하게 이불을 덮고 잤던 낮잠, 팜플로니나의 메종나브 호텔에서의 낮잠. 그녀는 매번 이 달콤한 무감각 상태에서 빠져나와 일어나 숙제를 하고, 거리로 나오고, 일을 하고, 사회적으로 존재해야 했다. 이 순간들 속에서, 그녀는 자신의 인생을 두 개의 축이 교차하는 형태로 나타낼 수 있을 것이라고 생각한다. 하나는 매 순간에 그녀에게 일어나는 모든 일들과 그녀가 보고 들은 것들을 지탱하는 수평선, 또 다른 하나는 몇 개의 이미지가 동반된,

밤을 향해 빠져드는 수직선이다.

되찾은 고독 속에서 부부 생활이 몽롱하게 만들었던 생각과 감정들을 발견했기 때문에, 1940년과 1985년 사이, «여자의 운명 같은 것»에 대한 글을 써야겠다는 생각이 그녀의 머릿속에 떠올랐다. 역사 속에서 그녀의 내면과 그녀의 외부에 흐르는 시간을 느끼게 해주는 모파상의 『인생』 같은 어떤 것, 존재와 사물들의 상실, 부모, 남편, 집을 떠나는 자식들, 팔아 버린 가구들 속에서 끝이 날 «완전한 소설»을. 그녀는 손에 쥐어야 할 다수의 물건들과 현실 속에서 자신을 잃어가는 게 두려웠다. 그녀는 어떻게 중요한 사건들과 잡다한 사건, 그녀를 오늘날까지 이끌어 온 수천 번의 나날들이 쌓인 이 기억들을 정리할 수 있을까.

이제 와서 보면, 81년 5월 8일에 남은 것은 아무도 없는 거리에서 한 중년 여성이 강아지와 함께 천천히 산책하는 장면뿐이다. 그리고 정확히 2분 후, 모든 티브이 채널과 라디오에서 공화국의 다음 대통령의 이름을 발표했다 ── 화면에 로카르[i]가 실험용 잠수 인형처럼 나타난 장면, 모두 바스티유로!

─────────
i 미셸 로카르, 1981년 대통령 선거의 사회당 후보.

그리고 얼마 전의 일들 :

6월 말, 주름치마에 하얀 코르사주를 단 수많은 여자들
이 참여한 끔찍한 사립학교 시위 전후에 일어난 미셸
푸코의 죽음,『르몽드』에 의하면 패혈증이 사인이라고
함 ― 미셸 푸코의 죽음보다 2년 더 일찍 찾아온,〈즐거
운 인생〉에서 너무 아름다웠었던 로미 슈나이더의 죽
음.〈왕비의 젊은 시절〉에서 로미 슈나이더를 처음 봤
을 때, 보통 은밀한 용도로 쓰이는 극장의 맨 뒷줄에서
그녀에게 키스하던 남자아이의 머리 때문에 영화를 부
분적으로밖에 보지 못함

2월의 휴가가 시작되기 전날, 트럭 운전사들이 도로를
차단함

제철업자들이 ― 그녀는 릴의 노동자들과 함께했다 ―
도로 위에서 바퀴에 불을 지를 때, 그녀는 움직이지 않
는 TGV 열차 안에서『말과 사물』을 읽음

우리는 선거에서 그 무엇도 우파의 회귀를 막을 수
없음을 예감했다. 여론 조사의 숙명은 관철되게 되어
있었고, «좌파와 우파의 공존»이라는 이 낯선 상황은

무의식의 욕망처럼 가혹하게 일어났으며, 언론은 자극시키기를 즐겼다. 젊은이들을 위한 공공사업고용, 터브이에서 시락에게 호되게 야단맞은 우아한 파비우스[i], 엘리제궁에 초대된 검은 마피아 안경을 쓴 야루젤스키[ii], 레인보우 워리어 방행공작[iii], 좌파 정부는 모든 상황에 제대로 대처하지 못하는 듯했다. 우리가 전혀 이해하지 못하는 분쟁 속에서 일어난 레바논 인질극 역시 시기가 좋지 않았으며, 저녁마다 장폴 코프만, 말셀 카르통 그리고 마르셀 퐁텐이 여전히 인질로 잡혀있음을 잊지 말라는 명령은 거슬렸다. 무엇을 할 수 있었겠는가. 그들의 캠프에 의하면 사람들은 공격적으로 화를 내거나 비탄에 잠겼다고 했다. 겨울조차도 평소보다 더 추웠고, 파리에는 눈이 내렸으며, 니에브르는 영하 25도였다. 좋은 징조랄 게 아무것도 없었다. 소문 무성한 에이즈로 인한 죽음들과 쇠약해진 생존자들이 우리들을 둘러쌌다. 우리는 비탄에 빠져 있었다. 매일 저녁, 피에르 데프로주가 «정치적인 속셈 없이 말하는 건데, 3월이 되면 그들이 겨울을 무사히 보내지 못할 것 같습

i   로랑 파비우스, 정치가, 사회당 당원.
ii   보이치에흐 야루젤스키, 폴란드 군인이자 정치가.
iii   프랑스 핵실험에 반대하는 그린피스 선박 '레인보우 워리어'가 프랑스의 첩보 기관에 의해 폭발함.

니다»라고 마무리 짓는 〈평범한 분노의 칼럼〉을 들으면, 좌파가 겨울을 무사히 나지 못할 것이라는 말로 들렸다.

우파는 돌아왔다. 그들은 과감히 해체했고 민영화했으며, 해고에 필요한 행정적 절차와 재벌세를 없앴다. 그것은 사람들을 행복하게 만드는 데 충분하지 않았고, 우리는 다시 미테랑을 좋아하게 됐다.

시몬 드 보부아르 그리고 장 주네가 사망했다. 우리는 정말이지 이 4월이 싫었다. 더구나 일드프랑스에 또 눈이 내렸다. 5월도 마찬가지였다. 소련에서 원자력 발전소가 터졌는데도 우리는 크게 동요하지 않았다. 고르바초프가 호감을 주긴 했지만, 러시아가 감추지 못한 이 재난은 그들의 무능력함과 강제노동수용소 — 우리에게 영향을 미치지는 않았지만 — 와 마찬가지로 그들의 비인간성을 탓해야 했다. 6월의 무거운 오후, 바칼로레아 시험을 마치고 나오던 고등학생들은 콜루슈가 한적한 도로에서 오토바이 사고로 죽었다는 소식을 들었다.

세계 전쟁이 예상대로 일어났다. 이 전쟁이 우리에게 가져다주는 이익은 기간과 거리에 반비례했으며,

무엇보다 주모자들 중 서양 국가들이 있느냐 없느냐에 달려 있었다. 몇 년째 이란과 이라크가 서로를 죽이고 있고, 러시아가 아프가니스탄을 진압하려 한다는 것을 말할 수 없었다. 전쟁의 동기는 말할 것도 없었고, 게다가 속으로는 그들조차도 그것을 알지 못한다고 확신하며 이유를 잊어버린 분쟁을 위해 신념 없이 서명했다. 시아파, 정통 회교도, 거기에 기독교까지, 우리는 레바논에서 분쟁 중인 분파들 사이에서 헷갈려 했다. 종교를 위해 서로를 학살하는 것은 우리가 이해할 수 없는 일이었으며, 그것은 그 민족들이 낮은 수준에 머물러 있다는 증거였다. 우리는 전쟁에 대한 개념에 종지부를 찍었다. 군복을 입은 남학생들을 더는 마주치는 일이 없었고, 입대는 모두가 피하고자 하는 고역이었다. 반군국주의는 정당성을 잃었다. 보리스 비앙의 〈탈주병〉은 사라진 시절에 대한 노래였다. 우리는 영원한 평화 유지를 위해 유엔군들을 곳곳에서 보고 싶어 했다. 우리는 문명화됐고 점점 더 위생과 신체를 돌보는 일에 신경 썼으며, 자신의 집에 냄새를 제거해 주는 제품들을 사용했다. «신은 죽었다. 마르크스도 죽었다. 나는 기분이 좋지 않다»라는 말에 웃었다. 우리는 유희적이었다.

세계 곳곳에서 카를로스처럼 범인들이 사라진, 고립된 테러 행위들이 일어났지만 커다란 인상을 남기지는 못했다. 9월의 첫 번째 테러 사건은 개학 직후였다. 며칠 간격으로 또 다른 폭탄이 터지지 않았더라면 분명 기억하지 못했을 것이다. 늘 공공장소였고, 우리에게도, 그 이전의 테러 사건을 캐던 티브이에게도 경악할 시간을 주지 않았다. 훗날, 보이지 않는 적들이 언제 전쟁을 선포했는지를 묻는다면, 우리는 헨느 가를 떠올릴 것이다. 무더웠던 그 수요일 오후, 벤츠에서 날아온 폭탄이 타티 가게 앞을 지나가는 사람들을 죽였을 때, 우리는 당장 가족들과 친구들에게 전화를 걸어 그때 그곳에 있지 않는지를 확인했다. 사람들은 계속해서 지하철과 RER을 탔지만, 열차 안의 공기는 무거웠다. 승객들은 자리에 앉으면서 발밑에 《수상한》 운동 가방들을, 무엇보다 은연중에 테러범들로 지목한 그룹들과 비슷해 보이는, 그러니까 아랍인들을 바라봤다. 우리는 목전에 둔 죽음을 의식하며, 불현듯 자신의 육체와 현재를 맹렬하게 느꼈다.

또 다른 대량학살들이 일어날 것이고, 정부가 그들을 막을 수 없을 것이라고 확신했으나, 아무 일도 일어나지 않았다. 우리는 시간이 지나면서 두려워하거나 좌석 밑을 확인하는 일을 그만두었다. 폭발의 광풍은 갑자기 멈췄다. 그 일이 왜 시작됐는지 몰랐던 것만큼이나 끝난 이유도 알 수 없었다. 어쨌든 너무 마음이 놓였기에, 우리는 그 이유에 대해서는 신경 쓰지 않았다. «유혈의 주간»이 된 테러들은 대단한 사건이 되지 못했고 최대 다수의 삶을 변화시키지 않았다. 다만 위험에서 멀어지자마자 사라져 버린 걱정과 숙명을 의식하며, 바깥에서 지내는 방식이 달라졌을 뿐. 우리는 «9월의 테러 사건의 희생자들»이라는 익명의 범주와 «헨느가의 희생자들»이라는 하위 범주를 이루는 사망자들과 부상자들의 이름을 알지 못했다. 희생자들의 숫자가 가장 많은 테러였으니까. 더 끔찍했던 것은 그저 지나다니기만 하는 길에서 죽었다는 것이었다. (물론 즉각적인 액션이라고 이름 붙인 집단에 의해 살해된 르노의 경영자, 조르주 베스, 오드랑 장군의 이름들을 더 잘 알았을 것이다. 우리는 그 집단이 붉은 부대와 바더 조직의 뒤를 쫓다가 시대착오적인 일을 저질렀다고 생각했다.)

2개월 후, 대학생들과 고등학생들이 드바케 법안을[i] 반대하며 거리로 쏟아져 나왔을 때, 이미 우리가 겪었던 일이었고 그것에 대해 잘 알고 있었기에, 우리는 그것이 하나의 커다란 사건이라고 생각했다. 우리는 감히 희망을 품지는 못했지만, 겨울에 일어난 68년 5월에 경탄했다. 우리는 젊음을 되찾았다. 그러나 그들은 우리들의 입장에서 생각하지 않았고 현수막에 68년은 낡았다, 86년이 더 낫다라고 적었다. 우리는 그들을 원망하지 않았다. 그들은 착했고 포석을 던지지 않았으며 터브이에서 침착하게 표현했고 시위에서 우리를 황홀하게 하는 노래들, 〈작은 배〉와 〈땅콩 회전〉을 함성을 지르며 불렀다 ─ 포웰과 『르피가로』는 그들이 «정신적인 에이즈»에 걸렸다고 표명했다. 우리는 처음으로 이 묵직하고 놀라운 현실 속에서 우리 다음 세대들, 여자아이들과 남자아이들, 레뵈르들이 모두 청바지를 입고 맨 앞줄에 함께 서 있는 모습을 봤다. 그들의 수(數)는 그들을 어른스럽게 만들었고, 우리는 이미 너무 늙어버렸다. 사진 속의 모습이 아이 같았던 스물두 살의 남학생이 무슈르프린스 가에서 기동 타격대에 맞아 사망

---

i　프랑스 대학 개혁 프로젝트 법안.

했다. 말릭 우스킨, 그의 이름이 적힌 플래카드 뒤로 몇천 명이 침울하게 행진했다. 정부는 법안을 철회했고, 시위대는 대학으로, 고등학교로 돌아갔다. 그들은 실용주의적이었다. 사회를 바꾸기를 원하지 않았다. 다만 좋은 자리를 차지하기 위해 방해받지 않기를 바랐을 뿐.

우리는 «확실한 직업»과 돈이 반드시 행복을 가져다주지는 않는다는 것을 알면서도, 아이들이 우선 그런 행복을 갖기를 바라지 않을 수 없었다.

도시는 여전히 더 멀리 확장됐다. 새로운 마을들과 장미로 덮인 시골까지. 채소밭도 닭장도 없고, 강아지들이 울타리를 넘어 돌아다니는 것이 금지된 곳이었다. 고속도로들이 풍경에 선을 그었고, 파리 주변은 롤러코스터처럼 복잡해졌다. 사람들은 음악과 함께 조용하고 편안하며 큰 창이 있는 차 안에서 점점 더 많은 시간을 보내게 됐다. 차는 움직이는 집이었고 타인을 허용하지 않는 — 히치하이킹은 사라졌다 — 더 개인적이고 가족적인 것이 되었다. 그 안에서 노래를 했고, 싸웠고, 차를 세우고 행인들을 보지 않으며 비밀 이야기를 나눴고, 추억했다. 그곳은 열려 있으면서 동시에 닫힌 공간이었고, 우리가 추월하는 차 안에 있는 타인들의 존재는 스치는 옆모습, 사고가 나면 좌석에 부서진 꼭두각시 모습으로 공포감을 주는 급작스러운 현실의 육체 없는 존재들로 제한됐다.

오랫동안 같은 속도로 혼자 달릴 때면, 오래전부터 몸에 익은 동작의 기계적인 행위가 마치 차가 저절로 굴러가는 것처럼 육체적인 감각을 잃게 했다. 작은 골짜기들과 평야가 여유로운 움직임 속에 미끄러졌다. 움직이는 수평선 끝까지, 우리는 투명한 차 안의 시선일 뿐이었다. 거대하고 연약한 의식이 공간을 채웠고, 그 너머에 세상 전부가 있었다. 우리는 가끔 그 세상의 전부가 타이어가 터지거나, 〈인생은 아름다워〉에서처럼 장애물을 만나는 것만으로도 영원히 사라질 수 있다는 생각을 했다.

늘 조금 더 열광적인 미디어의 시간은 우리에게 대통령 선거를 생각하도록 강요했으며, 선거까지 남은 개월, 주를 계산했다. 사람들은 교양 있는 이들이 — 그 시절의 기준에 의하면 «거칠지만 천박하지는 않은» 카날플뤼스의 〈바보들〉을 좋아하는 이들 — 무시하는 TFI의 〈바보들의 쇼〉에서 동물들을 보는 것을 선호했고 데지흐레스가 노래하는 〈여행, 여행〉을 들으며 다음 휴가를 꿈꿨다. 우리가 믿어왔던 것과는 달리 에이즈는 동성애 혹은 약물 중독자들만이 걸리는 병이 아니었고, 그것 때문에 이제는 섹스가 두려워졌다. 임신에 대한 두려움의 종말과 에이즈 양성반응에 대한 두려움 사이, 우리는 평온한 시절이 짧았다고 생각했다.

어쨌든 81년에 비해 마음이 동하지 않았다. 기대하는 것도 희망하는 것도 없이, 시락을 대통령으로 두느니 차라리 미테랑을 지키겠다는 생각뿐이었다. 그는 삼촌 같았고 마음이 놓였으며, 중도였고 좋은 스타일에 좋은 분위기가 있는 장관들로 둘러싸여 있으며, 우파들이 더는 두려워하지 않는 사람이었다. 공산당은 약해졌고 고르바초프의 페레스토이카와 글라스노스트로 인해 늙어 보였으며, 브레즈네프만이 남았다. 르펜은 «빼놓을 수 없는» 인물이었고, 기자들은 그에게 매료되

---

i 개방.
ii 개혁.
iii 소련 공산당 사무총장, 소비에트 사회주의 연방 중심 지도자 중 한 명.

거나 그를 두려워하며 주변을 맴돌았다. 대부분의 사람들에게 그는 «프랑스인들이 조그맣게 생각하는 것을 큰 소리로 말하는 사람»이었고, 그러니까 그것은 이민자들이 너무 많다는 이야기였다.

미테랑의 재선이 우리를 안심시켰다. 우파 정권 아래에서 항상 분노하며 사는 것보다 좌파 정권 아래에서 아무것도 기대하지 않는 편이 나았다. 세월의 불가역성 속에 이 대통령 선거가 큰 변화의 좌표가 되지는 않을 것이나, 다만 피에르 데프로주가 암으로 사망했다는 소식을 들었던, 일부러 미테랑을 뽑게 하려고 만든 것 같은 영화 속 그로제이유, 뒤케스노이와 함께 그토록 오랫동안 웃은 적이 없었던, 어느 봄날의 배경은 될 수 있었다. 우리는 때마침 뜻밖에 일어난 사건들 — 레바논 인질들의 석방, 끝이 없는 이야기, 우베아 동굴에서의 카낙 학살 — 그리고 시락이 미테랑에게 자신의 눈을 똑바로 보며, 분명 거짓인 것을 진실이라고 표명하라고 명령하는 장면을 조마조마하며 지켜보다가, 미테랑이 평소 습관대로 눈을 깜빡이지 않았음에 안심했던 티브이 토론만을 겨우 기억할 것이다.

실질적으로 아무 일도 일어나지 않았다. 최저통합수

단으로 가난을 정비하는 것과 빈민촌 주택단지 계단에 페인트를 새로 칠한다는 약속 — 소외 계층이라고 불릴 만큼 충분히 다수인 주민들의 생활 정비 — 만이 있었을 뿐이다. 자비는 제도화됐다. 걸인들은 대도시를 나와 지방 슈퍼마켓들의 문과 여름의 해변을 차지했다. 새로운 기술과 — 무릎을 꿇고 팔짱을 끼고 조용히 낮은 목소리로 동전을 간청함 —, 버려짐의 상징이 된 비닐봉지보다 더 빨리 신선함을 잃는 새로운 표현들을 개발했다. «노숙자»들은 광고처럼 도시 경관의 일부였다. 사람들은 낙담했고, 빈민들은 너무 많았으며, 그들의 무능력함에 화를 냈다. 어떻게 모두에게 줄 수 있겠는가, 사람들은 그들의 결심을 방해하는, 부동의 자세로 지하철에 누워 있는 육체들 앞을 빠른 걸음으로 지나치며 부담을 덜었다. 국영 라디오에서는 기업들이 경이로운 메시지를 던졌다. 도전하는 세계, 롱프랭의 세계에 오신 걸 환영합니다. 우리는 그것이 누구를 향한 것인지 궁금했다.

우리는 다른 곳으로 시선을 돌렸다. 단지 책에 마호메드를 모욕했다는 이유로, 이맘 호메이니가 인도 출신 작가, 살만 루슈디에게 사형 선고를 내린 일이 전 세계에 퍼졌고, 그것은 우리를 경악하게 했다. (교황 역시 콘돔을 금지하며 사형 선고를 내렸지만, 그것은 익명의 유예된 죽음이었다.) 그 결과, 중학교에서 머리에 스카프를 쓰겠다고 고집하는 여학생 세 명이 무슬림 원리주의와 반계몽주의, 여성혐오주의의 견인차들로 보였으며, 결국 아랍인들은 다른 이민자들과는 다르다는 것을 시사하는, 그렇게 생각하게 만드는 계기를 제공하고 말았다. 사람들은 자신들이 지나치게 너그럽다고 생각했고, 로카르는 «프랑스가 세상의 모든 고통을 받아 줄 수는 없다»라고 표명하여 이미 수많은 양심의 부담을 덜어줬다.

새로운 바람이 동부에서 불어왔다. 우리는 마법 같은 말, 페레스트로이카[i]와 글라스노스트[ii]에 끝도 없이 황홀해 했다. 소비에트 사회주의 연방에 대한 우리들의 생각이 달라졌다. 프라하의 강제노동수용소와 전차를 잊었고, 언론의 자유, 프로이트, 록과 청바지, 헤어스타일과 «새로운 러시아인» 유행에 걸맞은 멋진 슈트 같은, 우리들 그리고 서유럽과 유사한 징후들을 조사했

---

i   소련의 사회주의 개혁 이데올로기.

ii 러시아어로 '개방'이라는 뜻, 자유로운 조직과 표현을 증진 시키기 위한 정책.

다. 우리는 기다렸고 기대했다. 무엇을? 공산주의와 민주주의의 융합 같은 것을, 시장과 레닌의 계획경제를, 올바른 방향으로 흘러갈 10월의 혁명을. 우리는 천안문 광장에 모인, 작고 둥근 금속테 안경을 쓴 중국 학생들에게 열광했다. 또다시 전차를 탄 그들이 나타나고, 매우 작은 남자가 그들 앞에 혼자 걸어 나갈 때까지 — 앞으로 이 장면을 영화의 환상적인 마지막 장면처럼 몇십 번을 더 볼 것이다 — 우리는 그곳의 혁명을 믿었다. 그리고 같은 날, 일요일 롤랑가로스 경기장에서 마이클 창이 결승에 이겼기에, 십자성호를 그리는 모습이 매우 신경질적이었음에도 불구하고, 이 선수와 천안문 학생들의 모습이 뒤섞이게 될 것이다.

89년 7월 14일 저녁, 흐리고 무더웠던 하루 끝에, 우리는 소파에서 프레드릭 미테랑의 해설을 끄고 장폴 구드의 범세계주의적인 행진을 봤다. 세상의 저항과 혁명, 이 모든 일이 우리들의 작품인 것 같았다. 노예 제도의 종말에서 그단스크 조선소, 천안문 광장까지. 우리는 지구촌 사람들과 지나간 투쟁, 현재와 다가올 것들, 프랑스 혁명에서 야기된 것이 아닌 모든 것들에 시선을 고정했다. 제시 노먼이 인위적으로 만든 바람에 펄럭이는 파란색, 하얀색, 빨간색의 드레스를 입고 〈라마르세예즈〉를 노래했을 때, 우리는 옛 학창시절의 감정과 다시 떠오른 영광과 역사에 사로잡혀 버렸다.

　동독은 국경을 넘었고, 호네커를 끌어내리기 위해 교회 주변에서 촛불을 들고 열을 지어 행진했다. 베를린 장벽이 무너졌다. 숨 가쁘게 흐르는 시절이었다. 재판 후 한 시간 만에 전제군주들의 형이 집행됐고, 시체 유기소에는 흙이 섞인 시체들이 쌓였다. 상상 그 이상의 일들이 일어났고 ─ 그러니까 우리는 불멸의 공산주의를 믿었다 ─ 우리의 감정은 현실을 따라잡지 못했다. 커다란 사건들을 감당하지 못하는 느낌이었으며, 그런 순간을 살고 있는 동독인들을 부러워했다. 그 후, 우리는 서독의 상점 안에서 그들이 서두르는 모습을 보았고 그들의 비참한 옷과 복대 가방을 불쌍히 여겼다. 소비의 경험이 없는 그들은 측은한 마음을 불러일으켰으며, 물질적인 재산에 대한 자제도 분별도 없는 이 집단적인 굶주림의 광경은 우리를 언짢게 했다. 그들은 우리가 그들을 떠올리며 꾸며낸, 순수하고 추상적인 자유에 걸맞은 태도를 보이지 않았다. 《공산주의의 멍에를 쓴》 민족에 대해 습관처럼 느꼈던 비탄은, 그들이 자유를 쓰는 사용법에 대한 비난 섞인 관찰로 바꿰었다. 우리는 행복과 «자유로운 세상»을 가졌다는 우월감을 만끽하기 위해 소시지와 책을 위해 줄을 섰던, 모든 것을 박탈당했던 그들을 더 좋아했다.

«철의 장막 뒤에서» 이뤄진 세계의 애매모호한 미분화는 특정 국가에게 자리를 내주고 말았다. 모리악[i]이 나는 그들을 너무 좋아해서 그들이 둘이라는 사실이 행복하다라고 말했던 독일이 통일됐다. 정치적인 종말론 루머가 퍼져나갔다. «세계의 새로운 질서»의 도래가 공표됐다. 역사의 끝이 다가왔다. 민주주의는 지구 전체에 퍼질 것이다. 세계의 새로운 행보에 대한 믿음이 이렇게까지 확실했던 적이 없었다. 폭염 한가운데, 휴가의 무기력한 질서가 흔들렸다. 한 신문에 커다랗게 적힌 제목, «사담 후세인이 쿠웨이트를 차지했다»는 51년 전 같은 날짜에 실렸던, 종종 재현되는 것을 지켜봤던 또 다른 제목, «독일이 폴란드를 점령했다»를 떠올리게 했다. 전투를 준비하던 한 전사가 불과 며칠 만에 미국 뒤에 있던 서양 열강들을 일어나게 만들었다. 프랑스는 〈클레망소〉[ii]를 허풍 떨며 보여줬고, 옛날 알제리 시절처럼 군인 소집을 고려했다. 사담 후세인이 쿠웨이트에

---

i 프랑스 소설가, 1952년 노벨상 수상.
ii 항공모함.

서 물러나지 않는다면, 삼차 세계 대전의 발발은 더는 의심할 여지가 없었다.

사람들은 오랫동안 어떤 사건을 그리워했다는 듯이 전쟁을 필요로 했고 단지 티브이 시청자일 뿐이었던 사건들을 부러워했다. 오래된 비극이 욕망과 다시 만났다. 역대 가장 머리가 희끗했던 미국 대통령 덕분에 우리는 «새로운 히틀러»와 싸우게 됐다. 평화주의자들은 뮌헨으로 보내졌다. 미디어가 단순화시킨 것들의 마법 속에서 사람들은 폭탄 기술의 섬세함을 확신했고 『리베라시옹』에 적힌 «깨끗한 전쟁», «지능적인 무기»와 «문명화된 전쟁», «국부 공격»을 믿었다. 전쟁을 선동하는, 고결하고 큰바람이 불었다. «사담을 때려 눕히자»는 정의로운 전쟁이었고 «정당한 전쟁»이었으며, 아무도 입에 올리지는 않았지만, 운 좋게도 얌전히 있다고는 하지만 이따금씩 짜증나게 하는 근교의 아이들, 베일을 쓴 여자들이 있는 이 복잡한 아랍세계와 끝을 볼 수 있는 정당한 기회였다.

미테랑이 티브이에 나와서 단조로운 목소리로 «무기가 말해 줄 것이다»라고 말했을 때, 우리는 그와 끝을 냈다. «사막의 폭풍»을 위한 열정적인 선동을 견딜 수 없었던 우리에게는 매일 밤 기분을 달래 주는 〈레 기뇰 드 랭포〉와 매주 하는 『라그로스베르타』가 전부였다. 안개 끼고 추웠던 1월, 거리에는 사람이 없었고 극장과 공연장은 텅 비었다.

사담은 수수께끼 같은 «전쟁의 어머니»를 약속했으나 전쟁은 일어나지 않았다. 전쟁의 목적들이 흐려졌다. 바그다드에서 수천 명이 폭탄으로 숨졌으나, 볼 수는 없었다. 2월의 어느 일요일, 사막에서 길을 잃은 이라크 패잔병들과 함께 적대행위는 수치스럽게 중단됐다. 이 대소동은 끝을 보지 못하고 끝이 났고, «악마» 사담 후세인은 여전히 그곳에 있었으며, 이라크에는 금수조치가 내려졌다. 우리는 CNN이 선동으로 꾸며낸 허구에 며칠 동안 사로잡혔다는 사실에 굴욕을 느꼈고, 자신의 생각과 감정들을 내줬다는 사실에 수치심을 느꼈다. 더는 «세계의 새로운 질서»에 대해 듣고 싶지 않았다.

이제 더 이상 깨어 있지 않다고 생각했던 소비에트

---

i 인형들이 하는 정치 풍자극 티브이 쇼.

ii 걸프전에 반대하여 만들어진 주간지.

iii 당시 사담 후세인은 미국을 상대로 승리를 자신하며 '이 전쟁이 모든 전쟁의 어머니가 될 것이다'라고 말했다.

연방에서 늙은 스탈린주의자 군인의 실패한 쿠데타가 일어났던 여름, 고르바초프는 신용을 잃었고, 전차에 올라 자유의 영웅처럼 환호를 받았던, 눈이 작은 난폭한 인간의 기적적인 등장으로 예고된 혼란이 몇 시간 만에 빗겨나갔다. 일이 신속하게 진행됐다. 소비에트 연방이 사라지고, 러시아 연방이 됐다. 보리스 옐친이 대통령이 됐고, 레닌그라드가 다시 상트페테르부르크가 되면서 도스토옙스키 작품 속 배경의 위치를 더 쉽게 알게 됐다.

여성들은 그 어느 때보다 더, 감시를 받는 집단을 이뤘다. 그녀들의 행동, 취향, 욕망은 이야기의 단골 주제가 됐고, 불안해하면서도 의기양양하는 이들의 관심의 대상이 됐다. 여성들은 «모든 것을 얻어냈고», «어디에든 있으며», «학교에서 남학생들보다 더 우수하다»고 알려졌다. 늘 그렇듯이 여성해방의 신호를 그녀들의 신체, 과감한 옷과 성적인 것에서 찾아냈다. 그녀들이 «남자들을 꼬신다»라고 말하고, 자신들의 판타지를 드러내고, 『엘르』에 «잘하는지»를 묻는 것은 자유와 남녀

평등의 증거였다. 광고 속 그녀들의 가슴과 허벅지의 영속적인 헌납은 아름다움에 대한 오마주로 감상 되어야 했다. 페미니즘은 유머 없는 보복의 낡은 이념이었으며, 젊은 여성들에게는 더 이상 필요하지 않았고, 그녀들은 페미니즘을 거만한 시선으로 바라보면서 그녀들이 가진 힘과 그녀들이 평등하다는 것을 의심하지 않았다. (그러나 그녀들은 자신들의 인생에 상상의 형체를 부여할 필요가 있다는 듯이, 여전히 남자들보다 더 많은 소설을 읽었다.) «남자들이여, 여성들을 사랑해 줘서 고맙습니다»는 한 여성 신문의 제목이었다. 여성들의 투쟁은 잊혔고, 공식적으로 되살릴 수 없는 기억만이 남았다.

여자들은 피임약으로 인생의 주인이 되었으나, 그것을 누설하지는 않았다.

주방에서 낙태를 했고 이혼을 한 우리들, 여성 해방을 위한 우리의 노력이 다른 이들에게 쓰임이 있을 것이라고 믿었던 우리들은 피로감에 빠졌다. 여성의 혁명이 일어나기는 했었는지 이제는 알 수 없었다. 50세가 넘어서도 계속 생리를 했지만 이전과는 색깔도 냄새도 다른, 헛된 피였다. 그러나 죽음까지 유지할 수 있었던 이 규칙적인 시간의 리듬이 우리를 안심시켰다. 우리는 15세 여자아이처럼 청바지와 팬티, 티셔츠를 입고 자주 만나는 애인을 «내 남자친구»라고 말했다. 나이를 먹음에 따라 나이를 잊었다. 라디오 노스탤지 채널에서 〈온리 유〉 혹은 〈카프리, 이제 끝났어〉를 들을 때면, 달콤한 청춘이 우리를 감쌌다. 현재는 우리들의 스물까지 그 영역을 넓혀 갔다. 갱년기에 몸을 움츠리며 땀을 흘렸던 어머니들과 비교하면 시간을 번 것도 같았다.

(젊은 여성들은 한 남자에게 애정을 불어넣기를 꿈꾸지만, 이미 경험이 있는 오십 세 이상의 여성들은 더 이상 그런 것을 원하지 않는다.)

아이들, 특히 남자아이들은 가정, 채워진 냉장고, 세탁된 옷, 어린 시절의 배경이 되는 소리를 힘겹게 떠났다. 그 아이들은 악의 없이 우리 옆방에서 섹스를 했다. 그들은 긴 청춘에 안주했고, 세상은 그들을 기다려 주지 않았다. 우리는 그 아이들을 먹이면서, 계속 그들을 걱정하면서, 늘 같은 시간을 단절 없이 사는 듯한 느낌을 받았다.

가시덤불이 무성한 정원에서 골반까지 정면으로 찍힌 한 여자의 사진이다. 붉은빛이 도는 긴 금발머리는 폭이 넓고 사치스러운 검은 코트의 깃 위에 산만하게 흩어져 있다. 코트에 비해 이상하게 좁은 연한 핑크색 스카프는 왼쪽 어깨 뒤로 넘겨져 있다. 그녀는 평범한 흑백 고양이를 품에 안고 렌즈를 바라보며 웃고 있다. 부드러운 유혹적인 자세로 고개는 살짝 기울어져 있고, 입술은 선명한 장밋빛으로 보이는데 분명 스카프와의 조화로 윤기가 강조됐을 것이다. 머리카락을 가르는 더 선명해진 가르마는 모근이 다시 나온다는 신호다. 얼굴은 통통한 달걀형으로, 젊어 보이게 만드는 솟은 광대가 처진 눈 밑과 대조되고 이마에는 가는 주름들이 있다. 코트의 넓은 폭이 체격을 가늠하게 해주지는 않지만, 고양이를 들기 위해 소매 밖으로 나온 손과 손목은 관절이 드러날 정도로 여위었다. 겨울에 찍은 사진이다. 얼굴과 손의 피부에 비친 태양빛은 창백하고, 풀숲은 말랐고, 멀리 건물의 윤곽과 함께 식물들이 있는 희미한 배경 위로 가지들이 앙상하다. 뒷장에 '92년 3월, 세르지'라고 적혀 있다.

그녀는 숙련된 내려놓음과 여성 잡지에서 말하는 사십대에서 오십대 여성들이 가진 《충만함》 같은 느낌을 풍긴다. 이 사진은 그녀가 실제로 한 살 반인 암컷 고양이와 함께 혼자 살고 있는 집의 정원에서 찍은 것이다. 10년 전에 이곳에서 남편과 두 명의 청소년 아들, 이따금씩 그녀의 어머니와 함께 살았다. 그녀는 침대 시트 세탁을 결정하는 일부터 휴가를 위한 호텔 예약까지, 그녀가 없었다면 돌아가지 못했을 일들의 중심에 있었다. 그녀의 남편은 멀리 있고 재혼을 해서 아이가 한 명 생겼으며, 그녀의 어머니는 돌아가셨고 아들들은 다른 곳에 산다. 그녀는 이 상실을 피할 수 없는 길처럼 차분히 받아들인다. 이제 오샹에서 장을 볼 때, 더는 쇼핑카트가 필요하지 않으며 바구니 하나면 충분하다. 그녀는 아들들이 집으로 돌아오는 주말에만 양육자의 위치를 되찾는다. 수업, 과제 같은 업무들을 제외하고는 개인적인 취향과 욕망, 독서, 영화, 전화, 편지, 사랑의 모험을 영위하는 데 자신의 시간을 할애한다. 물질적인, 정신적인 끝없는 고민과 그녀의 부부생활과

가정생활을 규정하는 타인들에 대한 걱정은 이제 그
녀에게서 멀어졌고, 인도주의적인 이익에 대한 관심이
조금 더 가볍게 그 자리를 대신한다. 이 속박의 해소와
열린 가능성 안에서, 그녀는 자신이 중상류층 30대 여
성을 위한 『엘르』와 『마리끌레르』에 그려진 시대적인
움직임에 부합하고 있음을 느낀다.

　가끔 욕실의 거울에 자신의 나체를 비춰볼 때도 있
다. 호리호리한 상반신과 가슴, 허리는 매우 잘록하고,
배는 살짝 나왔으며, 무릎 위로 불룩 나온 허벅지는 무
겁다. 이제 음모가 줄어서 성기가 잘 보이며 포르노 영
화에서 나온 것과 비교하면 음부가 작다. 서혜부에 있
는 두 개의 푸른 줄은 임신했을 때 튼 자국이다. 그녀는
16살 즈음, 성장이 멈춘 이후로 늘 똑같은 육체로 살아
왔다는 사실에 놀란다.

　그녀는 부드러운 눈빛으로 렌즈를 바라보던 순간에
─ 분명 남자가 찍은 것이다 ─ 자신이 3년 전, 한 러시
아인에게 강렬한 열정을 느꼈던 여자였다는 것을 생각
한다. 욕망을 품었던, 고통스러웠던 상태는 사라졌고,
여전히 그 남자의 형체를 느끼지만 그의 얼굴이 점점

희미해지고 있다는 것에 가슴 아파한다. 그녀는 그가 프랑스를 떠날 때 자신이 그를 어떻게 기억하고 있었는지, 어떤 장면들의 물결이 그녀를 휩쓸었다가 그녀 안에 그의 존재를 성막처럼 가둬 놓았는지를 떠올리고 싶어 한다.

어머니에 대한 것은 눈, 손, 실루엣이 남았지만, 목소리는 아니다. 혹은 결이 없는 추상적인 방식으로만 기억하고 있다. 진짜 목소리는 사라졌고 어떤 물질적인 흔적도 가지고 있지 않다. 그러나 무의식적으로 그녀의 입술에, 같은 상황에서 그녀의 어머니가 썼던 문장들이 찾아오곤 한다. 전에는 썼던 기억이 없는, 마치 어머니가 가문의 모든 이들을 업고 말하는 듯한, «시간이 늘어졌다», «그가 나를 입도 못 떼게 했다», «고해성사처럼 각자 순서가 있다», 등등의 표현들. 한 번은 어머니가 알츠하이머를 앓는 동안 말했던 «뒤를 닦게 걸레를 가져다주렴» 같은, 그녀의 정신 상태의 악화를 드러낸 몰상식한 문장들을 떠올렸다. 잠깐 동안 어머니의 육체와 존재가 그녀에게 다녀간 것이다. 어머니가 자주 썼던 앞에 문장들과는 다르게, 이 문장들은 유일하며, 세상의 단 하나뿐인 존재, 그녀의 어머니의 영원한

전유물이다.

그녀가 남편을 생각하는 일은 거의 없지만, 그녀 안에는 공동생활의 흔적과, 바흐와 신성한 음악, 아침의 오렌지 주스 등등, 그에 의해 갖게 된 취향들이 남았다. 이러한 삶의 모습들이 그녀를 스치고 지나갈 때면 — 그녀가 몹시 들떠 구시가지의 상점에서 크리스마스이브에 필요한 것들을 찾았던 안시의 삶 같은, 그녀는 스물다섯 살이었고, 아이와 함께 보내는 그들의 첫 크리스마스였다 — 그녀는 «다시 그곳에 있기를 원하는지» 스스로에게 묻는다. 아니라고 대답하고 싶지만, 질문 자체가 의미 없다는 것을 알고 있다. 과거의 일과 관련된 질문들은 그 어떤 것도 의미가 없다.

슈퍼마켓 계산대 앞에서 줄을 설 때면, 다소 많은 양의 음식들로 채워진 쇼핑카트를 밀고 줄을 섰던 모든 순간을 생각하기도 한다. 그녀는 혼자이거나 카트 주변을 도는 아이들과 함께 있는 여성들의 모호한 실루엣을, 헤어스타일과 — 머리를 낮게 묶거나, 짧거나, 중간 길이거나, 단발머리 — 옷만 다른 — 70년대식 커다란 코트, 80년대 4분의 3 길이의 검정 코트 — 얼굴 없는 여성들을, 러시아 인형처럼 끼워 맞춘 것이 하나씩 떨어져 나가 분해된, 자신의 사진처럼 바라본다. 그녀는 10년 혹은 15년 후, 아직 태어나지 않은 손자들을 위한 사랑과 장난감을 카트에 가득 채우고 여기 다시 서 있는 자신의 모습을 그려 본다. 스물다섯 살에 40대 여성이 된다는 것을 상상할 수조차 없었으나 이미 그 나이를 넘은 것처럼, 그녀에게 그 여자는 있을 수 없는 일처럼 보였다.

그녀는 불면증을 겪으며 자신이 잠들었던 방들, 13살까지 부모와 함께 썼던 방, 대학 기숙사의 방, 안시의 공동묘지 맞은편 아파트의 방을 상세하게 떠올려 보려고 한다. 문을 출발점으로 삼고 벽들을 체계적으로 다시 훑어본다. 떠오르는 물건들은 언제나 몸짓, 특별한 사건과 연결돼있다. 그녀가 모니터 요원으로 일했던 여름 캠프의 숙소, 모니터 요원들이 에마이 디아망 붉은 치약으로 «창녀들 만세»를 썼던 세면대 위의 거울, 불을 켤 때마다 정전기를 일으켰던, 로마의 방에 있던 푸른색 램프. 그 방 안에 있던 그녀의 모습은 사진처럼 선명하지는 않지만 실루엣, 헤어스타일, 창문을 향해 몸을 기울이거나 머리를 감는 움직임과 책상에 앉거나 침대에 눕거나 하는 자세들은 유료 채널의 영화처럼 흐릿하게 떠오르며, 가끔씩 예전의 자신의 몸을 다시 느낄 때도 있지만, 꿈속에 있는 듯한 느낌은 아니다. 오히려 기독교에서 말하는 고통도, 쾌락도, 추위도, 더위도, 소변 욕구조차도 느끼지 못하는, 죽음 이후에 부활하기로 되어 있는 영광의 육체 속에 있는 것과 같다고 할 수 있다. 그녀는 이 목록 안에서 자신이 무엇을 찾고 있는지 알지 못한다. 어쩌면 사물들에 대한 추억을 쌓다가 이런저런 순간 속의 자신의 모습으로 되돌아가려는 것은 아닐까.

그녀는 태어나서부터 2차 세계대전을 거쳐 지금까지 분리되고 조화가 깨진 그녀만의 수많은 장면들을 서사의 흐름, 자신의 삶의 이야기로 한데 모으고 싶어 한다. 개인의 것이지만 세대의 변화가 녹아 있는 삶. 그녀는 시작하는 순간, 늘 같은 문제에 부딪친다. 어떻게 역사적인 시간의 흐름과 사물들, 생각들, 관습들의 변화와 이 여자의 내면의 변화를 동시에 표현할 수 있을까. 어떻게 45년의 프레스코화와 역사 밖 자아의 탐구, 「고독」이란 시를 썼던 스무 살의 일시 정지된 순간들의 자아를 동시에 만나게 할 수 있을까, 등등. 그녀의 가장 큰 고민은 《나》와 《그녀》 사이의 선택이다. 《나》 안에는 너무도 확고부동한 것들, 편협하고 숨 막히는 무언가가 있고, «그녀» 안에는 너무 많은 외재성과 거리감이 있다. 아직 존재하지는 않지만 그녀가 생각하는 자신의 책의 모습과 그 책이 남겨야 하는 것은 얼굴 위로 흐르는 빛과 그림자이며, 12살에『바람과 함께 사라지다』와 그 후에『잃어버린 시간을 찾아서』, 최근에『삶과 운명』을 읽으며 그녀가 간직한 느낌이다. 그러나 그녀는 그것에 이르는 방법을 아직 발견하지는 못했다. 그녀는 방법이 아니라면 깨달음, 적어도 마르셀 프루스트의 차에 적신 마들렌처럼 우연이 가져다주는 어떤 신호를 기대하고 있다.

그러나 정작 그녀를 꿈꾸게 만드는 것은, 새 옷을 사게 하고, 편지, 전화, 음성 사서함의 메시지를 기다리게 하는 것은, 이 책이나 미래보다는, 다음에 만날 남자일 것이다.

세상의 사건들을 향한 흥분이 다시 가라앉았다. 예상하지 못했던 일들에 질렸다. 만질 수 없는 무언가가 우리를 사로잡았다. 경험의 공간은 익숙한 틀을 잃었

다. 세월이 쌓이면서 우리에게 좌표가 됐던 68년과 81년
은 잊혀 갔다. 날짜를 이야기할 필요도 없이, 새로운 단
절은 베를린 장벽 붕괴였으나 그것이 역사의 마지막을
장식하지는 않았다. 다만 우리가 이야기할 수 있는 역
사의 마지막이었을 뿐.

　중앙 유럽, 그리고 동유럽은 ─ 그때까지 우리들의
지리적 상상 속에 존재하지 않았던 ─ 그들과 우리들,
건실한 국민들을 구분 짓는 표현이자, 종교와 불관용
의 재출현이 그 증거인 후진성을 창달하는 표현 «민족»
으로 끊임없이 나뉘면서 다원화되는 듯했다.

　유고슬라비아는 방화와 살육으로 혼란에 빠졌다. 보
이지 않는 사격수들과 스나이퍼들의 총알이 거리를 관
통했다. 그러나 포탄이 점점 더 많은 행인들을 죽이고
천 년이 넘은 다리들을 가루로 만들어 버려도, 또 늙은
«새로운 철학자들»이 수치심을 느끼게 하려고 «사라예
보는 파리에서 겨우 두 시간밖에 걸리지 않는다»고 반
복하기를 애쓰며 비난해도, 피로가 우리를 붙들었다.
우리는 까닭 없이 걸프전에 너무 많은 감정을 쏟았다.
의식은 움츠러들었다. 우리를 본받지 않고 야만인들처
럼 서로를 죽이는 크로아티아인들과 코소보인들 등을
원망했으며, 그들을 같은 유럽이라고 여기지 않았다.

알제리는 살육장이었다. 알제리 무장 이슬람 조직원의 가면을 쓴 얼굴에서 우리는 민족해방전선을 봤다. 알제리인들도 마찬가지로 그들의 자유를 올바르게 사용하지 못했다. 그러나 오래 전에, 마치 독립이후로 그래왔다는 듯이, 이번만큼은 더 이상 그곳을 생각하지 않기로 결심했다. 르완다에서 일어나는 일에는 더했다. 후투족과 투치족, 착한 쪽과 나쁜 쪽을 구분하지 못했기에 관심을 갖고 싶지 않았다. 오래전부터 항상 아프리카는 무기력하다고 생각해 왔다. 그곳은 우리보다 전근대적인 시대를 사는, 미개한 복장을 하고, 프랑스에 성을 소유하고 있는 전제군주들이 있는 곳이라는 것을 암묵적으로 받아들였다. 그들의 고통은 절대 끝나지 않을 것처럼 보였다. 실망스러운 대륙이었다.

마스트리히트 조약[i]의 찬반 투표는 추상적인 행위였다. 우리는 그 문제에 대해서 왜 우리보다 더 신중한지 이유를 알 수 없는 «유력인사들»이라 불리는 압력단체의 명령에도 불구하고 투표하는 것을 잊을 뻔했다. 저명한 인사들이 바람직한 생각과 행동을 규정하는 것이 일상이 됐다. 3월의 국회의원 선거에서 두말할 것 없이

---

i   유럽연합조약.

우파는 좌파를 이기고, 미테랑과 함께 다시 좌우동거 정부를 구성할 참이었다. 미테랑은 빛나던 눈이 푹 꺼진, 목소리가 떨리는, 너무 지친 남자였다. 자신의 암 투병과 숨겨둔 딸을 자백하면서 정치적 포기 의사를 밝힌, 국가원수 자리에 앉은 유해였고, 우리는 그에게서 타협과 술책 저편에 있는 «남은 시간»의 끔찍한 형상만을 볼 수밖에 없었다. 그의 전 국무총리 베레고보이가 루아르 강변에서 머리에 총을 쐈을 때, 그는 기자들의 «무자비함»을 비난할 힘을 찾았지만, 우리는 이 러시아인이 자살한 것이 아파트 때문이 아니라 그가 부 앞에서 — 그 자리에 남기 위해 비굴하게도 모든 모욕을 참았다 — 자신의 출신과 이상을 배신했기 때문이라는 것을 잘 알고 있었다.

아노미[i]가 이겼다. 지적인 구별의 표식으로서 언어는 더욱 현실감을 잃었다. 경쟁력, 불안정, 고용적격자, 유연성은 분노를 일으켰다. 우리는 정돈된 담화 속에 살면서 그것을 거의 듣지 않았다. 리모컨은 지루한 시간을 단축시켜 줬다.

---

[i] 사회적 규범의 동요·이완·붕괴 등에 의하여 일어나는 혼돈상태 또는 구성원의 욕구나 행위의 무규제 상태.

사회를 대표하는 것은 «주제들»로 분열됐다. 무엇보다 우선은 성적인 것이었다. 스와핑, 성전환자, 근친상간, 소아성애자 그리고 해변의 벗은 가슴, 찬성이든 반대든 대부분이 개인적으로 경험해 본 적 없는 사건들과 행동들을 사람들 앞에 내밀었고, 수용과 거부 속에서 이러한 일들이 곳곳에 널려 있다고 짐작하거나 정상적인 일이라고 여기게 됐다. 비밀은 알로마차[i]의 밤의 목소리와 청취자들이 보낸 익명의 편지에서 나왔고, 그것은 우리가 시선을 뗄 수 없는 클로즈업 화면 속 육체와 얼굴로 구체화 됐다. 우리는 그렇게 많은 이들이 자신의 은밀한 이야기를 수천 명의 관객들 앞에서 말한다는 사실에 놀랐으며, 타인의 삶을 그만큼 알게 됐다는 것에 행복해했다. 사회적인 현실은 넘치는 광고와 여론조사, 주식 시가에 가려진 미미한 소문인 «경제가 다시 활기를 띠고 있다»였다.

제 3세계와 옛 동구권에서 불가피하게 건너온, «불법 체류자»라는 위협적인 명칭으로 모인 이들을 루아시의 아카드 호텔에 몰아넣거나, 파스쿠아 법으로 가능한 한 내몰았다. 우리는 «내 친구를 건드리지 마»와 «

---

i 프랑스 라디오 방송.

이민자들은 프랑스의 재산이다»를 잊었다. «무질서한 이민과 싸워야 했고», «국가적인 응집력을 지켜야 했다». 세계의 불행에 대한 미셸 로카르의 문장은 경탄을 불러일으킬 만한 자명한 이치처럼 돌았고, 대부분의 사람들은 말로 표현하지는 않았지만 그 안에 담겨 있는, «이 정도면 이민자들은 충분하다»라는 뜻을 이해했다.

거부된 이념 중에는 이민 사회로의 진입에 대한 것도 있었다. 여러 해 동안, 사람들은 도시 변두리에 몰아넣은 아프리카 흑인 가족들과 마그렙 가족들이 그저 지나가는 이들이고, 언젠가 그들의 가족들과 함께 자신들이 왔던 곳으로, 잃어버린 식민지처럼 이국적인 자취와 후회를 남기고 다시 떠날 것이라고 믿었으나, 이제는 그들이 남아 있을 것이라는 걸 알게 됐다. «제3세대»가 새로운 이민의 물결처럼 나타났다. 도시를 부풀리고 포위하는 국내 이민이 근교의 고등학교, 공공 직업 안정소, 파리 북부의 RER과 12월 31일의 샹젤리제를 휩쓸었다. 그들은 여전히 존재를 인정받지 못한 위험한 집단이자, 생각까지 — 다른 곳, 알제리나 팔레스타인을 향해 눈을 돌리는 것에 화를 냈다 — 감시해야 하는 집단이었다. 공식적으로는 «이민자 가정 출신의 젊은이들»이라고 불렸고 일상에서는 아랍인들, 흑인들, 조금 더 고결한 버전으로는 레뵈르 그리고 블랙이라 불렸다. 정보처리 기술자, 비서 혹은 경비, 그들이 아직 자격이 없음에도 불구하고 부당하게 차지한 영광의 작위처럼 자신을 프랑스인이라고 말하는 것을 내심 기괴하게 생각했다.

상업 공간은 고속도로에서부터 눈에 띄는 간판이 달린 비죽 솟은 콘크리트 사각형 건물로 시골까지 확장됐고 다양화됐다. 무미건조한 간결함 속에서 구매 행위가 이뤄지는 냉혹한 소비 공간들, 소비에트식 네모난 건축물에는 비슷한 품질의 재고품들, 신발, 옷, 공구류들이 각각 엄청난 양으로 구비되어 있었고 아이들을 달래기 위한 맥도널드가 있었다. 그 옆의 대형마트는 2000㎡ 면적에 음식과 10여 개 브랜드의 다양한 상품들을 종류별로 펼쳐 놓았다. 장을 보는 데 더 많은 시간이 걸렸고, 특히 한 달에 최저임금을 버는 이들에게는 고충이 더해졌다. 서양의 부의 범람은 상품들이 나란히 진열된 복도에서 보고 만질 수 있었고, 우리는 이곳의 중앙 통로 위에서부터 시선을 둘 곳을 잃었지만 좀처럼 고개를 들지 않았다.

그곳은 신속한, 유일무이한 감정의 장소였고, 호기심, 놀람, 난처함, 욕구, 실망이 있는, 충동과 이성이 짧게 다투는 곳이었다. 주중에는 오후의 산책 목적지였고, 이제 막 천천히 카트를 채우는 퇴직한 부부들에게는 외출을 위한 구실이었다. 토요일에는 가족 전체가 모여들어 욕망의 물건들 옆에서 무기력하게 즐겼다.

그날그날 쾌락 혹은 짜증 속에서, 가볍게 혹은 과하게 물건을 소유하는 일이 ― 그 이후로는 «그것 없이는 절대 살 수 없다»고 말하게 되는 ― 삶을 점점 더 유혹했다. 수송의 최신곡, 〈감성적인 사람들〉을 들으면 100년 후의 사람이 되어 우리 자신을 바라보는 것 같았으며, 우리를 휩쓸어가는 것들을 아무것도 바꿀 수 없다는 사실에 우울함을 느꼈다.

우리는 지루한 사용설명서를 읽고 조작법을 배워야 하는 새 기계의 구매에 앞서 «지금까지 이것 없이도 잘 살아왔다»고 투덜댔지만, «보면 알아. 삶이 달라진다니까» ― 더 큰 자유와 행복을 위해 감당해야 할 대가처럼 ― 라고 장점들을 찬양하는 타인들의 압박에 못 이겨, 결국 이 노력에 순응하고 말았다. 처음 사용할 때는 주눅이 들었고, 그 후에는 낯선 감정들이 찾아오자마자 사라졌으며, 익숙함 속에 잊혀졌다 : 물건처럼 저장할 수 있고 10번씩 다시 들을 수 있었던 음성사서함의 목소리를 듣는 혼란스러움, 방금 쓴 사랑의 단어들이 팩스의 흰 종이 위에 올라오는 것을 보는 경이로움, 이 이상한 부재중인 존재의 존재감은 너무 강렬하여 수화기를 들지 않고 음성 사서함이 말하게 둘 때 거짓 감정을 불러일으켰으며, 소리를 내면 상대방이 들을지도 모른다는 두려움에 몸이 굳었다.

모두가 «정보화»가 될 것이라고 말했지만 우리는 컴퓨터를 소유할 생각이 없었다. 그 앞에서는 우리 자신이 열등해지는 첫 번째 물건. 우리는 남들을 부러워하며 그들이 이 물건을 지배하도록 두었다.

거론되는 모든 두려움 중에 가장 큰 두려움은 에이즈였다. 에르베 기베르에서 프레디 머큐리까지 ─ 마지막 뮤직비디오에서 그는 예전의 토끼 이빨보다 훨씬 더 멋졌다 ─ 심하게 여위고 변해 버린, 죽어가는 유명인들의 얼굴에 «참화»의 초자연적인 특징, 세기 말에 던져진 저주의 첫 번째 신호이자 마지막 심판이 나타났다. 우리는 에이즈 바이러스 보균자들과 — 지구 인구의 삼백만 — 거리를 뒀고, 정부는 그들을 페스트 환자 취급하지 말라고 설득하는 윤리적인 광고에 전력을 다했다. 에이즈의 수치심은 잊혀진 한 가지, 미혼 여성의 임신에 대한 수치심을 대신했다. 이자벨 아자니는 에이즈에 걸렸을까? 에이즈에 걸렸다는 의심을 받으면 비난을 받아 마땅했다. 검진하는 것만으로도 의심을 받았고, 말로 표현할 수 없는 과오의 고백이 됐다. 우리는 병원에서 번호표를 받고, 대기실에서 옆 사람을 보지 않고 몰래 검사를 받았다. 10년 전에 수혈하다가 감염된 환자들만이 동정을 받을 수 있었으며, 사람들은 한 의사가 고등법원에 《독살》로 출두한 것에 열광하며 타인의 혈액에 대한 두려움을 달랬다. 그러나 우리는 결국 적응하게 됐다. 가방 안에 콘돔을 가지고 다니는 습관을 들였으나 꺼내지는 않았다. 그것을 사용한다고 생각하면 갑자기 불필요한 것이나, 상대에 대한 모욕처럼 여겨졌다 — 테스트를 하자마자 죽을 것이라는 확신과 함께 결과를 기다리며 후회했다. 음성이라는 결과를 받고, 존재한다는 것이, 길을 걷는 것이 말로 형용할 수 없는 아름다움이자 재산이 됐다. 그러나 변함없는 사랑과 콘돔 사이에서 선택해야만 했다. 모든 방법을 동원해 반드시 쾌락을 느껴야 하는 순간에도, 성적인 자유는 다시 실행 불가능한 것이 돼버렸다.

청소년들은 펀 라디오에서 〈닥터〉와 〈디풀〉을 들었고 그들만의 비밀을 간직하며 성생활을 했다.

프랑스에는 지구 전체 에이즈 바이러스 보균자 수만큼의 실업자들이 있었다. 교회의 동상 아래, 청원을 적는 종이에는 «나의 아버지, 일자리를 찾아주세요»라고 적혀 있었다. 모두가 실업이라는 이 또 다른 «재난»의 끝을 간구하면서도 아무도 믿지 않았다. 그것은 비이성적인 바람, 이 세계에서 더는 실현되지 않을 이상이었다. 악수로 — 아라파트와 에후드 바락의 악수 — 연출된 «강력한» 신호(평화, 경제 회복, 구직자 감소)가 많았다. 우리는 진실이든 거짓이든 관심 없었다. 저녁 때 만원인 RER 열차 칸에서 팔꿈치를 이용해 먼저 올라타고, 가운데 통로의 좌석에서 제일 가까운 곳까지 전진하여, 지하철역 세 곳을 지나는 동안 서서 기다렸다가, 결국 자리에 앉아 눈을 감는 — 혹은 가로세로 낱말 퍼즐을 맞추는 — 행복만 한 것은 아무것도 없었다.

사람들은 노숙자들이 불필요한 일거리를 찾았다는 것에 크게 안도했다. 그들은 읽지 않고 버리는, 판매원의 의상만큼 진부한 내용의 신문들,『라레베베르』와『라뤼』를 팔았고, 이 시늉만 하는 활동으로 일하기를 원하는 착한 노숙자들과 지하철 벤치 혹은 거리에서 한없이 취해 개 옆에 쓰러져 앉은 사람들을 구별해 낼 수 있었다. 그들은 여름에는 남부로 갔다. 도시의 시장들은 원활한 상업 활동을 위해 보행자 도로에 그들이 누워 있는 것을 금지했다. 그들 중 몇몇이 겨울에는 추위로, 여름에는 더위로 사망했다.

대통령 선거가 찾아왔고, 우리는 삶이(그저 공동의) 바뀌는 것을 기대하지 않았다. 미테랑은 희망을 닳아 버리게 했다. 유일하게 마음에 들었던 사람은 자크 들로르였으나, 그는 우리를 기다리게 만든 후에 후보에서 사퇴해 버렸다. 마치 선거의 장중함과 엄숙함이 미테랑과 함께 떠난 것처럼, 그것은 더 이상 사건이 아닌 유희적인 막간극이었다. 티브이에서 가장 눈길을 끄는 배우들, 평범한 사람 셋과 슬픈 두 사람 — 거드름을 피우는 발라뒤르와 얼굴을 찌푸리는 조스팡 — 그리고 미친 것처럼 흥분하는 한 사람, 바로 시락이 등장하는 공연이었다. 훗날 우리는 후보자들과 그들의 연설보다, 매일 밤 카날 플뤼스에서 하는 그들의 인형극을 — 조스팡은 마법 나라의 구불구불한 길에서 작은 자동차를 탄, 위험하지 않은 오락가락하는 사람으로, 시락은 승복을 입은 아베 피에르로, 사르코지는 갑상선종 환자 발라뒤르 앞에서 지나치게 예의를 차리며 몸을 숙이는 교활한 배신자로, 70년대 숄더백을 가지고 다니는 로베르 위는 젊은이들에게 광대 취급을 당했다 — 더 기억하게 될 것이며, 이 방송의 또 다른 촌극에서 인형들이 미쳐 날뛸 때 나오던 히트곡, 〈THE RHYTHM OF THE NIGHT〉를 듣게 될 것이다. 우리는 아무것도 믿지 않았지만, 기자들의 활짝 핀 얼굴에서 시락이 당선됐다는 것을 짐작할 수 있었다. 우리는 옷을 잘 차려입은 젊은이들과 좋은 동네의 부인들이 기쁨의 환호성을 지르는 것을 보면서 즐거운 시간이 끝났음을 알아차렸다. 한여름 날씨였다. 카페의 테라스에서는 가족들이 꾸물거렸고, 다음 날은 휴일이었다. 선거가 있었던 것 같지 않았다.

익숙했던 미테랑을 벗어나 시락의 말을 들으며 그

가 대통령이라는 것을 실감하는 데는 노력이 필요했다. 시대의 배경에 미테랑이 있었던 무감각한 세월이 통째로 굳어 버렸다. 14년, 우리는 그만큼이나 늙고 싶지는 않았다. 젊은이들은 해를 세지 않았고 특별한 감정을 느끼지 않았다. 미테랑은 그들의 드골이었고, 14년을 그와 함께 자랐으니 그것으로 충분했다.

90년대 중반, 모두가 모인 일요일, 곧 삼십 대가 되는 아이들과 그들의 남자 친구들/여자 친구들이 — 지난해와 같은 사람들이 아니다. 가족의 테두리 안에 들어오자마자 나가는, 잠시 머무는 이들 — 양고기 요리와 — 또는 시간이 없거나 돈이나 솜씨가 없어서 아이들이 우리 집 밖에서 먹지 않는다는 것을 알고 있는 다른 음식들 — 생줄리앙 혹은 샤샤뉴몽라쉐를 — 코카콜라와 맥주를 마시는 아이들의 미각을 교육하려고 — 앞에 둔 점심 식사에서, 과거는 관심 밖의 일이 되었다. 남자들의 목소리가 이끄는 대화는 그들의 «베칸» — 우리에게는 여전히 자전거라는 뜻이지만, 그것이 컴퓨터를 의미한다는 것을 간신히 알게 된 단어 — 을 가장 중

252

요한 주제로 삼았고, PC와 MAC, «메모리»와 «프로그램»을 비교했다. 너그러운 우리들은 자세히 알고 싶지 않은 전문가들의 따분한 언어에서 아이들이 빠져나오기를 기다렸고, 공통의 주제로 대화를 전환했다. 그들은 『샤를리 엡도』지난 호 표지와, 〈정지 영상〉의 마지막 방송, 〈엑스파일〉을 거론했고 미국 영화와 일본 영화를 언급했으며, 〈당신의 집 근처에서 일어났다〉, 〈저수지의 개들〉의 첫 장면을 열정적으로 이야기하며 우리에게 보러 가라고 조언했다. 그들은 우리들의 음악적 취향이 형편없다고 다정하게 놀렸으며, 아르튀 H의 최신 음반을 틀어 주겠다고 했다. 아이들은 시사 문제들을 카날플뤼스 인형극의 조롱으로 언급했고, 그들의 정보의 원천은 『리베라시옹』이었으며, «누구나 각자의 고충이 있다»라는 확고한 입장으로 개인의 불행을 연민하는 태도를 거부했다. 그들은 냉소적으로 세상과 거리를 뒀다. 아이들의 재치 있는 대답의 발랄함과 그들의 언어의 경쾌함은 우리를 사로잡았고, 또 우리를 모욕했다. 우리는 자신이 느리게, 무겁게 보일까 봐 두려웠다. 아이들을 만나면 젊은이들 사이에 통용되는 단어들을 새로 배웠다. 그들은 그 단어들을 분별 있게 잘 사용하는 법을 알려줬고 «진짜 돌아버릴 것 같아», «엄청난 거» 같은 말들로 어휘를 구성하게 해줬으며, 그들과 같은 표현법을 쓸 수 있게 해줬다.

우리는 가끔씩 음식을 해주는 이의 만족감으로 아이들이 모든 요리를 접시에 담아 먹는 것을 바라봤다. 잠시 후, 샴페인을 마시면서 아이들은 티브이 프로그램, 상품과 광고, 그들이 어릴 때 유행했던 패션을 떠올렸으며, 방한모와 바지 무릎이 닳지 않도록 덧댄 천 조각들, 맛있는 참치, 분쇄기 방식 화장실, 아기고양이 세 마리 과자, 〈미친 운전자들〉[i], 〈광대 키리〉[ii], 제규[iii], 로렐과 아르디 스티커 등등을 열거했다. 그들은 경쟁심에 사로잡혀 과거에 공유했던 물건들을 누가 더 많이 댈 수 있는지를 겨뤘고, 셀 수 없이 많은, 하찮은 추억들은 그들을 어린아이처럼 보이게 했다.

오후의 빛이 바뀌었다. 끊임없이 이어지던 흥분의 파도가 점점 약해졌다. 다툼의 원인이 되는 스크래블 게임을 하자는 제안은 합리적으로 배제됐다. 우리는 커피와 담배 냄새 속에 — 암묵적으로 마리화나를 내놓지는 않았다 — 영원히 도망치고 싶었을 만큼 우리를 무겁게 짓눌렀던 관습의 달콤함을 느꼈고, 95년의

---

i 티브이 만화 영화 시리즈.

ii 티브이 만화 영화.

iii 프란시스 제규, 라디오 진행자.

봄, 그 일요일에 하얀색 식탁보와 은식기 그리고 고기로, 부부의 이혼, 조부모님들의 별세, 세대 간의 멀어짐을 넘어 전통을 이어갔다. 우리는 어른이 된 그 아이들을 보고 들으면서, 우리들을 결속하는 것은 피도 유전자도 아닌, 다만 함께 보낸 수천 번의 나날들, 말과 몸짓, 음식들, 차를 타고 다닌 거리, 의식한 흔적 없는 다수의 공통된 경험들의 현재가 아닐까 생각했다.

그들은 우리들의 볼에 네 번 키스하고 떠났다. 저녁에는 아이들이 친구들과 우리 집에 와서 식사했다는 기쁨을 떠올렸다 ─ 그들에게 필요한 것 중 가장 오래되고 근본적인, 음식을 줄 수 있다는 것에 행복했다. 우리는 아이들에 대한 이유 없는 걱정 속에 우리가 그들의 나이였을 때는 더 강했었다는 믿음을 견고히 다졌고, 막연한 미래 속에 아이들이 연약하다고 느꼈다.

7월 말의 무더위 속에 생 미셸 역에서 폭탄이 터졌다는 소식을 들었다. 결국 테러는 시락과 함께 돌아왔다. 우리는 지인들에게 전화를 거는 반사적 행동을 되찾았고, 그들의 목소리를 들을 때까지는 그들이 있을 수 있는 모든 장소 중에 거기, RER B선, 그 열차, 그 칸에 있을 것이라고 확신했다. 사상자와 부상자들, 다리가 날아간 사람들이 있었다. 그러나 8월의 휴가철이 왔고 우리는 불안해하고 싶지 않았다. 우리는 버려진 소포들을 신고하라고 명령하는 목소리를 들으며 지하철 복도를 걸었다 — 안전조치에 각자 자신의 운명을 다시 내맡기면서.

몇 주 후, 생 미셸은 기억에서 사라졌고 압력솥과 못, 가스통의 이상한 혼합물을 사용한 테러는 지워졌다. 우리는 영화를 보듯이 리용 근교의 젊은이, 미스테리한 켈칼을 쫓는 추격전과 그가 입을 열기도 전에 경찰의 총에 의해 사살되는 과정을 지켜봤다. 처음으로 서머타임제가 10월 말까지 계속됐다. 덥고 빛나는 가을이었다. 피해자의 부모들, 생존자들을 제외하면, 생 미셸 역에서 죽은 이들을 기억하는 사람이 누가 있었을까. 9년 전에 일어났던 헨느 가의 사상자들보다, 그보다 더 오래된 루아지에르의 사상자들보다 더 빨리 잊힌 죽은 이들의 이름은 어디에도 적혀 있지 않았다 — 물론 «기술적인 문제»와 «승객의 심각한 사고»로 인한 연착 때문에 이미 매우 스트레스를 받고 있는 이용자들을 불안하게 만들지 않기 위함이었을 것이다. 사건들은 서사가 되기 전에 사라졌다.

냉정함이 더해졌다.

티브이 속에는 상품들, 스포츠 광고, 정치적인 담화의 세계가 공존했지만 서로 만나지는 않았다. 한쪽은 편리함과 쾌락의 초대로, 다른 한쪽은 희생과 제약, «무역의 세계화», «근대화의 필요성»과 같은 더 위협적인 문구로 세력을 펼쳐갔다. 쥐페의 정책을 일상의 모습으로 해석하여 우리가 속고 있다는 것을 깨닫기까지 시간이 걸리기는 했지만, «실용주의적»이지 않다고 우리를 비판하는 이 거만하고 건방진 방식에 신물이 났다. 퇴직 연금과 사회보장은 정부의 마지막 배려였으며, 앗아가는 모든 것들 중에 유일한 부동점 같은 것이었다.

철도 종사자들과 우체국 종사자들, 교사들, 모든 공공시설 서비스업 종사자들이 일을 멈췄다. 해결할 수 없는 교통체증이 파리를 별처럼 수놓았고, 대도시의 사람들은 이동을 위해 자전거를 샀으며, 12월 밤에 서둘러서 종대로 걸었다. 어른들의 겨울 파업이었다. 그

것은 어둡고 차분했으며 폭력도 흥분도 없었다. 우리
는 규칙과 요령 그리고 임시기관 같은 것들의 지지부
진함을 안고, 대파업의 흩어진 시간을 되찾았다. 몸과
몸짓 속에는 신화적인 것이 있었고 지하철, 버스 없이
파리를 완강히 걷는 일은 기억의 행위였다. 피에르 부
르디외의 목소리가 68년에서 95년을 리용역에 모았다.
우리는 다시 믿었다. «다른 세상», «사회적인 유럽»을
만들자는 새로운 말들이 사람들을 차분히 흥분시켰다.
그들은 오랫동안 꺼내지 않았던 말들을 반복하며 경탄
했다. 파업은 행동보다는 말이었다. 쥐페는 정책을 철
회했다. 크리스마스가 왔고 원래의 자신으로, 선물로,
인내로 돌아가야 했다. 12월의 시위는 끝났고, 그것은
서사를 만들지 못했다. 다만 밤중에 행진하는 군중들
의 모습만 남았을 뿐. 사람들은 그것이 세기의 마지막
대파업인지, 깨어남의 시작인지 알지 못했다. 우리에게
는 무언가의 시작이었다. 우리는 엘뤼아르의 시 구절,
온 세상에 / 몇몇뿐이었던 그들은 / 각자 혼자 믿었다네 / 갑자
기 그들은 군중이 되었네를 떠올렸다.

　아직 일어나지 않은 일과 일어난 일 사이에, 의식은
잠시 텅 비었다. 우리는 『르몽드』의 커다란 기사 제목,

프랑수아 미테랑 사망하다를 이해하지 못한 채 바라봤다. 12월에 그랬듯이 밤 동안 군중들이 바스티유 광장에 다시 모였다. 우리는 계속해서 함께 있어야 할 필요를 느꼈고, 그것은 고독이었다. 우리는 81년 5월 10일 저녁, 샤토시농의 시청에서 미테랑이 공화국의 대통령으로 뽑혔다는 소식을 듣고 «이 얼마나 놀라운 일인가»라고 중얼거렸던 모습을 떠올렸다.

날카로운 감정을 느꼈다. 놀라운 일 없는 나날들에 두려움, 격분, 희열의 파도가 쳤다. 우리는 앞으로 10년 동안 수천 명을 죽이게 될 «광우병» 때문에 더 이상 쇠고기를 먹지 않았다. 난민들과 불법체류자들이 있는 교회의 문을 도끼로 부수던 장면은 분노를 샀다. 갑자기 불공정한 느낌과 감정의 폭발 혹은 의식이 사람들을 거리로 나가 행진하게 만들었다. 10만 명의 시위자들이 외국인들의 추방을 용이하게 만드는 드브레 법률안에 맞서 배낭에 배지를 보란 듯이 달고, 검은 여행 가방과 «다음은 누구인가?»라는 질문과 함께 행진했으며, 집에 돌아가서는 서랍 속에 기념으로 간직했다. 동기를 잊은 청원서에 서명했다. 아부 자말[i]이 누구인지 제대로 말하지도 못하면서 서명한 것이다. 사람들은 급작스러운 피로를 느꼈다. 감정의 토로는 무기력으로, 저항은 동의로 변질됐다. «투쟁»이라는 단어는 마르크스주의의 흔적처럼 가치를 잃었고, 그 이후로는 우스워져 버렸다. «보호»는 먼저 소비자 보호를 가리키는 말이었다.

그 옛날, 기만당한 국민들이나 느꼈던 애국심과 영광 같은 감정들은 효력을 잃었다. 우리는 그 감정들을 더 이상 느끼지 못했으며, 그것을 느낀다는 것 자체가 모순 같았다. 걸핏하면 수치심, 치욕을 내세웠지만 원래의 의미를 잃어버렸다. 그것은 다만 일시적인 모욕, 순간적인 자아의 상처였다 — 존중은 먼저 타인들에게 이 자아의 인정을 요구하는 것이었다. «호의» 그리고 «착한 사람들»이란 말을 더 이상 듣지 못했다. 우리가 하는 일에 대한 자부심은 여성, 게이, 지방인, 유대인, 아랍인 등 우리가 무엇인지에 대한 자부심으로 대체됐다.

무엇보다 가장 부추김을 당한 감정은 «루마니아인»

---

i 흑인 인권 운동가로 백인 경찰 살해 혐의로 사형 선고를 받고 미국 감옥에 종신형 복역 중.

들과 도시 외곽의 «야생아», 소매치기, 성폭행범과 소아성애자, 구릿빛 피부의 테러리스트의 그을린 얼굴들 그리고 지하철의 복도, 북역, 센생드니를 막연하게 위험하다고 느끼는 것이었다 — TF1과 M6, 스피커의 안내방송 «이 역에는 소매치기가 있을 수 있으니 조심하시오», «모든 버려진 짐들은 신고해 주십시오»가 현실에 퍼뜨린 감정 : 불안.

정체와 변화 속에 동시에 있는 듯한 이 감정에는 정확한 이름이 없었다. 무슨 일이 일어났는지 파악할 수 없는 무능력함 속에, «가치들»이라는 단어가 — 그것이 무엇인지 구체적으로 말하지 않고 — 젊은이들, 교육, 포르노, 시민연대조약 프로젝트, 대마초와 맞춤법의 상실에 대한 전반적인 지탄처럼 입에서 입으로 옮겨지기 시작했다. 또 다른 입들은 «새로운 도덕적 질서»와 «정치적으로 올바른», «생각할 준비가 된»이라는 말들을 공개적으로 비판했고 위반을 권했으며, 우엘벡의 냉소주의에 박수를 보냈다. 티브이 쇼에서는 언어들이 소란 없이 서로 충돌했다.

우리는 미라이유 뒤마, 드라뤼, 여성 잡지들과 사이콜로지 월간지가 끊임없이 제공하는 자기 자신에 대한 설명에 관심을 돌렸다. 많은 것을 알려 주는 지식은 아니었지만 각자 부모들에게 해명을 요구할 구실을 줬으며, 자신의 경험을 타인의 경험 속에 녹이는 것을 허용하면서 위로를 가져다줬다.

국회를 해산하고자 하는 시락의 우스꽝스러운 욕망 덕분에 좌파가 선거에서 이겼고, 조스팽이 국무총리가 됐다. 그것은 96년 5월, 환멸을 느꼈던 밤의 만회였고 덜 나쁜 재정립이었으며, 다른 것들은 달라지지 않을지라도 기초 의료 보험 혜택과 근로시간 주 35시간으로 자신의 시간을 가지며, 모두가 좋은 삶을 살 권리를 누리고자 하는 욕망에 적합한, 자유와 평등과 관대함을 추구하는 조치들의 재건이었다. 우리는 우파 정부 아래에서 2000년을 넘기지 않게 됐다.

시장경제의 질서가 강화됐고 숨 가쁜 리듬이 강요됐다. 바코드를 갖춘 구매품들은 은밀한 신호음 속에 일초 만에 가격으로 넘어가며, 계산대에서 카트까지 더 신속하게 통과했다. 아이들이 방학을 맞기도 전에 개학용 물품들이 상품 코너에 나타났고, 크리스마스 장난감들은 만성절 다음날에 그리고 2월에 수영복이 나왔다. 물건들의 시간은 우리를 빨아들였고, 우리는 끊임없이 두 달을 앞서 살아야 했다. 사람들은 일요일이나, 밤 11시까지 «예외적인 개점»을 하면 달려 나왔고, 세일 첫째 날은 미디어에서 다뤄지는 행사 중 하나였다. «거래하다», «세일을 활용하다»는 이론의 여지가 없는 원칙이었고 의무였다. 대형 마트와 상점들이 줄지어 있는 쇼핑센터는 삶의 중요한 장소가 됐다. 고갈되지 않는 물건들을 넋 놓고 바라보는 곳, 조용한 쾌락, 폭력 없는, 근육질의 힘이 센 경비들이 지키는 곳. 그곳에서 조부모들은 인공조명 아래, 냄새 없는 배설용 모래 속에 있는 염소와 닭들을 보러 갔고, 다음 날이면 그것들은 다시 브르타뉴 특산품이나 아프리카 예술품들이라고 이름 붙인 목걸이와 동상들로 교체됐다. 청소년들은 — 특히 사회적으로 구별 짓는 어떤 다른 방식에도 의지하지 못하는 이들 — 개인의 가치를 옷의 상표로 부여받았다. 로레알, 당신은 소중하니까요. 소비사회를 경멸하는 유별난 사람이었던 우리는, 오래전에는 첫 번째 선글라스가, 나중에는 미니스커트와 나팔바지가 그랬듯이, 새 사람이 된 것 같은 착각을 일으키는 부츠 한 켤레에 굴복하고 말았다. 소유 그 이상이었다. 사람들이 자라와 H&M의 상품 진열대를 쫓아다니며 노력 없이 즉각적으로 물건을 손에 넣는 느낌 : 존재의 부록, 바로 그것이었다.

우리는 늙지 않았다. 우리 주변에 있는 어떤 것도 노화에 이를 정도로 충분히 오래가지 못하고 교체됐으며, 전속력으로 재개발됐다. 기억은 그것들을 삶의 순간에 결합시키는 시간을 갖지 못했다.

모든 새로운 물건 중에 «핸드폰»이 가장 기적적이었고 가장 혼란스러웠다. 우리는 언젠가 핸드폰을 주머니에 넣고 다니면서 어디에서든, 언제든 전화를 걸 수 있을 것이라고 단 한 번도 상상해본 적이 없었다. 사람들이 길에서 핸드폰을 귀에 대고 혼자 말하는 것이 이상해 보였다. RER의 열차 안에서 혹은 슈퍼마켓 계산대 앞에서 처음으로 가방 안에서 벨소리가 울려 퍼졌을 때 깜짝 놀랐고, 부끄러움과 불편함으로 몹시 흥분해서 OK 버튼을 찾았다. 여보세요, 네, 그곳에 있는 이들과는 상관없는 말로 대답하면서 우리의 몸은 별안간 타인들의 주목을 받았다. 반대로 우리 옆에서 전화를 받던 낯선 이의 목소리가 높아지면, 우리를 없는 사람 취급하면서 여태까지 공중전화기나 집 안에 갇혀 있던 평범한 고민들과 욕구, 일상의 무가치한 일들을 우리에게 주입시키는 것에 신경질이 났다.

진정한 과학기술의 용기는 «컴퓨터를 하는 것»이었다. 컴퓨터를 다루는 것은 모던함에 이른 상위계급, 다른 새로운 지능을 의미했다. 빠른 판단과 익숙하지 않은 손동작의 정확성을 요구하는, 지체 없이 따라야만 하는 «옵션»을 이해할 수 없는 영어로 계속해서 제안하는 강압적인 물건 — 냉혹하고 불길하며, 우리가 막 기록한 글자들을 뱃속 깊숙이 숨기고 있다가 끊임없는 타락 속에 내던지는, 우리를 모욕하는 물건. 우리는 컴퓨터를 상대로 «또 나한테 무슨 짓을 하는 거야»라고 화를 냈다. 혼란은 사라졌다. 인터넷을 위한 모뎀을 샀고 전자메일 주소를 갖게 됐으며 알타비스타로 전 세계를 «서핑하는 것»에 황홀해 했다.

새로운 물건에는 몸과 정신에 가해지는 폭력성이 있었고, 사용하면서 금세 지워졌다. 물건들은 가벼워졌다. (늘 그렇듯이 아이들과 청소년들은 질문없이, 쉽게 사용한다.)

우리에게 타자기, 타이핑 소리와 부속품들, 수정 테이프, 스텐실, 카본지는 생각할 수도 없는 너무 먼 시대에 속한 것처럼 보였다. 그러나 카페의 화장실에서 X에게 전화했던, 저녁에 올리베티로 P에게 편지를 타이핑했던 몇 년 전을 떠올리면, 핸드폰과 메일의 부재가 인생의 행복과 고통에 어떤 자리도 차지하지 않는다는 사실을 인정해야만 했다.

연한 청색 하늘과 농기구로 밭을 간 것처럼 홈이 패인, 거의 아무도 없는 모래사장을 배경으로 여자 둘과 남자 둘이 모인 소그룹이 뚜렷하게 보인다. 그들 네 명은 얼굴을 맞대고 각자 어두운 구역과 왼쪽에서 햇볕이 드는 밝은 구역을 나눠서 차지하고 있다. 가운데에 있는 두 남자는 서로 닮았고 30대이며, 키와 체격이 같다. 한 명은 탈모가 막 시작됐고, 다른 한 명은 탈모가 이미 진행됐으며, 둘 다 며칠 기른 수염이 있다. 제일 오른쪽에 있는 남자는 검은 머리카락이 눈과 통통한 볼을 감싸고 있는 어린 여자아이를 어깨로 받치고 있다. 가장 왼쪽에 있는 여자는 나이를 예측할 수 없는 중년으로 — 빛이 닿은 이마의 주름, 볼에 분홍색 블러셔 자국, 부드러워진 얼굴의 윤곽 — 단발로 자른 머리카락, 느슨하게 묶은 스카프와 베이지색 니트, 진주 귀걸이, 숄더백이 노르망디 해변에서 주말을 보내는 유복한 도시인을 연상시킨다.

그녀는 부드러우면서도 냉정한 미소를 짓고 있다. 그들의 부모 혹은 교사로 보이며 젊은이들 사이에서 혼자 사진이 찍혔다(세대 차이는 속일 수 없다는 것을 보여 주는 방식).

네 사람 모두 «편하고자 하는» 것 외에는 아무 생각 없이 같은 장소, 같은 날에 함께 있다는 것을 증명하기 위해 렌즈를 정면으로 바라보며, 사진을 찍기 시작하자마자 같은 자세로 몸과 얼굴을 움직이지 않는다. 뒷장에는 '1993년 3월, 트루빌'이라고 적혀 있다.

블러셔를 한 여자가 바로 그녀다. 삼십대 남자 두 명은 그녀의 아들이며, 젊은 여자는 첫째의 여자 친구이고, 둘째의 여자 친구는 사진을 찍는다. 시간이 지나면서 《특임》교수직의 넉넉한 수입을 얻게 된 그녀는 바닷가에서 보내는 이 주말의 모든 비용을 계산한다. 그녀는 여전히 자식들에게 물질적인 행복을 주는 사람이 되고 싶어 하며, 이 세상에 그들을 태어나게 했다는 책임감으로 혹시 모를 자식들의 삶의 고통을 보상하고 싶어 한다. 그녀는 자식들이 《6년의 고등교육》을 받았음에도 불구하고 월별로 계약직, 실업수당, 행 단위 고료를 받으면서, 그녀가 그들의 나이에 《정착》을 추구했던 것과는 매우 다르게, 영원히 학생의 삶 혹은 일반화된 옛 보헤미안풍의 삶을 추구하며, 음악, 미국 드라마, 비디오 게임으로 순수한 현재를 살아가는 것을 감수하고 받아들였다. (그들의 사회적인 무관심이 실제로 그런 것인지 그러는 척하는 것인지는 알 수 없다.)

그들은 로슈 누아까지, 마르그리트 뒤라스의 이름을 붙인 계단까지 걸어갔다가 돌아왔다. 그녀는 느리게 무리지어 배회하는 모습을 어렴풋이 응시하며 걸음을 멈춰 흐트러진 대열을 맞추다가, 자신 앞에서 애인과 함께 걷고 있는 아들들의 등과 다리를 바라보고 그들의 낮은 목소리를 들으면서 어쩌면 저 남자들이 어떻게 내 아이들일 수 있는가? 하는 의심스러운 감정을 느꼈을지도 모른다. (뱃속에 그들을 품었다는 것만으로는 충분한 이유가 되지 않는 듯했다.) 혹시 그녀는 막연히 부모의 분신을 재창조하려고 했던 것은 아닐까. 그들처럼 세상에 뿌리내리는 것을 즐기기 위해 이미 지나온 것들을 자신의 앞에 두려던 것이 아닐까. 이 해변에서 아마도 그녀는 어머니의 탄성을 떠올렸을 것이다. 어머니는 그녀가 청소년이 된 아들 둘과 앞장서서 가는 모습을 보면 자주 외치셨다. «이렇게 큰 녀석들이라니!» 마치 딸이 자신보다 머리 하나가 더 있는 건장한 두 남자의 엄마가 됐다는 것을 믿을 수 없다는 듯이, 자신에게는 늘 소녀인 딸의 몸에서 두 딸이 아닌 두 아들이 나왔다는 것이 거의 부적절하기라도 하다는 듯이.

이제는 아이들을 만나는 일이 뜸해지면서 이따금씩만 어머니의 역할을 수행하고 있기 때문에, 그녀는 분명 모성 관계에서 불충분함을 느끼고 있으며 성적인 행위만이 아닌, 아이들과 지나가는 다툼에도 위로가 될 수 있는 애인, 누군가와 긴밀한 관계를 필요로 하고 있다. 그녀가 주말에 만나는 젊은 남자는 자주 그녀를 지루하게 하고 일요일 아침에 〈텔레풋〉[i]을 보는 것으로 그녀를 짜증나게 하지만, 그를 단념한다는 것은 매일의 행위들과 무의미한 사건들을 누군가와 대화하고 일상을 언어로 표출하는 일을 그만둬야 하는 것을 의미한다. 또 더 이상 기다림이 없어지는 것이고, 서랍 속의 레이스 티팬티와 스타킹을 보면서 이제 아무 쓸모 없어졌다고 말하게 되는 것이며, 〈Sea Sex and Sun〉을 들으며 몸짓과 욕망과 피로의 세상에서 배제된, 미래를 빼앗긴 기분에 사로잡히는 것이기도 하다. 이런 상상을 하면, 그 순간 이 박탈감이 그녀를 《마지막 사랑》인 것처럼 그에게 맹렬히 집착하게 만든다.

생각해 보면, 그녀는 이 관계의 주된 요소가 적어도 그녀에게만큼은 성적인 것이 아니라는 것을 알고 있다. 그 남자는 그녀가 언젠가 다시 체험하게 될 것이라고 절대 믿지 못했던 것들을 다시 경험하게 해준다. 그가 그녀를 점보에 데려가서 밥을 먹을 때, 도어스를 틀어놓고 그녀를 맞이할 때, 그의 추운 원룸 바닥에 깐 매트리스 위에서 섹스할 때, 그녀는 학창시절의 장면들을 다시 연기하는, 이미 일어났던 순간들을 재현하는 기분을 느낀다. 더는 진짜는 아니지만, 동시에 이런 반

---
i 축구 방송.

복이 그녀의 청춘에, 첫 경험들에, 의미는 없었지만 뜻하지 않게 일어나서 경악했던 «처음이었던 것들»에 현실성을 부여해 준다. 지금에 와서 그것들이 더 큰 의미를 갖게 된 것은 아니지만, 이 반복은 공허함을 채워 주고 실현했다는 착각을 부여해 준다. 그녀는 일기장에 이렇게 적었다 : «그는 내게서 나의 세대를 빼앗아 갔지만, 그렇다고 내가 그의 세대에 속하게 된 것도 아니다. 나는 그 어떤 시간 속에도 없다. 그는 과거를 다시 살게 해주고, 과거를 영원하게 만들어 주는 천사다.»

일요일 오후, 섹스 후에 그에게 기대어 반쯤 잠들면 그녀는 종종 특별한 상태가 되곤 한다. 자동차의 소음과 밖의 발자국, 말소리가 들려오는 곳이 어느 도시의 어떤 곳인지 알지 못한다. 그녀는 어렴풋이 여학생 기숙사의 자신의 방에 있고, 호텔 방에 — 80년 여름, 스페인의 호텔 방과, 겨울, P와 함께 있던 릴의 호텔 방 — 있으며, 잠든 어머니 곁에서 몸을 웅크린 어린이가 되어 침대에 있기도 하다. 그녀는 하나씩 차례로 떠다니는 인생의 여러 순간 속의 자신을 느끼고 있다. 그것은 그녀의 의식과 그녀의 육체를 사로잡는 낯선 본성의 시간이며, 그녀였던 모든 존재의 형태들이 순식간에 되돌아오는 듯한, 현재와 과거가 뒤섞임 없이 겹쳐지는 시간이기도 하다. 그녀가 이미 가끔씩 느껴 본 적이 있었던 감각으로 — 마약으로 이런 감각을 느낄 수도 있겠지만, 마약을 한 적은 없다. 무엇보다 온전한 정신상태의 쾌락이 최고라고 여긴다 — 이제는 일종의 확장과 지연 속에서 그것을 포착한다. 그녀는 이 감각에 이름을 부여한다. 지우고 다시 쓰는 감각(palimpseste), 사전적인 정의에 의하면 «새로 쓰기 위하여 긁어서 지운 수사본»이므로 완벽히 들어맞는 단어는 아니지만 그녀는 여기에서 그녀만을 위한 것이 아닌 모두를 위한, 거의 과학적인, 어쩌면 지식으로 쓸 수 있는 — 무엇에 대한 지식인지는 알지 못한다 — 도구를 본다. 1940년부터 오늘을 살아온 한 여성에 대한 글을 쓰겠다는 그녀의 계획은, 실현하지 못했다는 설움에 죄책감마저 더해져 점점 더 그녀를 붙잡는다. 분명 프루스트의 영향이겠지만, 실질적인 경험을 토대로 계획을 세워야 할 필요를 느끼고 있으므로, 그녀는 이 감각이 시작점이 되기를 원하고 있다.

이 감각은 연속되는 격자 형태로 — 도로시 태닝의 작품, 『생일』의 격자 구조처럼 —, 단어와 모든 언어로부터 멀리, 기억 없는 탄생의 첫해로, 요람의 장밋빛 미온을 향하도록 그녀를 빨아들이고, 그녀의 행동과 사건들, 그녀가 배웠던 것들, 생각했던 것들, 원했던 모든 것들을 파괴하며 세월을 지나 이곳, 이 젊은 남자와 함께 있는 침대 속으로 그녀를 이끈다. 그녀의 역사를 지우는 감각인 것이다. 그러나 반대로 그녀는 자신의 책 속에서 모든 것을 구원하고 싶어 한다. 끊임없이 그녀를 둘러싸고 있던 것들을, 그녀의 상황을. 이 감각 자체가 역사, 여성들과 남성들의 삶의 변화, 58세에 29세의 남자 곁에 있으면서 어떠한 잘못도 자부심도 느끼지 않는 이 가능성에서 나온 것이 아닐까. 그녀는 흔하기도 한 이 《지우고 다시 쓰는 감각》이 다른 감각보다 더 사실발견적인 능력을 가지고 있다는 것과, 그녀의 삶이, 그녀의 《자아》들이 책이나 영화, 최근에 봤던 〈수우〉와 〈클레어 돌란〉에 나오는 여자 혹은 제인 에어 혹은 몰리 블룸, 아니면 달리다의 인물 안에 있다는 것을 확신하지 못한다.

다음 해에 퇴직을 앞둔 그녀는 수업, 책에 관한 메모 그리고 수업을 준비할 때 쓰던 자료들을 이미 버리고 있다. 마치 글쓰기를 위해 깨끗한 자리를 마련하는 것처럼, 더는 그것을 뿌리치는 데 내세울 만한 이유를 대지 못하면서, 자신의 삶을 포장하는 것들을 벗어던진다. 그녀는 물건을 정리하던 중에 우연히『앙리 브륄라르의 삶』의 초반에 나오는 문장 «나는 곧 오십 세가 되니, 이제야말로 나를 알아야 할 때다»을 보게 된다. 이 문장을 베껴 썼을 때, 그녀는 서른일곱 살이었다 — 이제는 스탕달을 따라잡고도 남는 나이가 됐다.

2000년이 다가왔다. 우리가 그 시대를 알게 된다는 것이 믿어지지 않았다. 그전에 죽은 사람들을 안타깝게 생각했다. 아무 일 없이 지나갈 수 있다는 것을 상상하지 못했고, 컴퓨터 «버그»가 일어날 것이라 했으며, 지구의 이상, 종말의 징후인 검은 구멍 같은 것, 본능적인 원시 사회로의 회귀를 생각했다. 마치 모든 기억을 지우고 21세기를 맞이해야 하는 것처럼 모든 것들은 목록으로 작성됐고 분류됐고 평가됐으며 발견한 것들, 문학작품들, 예술작품들, 전쟁들, 이념들을 총결산하며 20세기는 우리 뒤에서 막을 내렸다. 엄숙한, 비난의 시간 같은 것이 — 우리는 모든 것에 빚을 졌다 — 우리를 지배했다. 그것은 고유한 추억들, 한 번도 총체적인 의미로 다가오지 않았던, 그러나 다만 인생의 변화에 따라 그럭저럭 굴곡을 겪으며 살아야 했던 세월의 흐름, «세기»를 우리에게서 빼앗아갔다. 앞으로 다가올 세기에는 어린 시절에 알았던, 떠났던 사람들, 부모님, 조부모님들이 완전한 죽음을 맞게 될 것이다.

이제 막 통과한 90년대는 특별한 의미가 없었다. 환멸의 세월이었다. 이라크 ― 미국이 굶주리게 하고 주기적인 «공격»으로 위협하고, 아이들이 약이 없어서 죽는 곳 ―, 가자지구, 요르단강, 서안지구, 체첸 공화국, 코소보, 알제리 등에서 일어나는 일들을 보면, 캠프 데이비드에서의 아라파트와 클린턴의 악수, 공표된 «국제사회의 새로운 질서»는 기억하지 않는 편이 나았다. 전차 위의 옐친에 대해서도 사실 특별히 기억하는 게 없다. 95년 12월의 안개 낀 밤들, 어쩌면 세기의 마지막이었던, 멀어진 대파업만을 기억하고 있을 뿐. 덧붙이자면 알마 다리에서 자동차 사고로 죽은 아름답고 불행한 공주 다이애나와, 빌 클린턴의 정액이 묻은 모니카 르윈스키의 청색 드레스, 그 뒤로 모든 월드컵 경기들이 남았다. 사람들은 기다림의 평일들을, 경기마다 피자 판매원들이 누비고 다녔던 조용한 도시에서 티브이 앞에 모여 앉았던 것을, 함성과 흥분 속에 이겼다는

275

행복으로 함께 죽을 수도 있었던 — 단 그 반대일 경우
는 죽음이지만 — 그 일요일, 그 순간을 다시 살고 싶어
했으며 하나의 바람에, 하나의 장면에, 하나뿐인 이야
기에 한껏 빠져들었던 때를 되찾고 싶어 했다 — 지하
철 벽에 에비앙, 지단의 얼굴이 나오는 리더프라이스
의 광고가 있던 빛나는 날들은 하찮은 유물이었다.

　우리 앞에는 아무것도 없었다.

　마지막 여름이 — 모든 것이 마지막이었다 — 왔다.
사람들이 한 번 더 모였다. 그들은 대낮에 달이 태양을
가리는 것을 보려고 차를 타고 망슈 절벽을 향해 달렸
고, 파리 공원에 모여들었다. 땅거미가 지고 서늘함이
찾아왔다. 우리는 빨리 태양이 나타나기를 바라면서도,
동시에 이 기묘한 밤에 머무르기를 바랐다. 인류의 소
멸을 앞당겨서 체험하는 듯한 느낌이었다. 수백만 년
의 우주가 검은 안경으로 눈을 가린 우리 앞을 지나갔
다. 하늘을 향해 고개를 든 눈먼 얼굴들은 신이나 묵시
록의 백기사를 기다리는 것처럼 보였다. 사람들은 태
양이 다시 나타나자 박수를 쳤다. 다음 일식은 2081년에
있을 것이며, 우리는 그것을 보지 못할 것이다.

2000년을 넘겼다. 폭죽과 일상적인 도취감에 젖은 도시를 제외하고 특별한 일은 없었다. 우리는 실망했다. 예고됐던 «버그»는 사기였다. 사건이라고 할 만한 것은 6일 전, 소멸처럼 갑자기 등장한, 이미 «대폭풍»이라고 불렸던 것과 함께 일어났다. 밤사이 몇 시간 동안 수천 개의 철탑이 부서졌고 숲의 나무들이 쓰러졌으며 지붕이 부서졌다. 그것은 북부에서 남부로 그리고 서부에서 동부로 향하면서 운이 없었던 십여 명만을 조심스럽게 죽였다. 황무지 특유의 아름다움이 있는 훼손된 풍경 위로 아침 태양이 조용히 떠올랐다. 여기 세번째 밀레니엄이 시작됐다.(자연의 신비로운 복수라는 생각이 들었다.)

아무것도 달라진 것은 없었다. 수표 하단에 날짜를 적다가 틀리게 만드는, 숫자 1 대신 2를 적는, 이상한 느낌만 있었을 뿐. 지난 몇 년처럼 비 내리는 따뜻한 겨울이 계속되는 동안, 브뤼셀의 «유럽연합 지침서»와 «스타트업 붐»의 반복된 강조에 기대하던 열정이 아닌, 우울함 같은 것이 있었다. 사회당은 굴곡 없이 통치했다. 시위는 줄어들었다. 우리는 불법체류자들의 시위에 더는 나가지 않았다.

세기의 도래가 있고 몇 개월 후, 우리 주변인들은 아무도 타지 않았던 부자들의 비행기가 고네스에서 박살이 났고 기억에서 금세 잊혀지면서 드골 시대에 합류하게 됐다. 차가운 남자, 헤아릴 수 없는 야심가, 이번에는 발음하기 쉬운 이름인 푸틴이 주정뱅이 옐친의 후임자가 됐다. 그는 «변소에 숨은 체첸인까지 한 명도 빠짐없이 소탕하겠다»고 약속했다. 러시아는 이제 희망도 두려움도 아닌, 영원한 침통함만을 줄뿐이었다. 우리들의 상상 속에서 러시아는 물러났다. 지구상에 가지를 뻗어 나가는 거대한 나무 같은 미국인들이, 우리의 뜻과는 상관없이, 그 자리를 차지했다. 그들은 교훈적인 말들과 주주들 그리고 연기금, 지구오염과 우리들의 치즈에 대한 거부감으로 우리를 짜증나게 만들었다. 무기와 경제를 토대로 한 그들의 우월성의 근본적인 빈곤을 가리키기 위해, 우리는 보통 «교만»이라는 단어로 그들을 정의했다. 이념은 없고 기름과 달러만 있는 정복자들. 그들의 가치와 그들의 원칙은 — 자신만을 생각하는 것 — 그들을 제외한 어느 누구에게도 희망을 주지 못했고, 우리는 «다른 세상»을 꿈꿨다.

단연코 믿을 수 없는 일이었다 — 누군가 그 소식을 귀에 속삭이자 길을 잃은 아이처럼 아무 반응 없었던 조지 W. 부시의 영상이 보여 주듯이. 아무 생각도 어떤 느낌도 없이, 단지 티브이 화면을 보고 또 봤다. 9월, 그날 오후, 맨해튼의 쌍둥이 빌딩이 하나씩 무너졌고 — 뉴욕은 아침이었지만 우리에게는 늘 오후로 남아있다 — 그 장면을 너무 많이 본 나머지 그것이 현실이 된 것만 같았다. 우리는 쇼크에서 빠져나오지 못했고, 핸드폰으로 최대한 많은 사람들과 소식을 나눴다.

담화, 분석들이 쏟아졌다. 사건의 본질이 흐려졌다. «우리는 모두 미국인이다»라는 『르몽드』의 선언문에 반발했다. 세상의 모습이 갑자기 완전히 뒤바뀌었다. 반계몽주의 나라에서 온, 커터 칼만으로 무장한 광신도 몇 명이 두 시간 만에 미국의 힘의 상징을 베어버렸다. 이 경이로운 업적은 환상적이었다. 무적의 미국이라고 생각했던 것을 후회했다. 착각에 대한 복수였다. 우리는 또 다른 9월 11일, 아옌데 암살 사건을 기억한다. 무언가 대가를 치렀다. 이제 연민을 가지고 결과에 대해 생각해야 할 시간이 온 것이다. 중요했던 것은 어디서, 어떻게, 누구에 의해 혹은 무엇에 의해 쌍둥이 빌딩의 습격을 듣게 됐는지를 말하는 것이었다. 그 소식을 당일에 듣지 못했던 극소수의 사람들은 세상과 동떨어져 있었던 듯한 느낌을 간직하게 될 것이다.

첫 번째 비행기가 국제무역센터를 공격하고 커플들이 손을 잡고 공중으로 몸을 던졌던 순간, 각자 무엇을 하고 있었는지를 생각해내려 했다. 그 둘 사이에는 아무런 연관 관계가 없었다. 15분 전까지만 해도 자신이 죽는다는 것을 알지 못했던 3,000명의 사람들과 동시에 살아 있었다는 것을 제외하고는. 우리들의 기억을 떠올리자면, 나는 치과에 있었고 도로에 있었으며 집에서 책을 읽고 있었다. 우리는 동시대성에 당혹스러워하며 지구상에 사람들이 떨어져 살고 있다는 것과 똑같은 불안정함 속에 서로 연결되어 있다는 사실을 깨달았다. 우리가 오르세 미술관에서 반고흐 그림을 보며 그 순간 맨해튼에서 벌어진 일들을 몰랐던 것은 우리들의 죽음의 순간의 무지였지만, 의미 없이 흘러가는 날들 사이에서 국제무역센터 타워의 폭발과 치과 진료 혹은 자동차 점검을 동시에 내포하는 이 시간만큼은 잊혀지지 않게 됐다. 9월 11일은 지금까지 우리와 함께해 왔던 모든 날들을 내몰았다. 《아우슈비츠 이후로»라고 말해왔던 것처럼 «9월 11일 이후로»라고 말했고, 하나뿐인 날이라고 여겼다. 여기서 우리가 알 수 없는 무언가가 시작됐다. 시대 또한 세계화됐다.

훗날, 2001년에 일어난 사건들을 생각하게 되면 우리는 망설임 끝에 8월 15일, 주말에 파리에 내린 폭우, 세르지 퐁투아즈의 캐스데파르뉴의 대량 학살 사건,『르로프트』『캐서린 M의 성생활』의 출간을 떠올릴 것이고, 그 일들을 9월 11일보다 먼저 생각한다는 것에 깜짝 놀랄 것이며, 이들이 10월, 11월에 일어났던 일들과 전혀 다를 게 없다는 사실을 확인하고 충격을 받게 될 것이다. 우리가 실제로 겪은 일이 아니라는 것을 이제 인정해야만 하는 사건과는 달리, 그 일들은 다시 과거 속을 떠다녔고 자유를 되찾았다.

생각할 시간도 없이 우리는 두려움에 빠졌다. 어두운 힘이 세상에 침투했고, 그것은 지구 곳곳에서 끔찍한 행위를 저지를 준비가 되어 있었으며, 하얀 가루로 채워진 봉투들로 그들의 수신인을 죽였다.『르몽드』는 «전쟁이 온다»라는 기사 제목을 붙였다. 표를 한없이 세고 또 센 후에 우스운 방식으로 당선된 미국 대통령, 이전 대통령의 우스꽝스러운 아들, 조지 W. 부시는 문명 전쟁, 악에 대항하는 선의 전쟁을 선포했다. 알카에다, 종교, 이슬람, 하나의 국가, 아프가니스탄, 테러리즘에는 이름이 있었다. 잠을 자면 안 됐다. 마지막까지 비상경계를 서야 했다. 미국인들의 두려움을 떠맡아야 하는 의무는 연대와 동정을 식게 만들었다. 우리는 오토바이로 자취를 감춘 빈 라덴과 무하마드 오마르를 잡지 못하는 그들을 공개적으로 조롱했다.

무슬림 세계를 향한 표현이 달라졌다. 원피스를 입은 모호한 남자들과 성모 마리아처럼 베일을 쓴 여자들, 낙타를 부리는 사람, 벨리댄스, 첩탑과 기도 시간을 알리는 승려가 시대에 뒤처진 그림 같은 먼 대상에서 모던한 힘을 가진 대상이 됐다. 사람들은 근대성과 메카 순례를, 차도르를 쓴 여자들과 테헤란 대학의 박사 논문 준비를 결합하는 데 애를 썼다. 더는 무슬림을, 12억 인구를 잊을 수 없었다.

(서양 국가들로 보내지는 저가의 물건을 제조하는 경제 외에는 다른 믿음은 없는 13억의 중국인들은 그저 머나먼 침묵일 뿐이었다.)

종교가 돌아왔지만 우리의 종교는 아니었다. 그것은

더는 믿지 않는, 물려주고 싶지 않지만 마음속 깊은 곳에서는 유일하게 적법하다고 여기는, 분류한다면 가장 최상위에 있는 종교였으며, 십여 개의 묵주, 찬송가와 금요일의 생선이 있던 어린 시절의 박물관에 속해 있던, 나는 기독교인이고 그것이 나의 영광이다라고 말했던 종교였다.

«근본 있는 프랑스인»과 — 나무, 흙으로 비유했으니 더는 말할 것도 없다 — «이민 가족 출신» 프랑스인의 구별은 변함없었다. 공화국 대통령이 연설문에서 빅토르 위고, 바스티유 점령, 농부들, 교사들 그리고 신부들, 아베 피에르와 드골, 베르나르 피보, 아스테릭스, 드니 어머니 그리고 파트릭을 과장되게 말하며 «프랑스 민족»을 언급했을 때, 그것은 하나의 실체였고 — 외국인 혐오자라는 모든 의심을 넘어서 관대하게 — 그 안에는 파티마, 알리 그리고 부바카르, 대형마트의 할랄 상품코너에서 파는 것들, 라마단을 지키는 이들은 포함되지 않았다. 하물며 «동네의 젊은이들»은 더 말할 것도 없었다. 후드티에 달린 모자를 머리에 뒤집어쓰고 무기력하게 걷는 걸음걸이는 그들의 의뭉스러움과 게으름, 못된 짓에 입문했음을 나타내는 확실한 신호처럼 보였다. 그들은 우리가 더 이상 힘을 발휘할 수 없

는, 세상에 알려지지 않은 내부 식민지의 토착민들이었다.

언어는 집요하게 그들과 우리 사이에 벽을 쌓았고, 그들을 마약 거래와 윤간이 이뤄지는 «무법지대»에 있는 «동네»의 «공동체»로 한정 지었으며, 야만인들로 만들었다. 기자들은 프랑스인들은 걱정하고 있다고 주장했다. 여론조사에 의하면 — 감정을 말해주는 — 불안이 사람들의 첫 번째 걱정거리였다. 그 불안은 정직한 사람들의 핸드폰을 재빠르게 훔쳐 가는 유목민들, 그을린 피부를 가진 민족의 숨겨진 얼굴을 하고 있었다.

유로로의 전환은 일시적으로 주의를 흘뜨렸다. 이 돈들이 어디서 왔는지를 살피는 호기심은 일주일 만에 무뎌졌다. 작고 깨끗한 지폐, 차가운 화폐였다. 이미지도 메타포도 없는, 유로는 유로였다. 아무것도 다른 것이 될 수는 없었다. 그것은 거의 비현실적인 화폐, 무게도 위조지폐도 없었으며 가격표의 숫자가 줄어들어서 가게에서는 전반적으로 저렴하다는 느낌을 줬지만 급료를 보면 가난해졌다. 타파스와 상그리아 옆에 페세타가 없는 스페인과 호텔 1박에 10만 리라가 적혀 있지 않은 이탈리아를 상상하는 것이 너무 이상하게 느껴졌다. 무언가에 대한 우수에 젖기에는 시간이 부족했다. 사람들이 잘 모르는 지식인 평론가, 피에르 부르디외가 죽었다. 우리는 그가 아픈지도 몰랐었다. 그는 우리에게 그의 부재를 돌아보고 예견하는 시간을 허락하지 않았다. 그의 글을 읽으면서 해방감을 느꼈던 이들 사이에서 이상한 슬픔이 조용히 퍼졌다. 이제는 너무 먼 사르트르의 말처럼 그의 말이 우리에게서 잊히는 게 두려웠다.

5월의 대통령 선거는 더욱 가망이 없어 보일 뿐이었다. 95년 이전의 선거를 같은 인물들, 시락과 조스팽으로(«사회주의자»라는 단어를 쓰는 것을 혐오하며 블레어[i]식 정치로 바뀌었지만 분명히 당선될 것이다) 반복했을 뿐이다. 우리는 81년 초, 몇 개월 동안의 긴장감과 격렬함을 놀라워하며 기억했다. 그때, 기억 속의 우리는 어딘가를 향해 가고 있었다. 95년이 더 나아 보이기까지 했다. 우리는 우리를 지치게 만드는 것이 당신은 누구를 믿습니까라는 설문 조사를 하는 미디어들과 그들의 우월한 논평인지, 실업률을 낮추고 사회보장제도의 구멍을 막겠다는 정치가들과 그들의 약속인지 혹은 늘

---

i 토니 블레어, 영국 정치가, 노동당 출신의 총리.

고장 난 역의 에스컬레이터와 카르푸 계산대, 우체국의 줄, 루마니아 걸인들인지 알 수 없었고, 이 모든 것들 때문에 투표함에 투표용지를 넣는 것이 쇼핑센터에서 경품 행사에 참여하는 표를 던지는 것만큼이나 하찮게 여겨졌다. 카날플뤼스의 인형극은 더 이상 웃기지 않았다. 아무도 우리를 대표하는 사람이 없었기에 우선 스스로 즐기기로 했다. 투표는 개인적인, 감정적인 일이었다. 우리는 마지막 충동, 아를레트 라귀에[i], 크리스티안느 토비라[ii] 혹은 녹색당에 기대를 걸었다. 봄 휴가 사이에 낀, 4월의 일요일에 투표를 위해 움직이려면 «유권자의 의무»라는 오래된 기억과 습관이 필요했다.

4월, 투표 결과를 발표하기 몇 시간 전, 화창했고 따뜻했다는 것을 제외하고는 그 일요일에 무슨 일을 했는지 전혀 기억나지 않는다. 다만 무료함을 달래 줄 저녁을 기다렸을 뿐. 그러니까 그 일이 일어났다. 20년째 반유대주의, 인종차별주의적인 참화를 말하는 사람, 증오에 입술을 비죽거리는, 관객을 웃기는 선동가가 천천히 등장하여 조스팡을 말살했다. 더 이상 좌파는 없

---

i   좌익급진당, 여성 정치인.
ii 전직 법무부 장관, 좌익급진당, 여성 정치인.

었다. 생활 정치의 가벼움은 사라졌다. 어디에서부터 잘못된 것일까. 우리는 무슨 짓을 했던 것일까. 라귀에 대신 조스팽을 찍지 말았어야 했던 것인가. 의식은 투표함에 투표용지를 던지는 순수한 몸짓과 집합적 결과 사이의 격차 속에 갇혀 선회했다. 우리는 욕망의 끝까지 갔고 벌을 받았다. 비난받아 마땅한 사건이었으며, 수치심에 대한 연설이 판을 치면서 전날의 불안에 대한 연설을 대체했다. 책임자들을 색출하는 작업을 서둘렀다. 티브이 뉴스들은 집에 불까지 지른 불량배들에게 폭행을 당한, 비장한 얼굴의 할아버지 부아즈와, 기권자들, 녹색당을 뽑은 사람들, 트로츠키주의자들, 공산주의자들을 계속 보여줬다. 언론들은 르펜을 뽑은 말 없는 유권자들에게 «발언권»을 줬으며, 즉각적이고 일시적인 이해를 위해 음지에서 나온 노동자들과 계산대 점원들을 조심스럽게 취재했다.

그러나 우리는 민주주의를 구하기 위해 시락을 뽑자는 총동원의 열풍에 휩쓸려 가고 있다는 것을 생각할 시간이 없었다(투표용지를 투표함에 넣을 때 아름다운 영혼을 지키기 위한 조언이 동반됨 — 코를 막고 손에 장갑을 끼고, 냄새나는 투표가 우리를 죽이는 투표보다 낫다고 말한다). 고결하고 분노에 들끓는 만장일치가 우리를 순순히 5월 1일의 군중들과 슬로건 속으로 뛰어들게 했다. 독재자 르펜은 그만!, 레지스탕스에 참여하는 것을 두려워하지 마십시오, 나는 화가 났다, I've got the balls, Tengo las bolas, 17.3%, 히틀러와 같은 급. 방학에서 돌아온 젊은이들은 이 상황이 월드컵과 비슷하다고 생각했다. 레퓌블리크 광장의 잿빛 하늘 아래, 등 뒤로 다닥다닥 붙은, 절대 떨어지지 않을 엄청난 행렬이 이어졌다. 우리는 의심에 사로잡혔다. 30년대 영화 세트장에 고용된 엑스트라가 된 기분이었다. 합의에 의한 오류가 널리 퍼져 있었다. 우리는 집에 머무는 대신에 시락을 뽑는 것을 받아들였다. 투표장을 나오면서 바보 같은 짓을 한 기분이 들었다. 저녁에 티브이에서 작고 가늘고 섬세한 손이 머리 위로 SOS 인종차별주의를 흔드는 동안, 시락을 향해 얼굴을 들고 시시, 사랑해요를 외치는 인파들을 보면서 우리는 생각했다, 멍청한 놈들이라고.

훗날 이 대통령 선거는 1차 투표가 있던 날과 달, 4월 21일 만이 기억 속에 남게 될 것이다. 마치 강제적으로 80%의 투표율을 얻었던 2차 투표는 생각하지 않는 것처럼. 투표라는 것이 아직 가능하긴 했던 것일까.

우리는 우파들이 모든 자리를 차지하는 것을 지켜봤다. 라파랭이라는 이름의 국무총리의 입에서 시장경제에 맞춰 나가고 국제화를 하라는 똑같은 요구들과 더 많이 그리고 더 오래 일하라는 똑같은 명령들이 다시 쏟아졌다. 그의 굽은 등과 지친 상냥함은 사무실의 나무 바닥을 무거운 발걸음으로 걸으며 갈라지는 소리를 내던 50년대 세무사를 연상시켰다. 우리는 19세기처럼 «고위층의 프랑스»와 «천민들의 프랑스»라는 말을 듣자마자 분노했고 등을 돌렸다. 월드컵의 축구 국가대표팀도 코르시카에서 졌다. 제정신이 돌아왔다.

8월의 태양이 피부를 달궜다. 모래사장 위에 감은 눈, 같은 사람들이었다. 우리는 어린 시절 노르망디 해변 자갈밭에 있었던, 오래전, 코스타 브라바에서 휴가를 보냈던 시절과 똑같은 몸, 자신의 육체 안에서 헤엄쳤다. 하얗게 덮인 빛 속에서 시간은 다시 한번 부활했다.

우리는 눈을 뜨고, 재킷과 긴 치마를 입고 무슬림 베일로 머리를 가린 여자가 옷을 다 입고 물속에 들어가는 모습을 보았다. 상체는 나체이고 반바지를 입은 남자가 여자의 손을 잡았다. 너무 아름다워서 끔찍하게 슬펐던, 성서의 한 장면 같았다.

상품들이 전시된 장소들은 점점 더 커졌고 아름다워졌으며 생기 있어졌고 꼼꼼하게 정돈되어 있었다. 그곳들은 매일 아침마다 에덴의 첫째 날의 풍요로움과 화려함 속에 다시 태어나면서 지하철역과 우체국, 공립 고등학교의 쓸쓸함과 대조를 이뤘다.

하루에 한 통씩 먹어도 일 년 안에 모든 종류의 요거트와 유제품 디저트를 다 맛보지 못했다. 남성용 겨드랑이털 제모제와 여성용 겨드랑이털 제모제가 달랐고, 티팬티 전용 팬티라이너, 물티슈, «창조적인 레시피들»과 고양이 사료 «쁘띠부쉐로티»는 성인용 고양이, 어린 고양이, 늙은 고양이, 아파트에서 사는 고양이용으로 분리됐다. 어떤 인간의 몸도, 기능도, 산업의 선견지명을 벗어날 수 없었다. 음식들은 «라이트»하거나 보이지 않는 물질, 비타민, 오메가3, 섬유질이 «풍부»했다. 공기, 뜨거운 것, 찬 것, 풀잎 그리고 개미, 땅과 밤의 코걸이, 존재하는 모든 것들로 무한한 상품을 만들 수 있었으며, 현실이 끊임없이 세분화되고 물품들이 퍼져나가면서 이 상품들을 관리하기 위한 또 다른 상품들을 만들 수 있었다. 상업적인 상상력에는 한계가 없었다. 그것은 이윤에 모든 언어, 친환경, 심리학을 더해 휴머니즘적이고 사회적으로 정의롭게 보이게 했고, 우리에게 «모두 함께 비싼 물가와 싸울 것»을 명령했으며, «즐기세요», «거래하세요»라고 권장했다. 전통 축제, 크리스마스, 발렌타인데이를 기념할 것을, 라마단과 함께할 것을 지시했다. 그것은 도덕적, 철학적이었고 이론의 여지가 없는 우리들의 삶의 형태였다. 인생, 진짜 인생, 오샹.[i]

그것은 달콤하고 행복한 독재자였고, 우리는 그에게 반항하지 않았다. 다만 지나치지 않게 스스로를 보호하고 개인이라는 단어의 첫 번째 정의, 소비자들을 교육해야 할 뿐이었다. 스페인 해변의 보트 한 대에 몰아넣은 불법 이민자들까지 포함해, 모두에게 자유는 쇼핑센터와 풍요로움이 흐르는 대형 마트의 얼굴을 하고 있었다. 세계 곳곳에서 상품들이 들어오는 것, 자유롭게 유통되는 것, 그리고 사람들이 국경으로 내몰리는 것은 당연한 일이었다. 그 국경을 넘기 위해 어떤 사람들은 트럭에 갇혀서 물건이 — 꼼짝하지 않고 — 됐고, 운전자가 6월의 태양이 내리쬐는 주차장에 두고 잊어

---

i 오샹 AUCHAN (대형마트)의 광고 슬로건.

버리는 바람에 두브르에서 질식사로 죽었다.

대형 유통업체들의 배려는 가난한 이들에게 무게 단위로 파는 상품들과 질이 낮은 상품들 코너를 제공하기에 이르렀고, 상표가 없는 물품들, 콘비프, 간으로 만든 파테ⁱ들은 유복한 이들에게 옛 동유럽 국가들의 결핍과 긴축재정을 떠올리게 했다.

드보르, 뒤몽이 70년대에 말했던 일들이 — 르 클레지오의 소설도 있지 않았던가 — 일어났다. 어떻게 우리는 그렇게 되도록 내버려 둘 수 있었을까. 그렇지만 모든 예언이 실현된 것은 아니었다. 우리는 버튼으로 뒤덮여 있지도 않았고, 히로시마처럼 피부가 흘러내리지도 않았으며, 길을 다닐 때 방독면이 필요하지도 않았다. 오히려 그 반대로 우리는 더 아름다워졌고 더 건강했으며, 병으로 죽는 일을 점점 더 상상하기 어려워졌다. 복잡하게 생각하지 않고 2000년을 흘러가는 대로 둘 수 있는 무언가가 아직 있었다.

«너는 이걸 다 갖고도 행복하지 않은 게냐?»라고 했던 부모님의 질책을 떠올렸다. 이제 우리는 우리가 가

i 파이 크러스트에 고기나 야채들을 갈아서 소를 만들어 넣어 구운 요리.

진 모든 것들로도 행복하기에 불충분하다는 것을 알았지만, 그것이 물건을 포기할 이유가 되지는 않았다. 몇몇이 배제되는 것, «제외»되는 것은 다수가 계속해서 쾌락을 누리기 위해 지불해야만 하는 값이자, 꼭 필요한 일정량만큼의 희생된 삶으로 보였다.

어떤 광고는 돈, 섹스, 마약 중에 돈을 선택하세요라고 말했다.

DVD 플레이어, 디지털카메라, MP3, ADSL, 평면 티브이로 넘어가게 됐다. 우리는 멈추지 않고 한계를 넘었다. 넘어가지 않는 것, 그것은 늙음을 인정하는 것이었다. 점차 피부에서 노화가 보였고, 서서히 몸에도 나타났다. 세상은 우리에게 새로운 것들을 쏟아냈다. 우리들의 노화와 세상의 걸음은 서로 반대 방향을 향하고 있었다.

신기술이 야기했던 의문들은 생각 없이 사용하게 되면서 자연스럽게 하나씩 지워졌다. 컴퓨터와 MP3를 사용하지 못했던 사람들은 전화기나 세탁기를 사용할 줄 몰랐던 사람들이 없어진 것처럼 사라져 갔다.

요양원에서는 늙은 여자들의 초점 없는 눈앞에 단한 번도 필요성을 의심해 본 적이 없는, 언젠가 갖게 될일도 전혀 없는 기계와 상품들의 광고 쇼가 끊임없이 펼쳐졌다.

우리는 물건들의 시간에 정신을 차리지 못했다. 기다림과 등장 사이, 결여와 획득 사이에 오랫동안 유지됐던 균형이 깨졌다. 신상품들은 더는 비난도 열광도 불러일으키지 못했고, 상상의 세계를 넘나들지도 않았다. 그것은 삶의 정상적인 틀이었다. 이미 발전의 개념이 거의 사라져 버렸듯이 어쩌면 새로운 것이라는 개념조차 사라질 것이다. 모든 것의 무한한 가능성이 어렴풋이 보였다. 죽은 이의 심장, 간, 신장, 눈, 피부가 산사람에게 넘겨졌고, 자궁의 난자가 타인에게로, 60대의 여성들이 출산하게 됐다. 리프팅은 얼굴의 시간을 멈췄다. 티브이 속의 밀레느 드몽죠는 〈살며시 안아 주세요〉에서 봤던 인형 같은 그 아름다움 그대로, 1958년 이후로 변함이 없었다.

클론화, 인공 자궁에서 임신 된 아기, 뇌 이식, 웨어러블한 테크놀로지 ─ 영어로 인해 낯선 느낌과 우월함이 더해졌다 ─, 구별 없는 성(性)을 생각하면 현기증이 났다. 우리는 한동안 이러한 사물들과 태도들이 옛 것들과 공존하리라는 것을 잊어버렸다.

그러나 이 모든 것의 손쉬움은 다시 순식간에 우리를 놀라게 했으며, 시장에 등장한 신상품을 두고 «대단하다»라고 말하게 됐다.

핸드폰, 컴퓨터, iPOD과 내비게이션이 그랬듯이, 사람들은 사는 동안 아주 짧은 시간에 익숙해지는, 상상할 수 없는 것들이 나타날 것이라고 예감했다. 혼란스러웠던 것은 10년 후의 삶의 방식을 그릴 수 없다는 것이었고, 그보다도 더 그리기 어려웠던 것은 더욱더 낯선 기술에 적응해 나갈 우리들의 모습이었다. (언젠가 우리는 자신의 모든 역사, 자신이 했던 것과 말한 것, 봤던 것, 들었던 것이 찍힌 사람의 뇌를 볼 수 있게 될까?)

우리는 정보들과 «전문성», 모든 것의 과잉 속에 살았다. 사건이 일어나자마자 행동 방식에 대해, 육체에 대해, 오르가슴과 안락사에 대해 사유했다. 모든 것에 대해 대화했고, 모든 것을 판독했다. «탐닉»과 «탄성에너지» 사이, «슬픔에 대한 공부», 자신의 인생과 감정들을 단어로 표현하는 방법이 넘쳐났다. 우울증, 알코올

중독, 불감증, 섭식장애, 불행한 어린 시절, 그 어느 것도 더는 헛된 경험이 아니었다. 경험과 환상에 대한 의사소통은 의식을 만족시켰다. 집단의 자아 성찰은 자신을 언어적으로 표현한 모델을 제공했다. 공동 지적 자산이 늘어났다. 정신의 명민함이 커졌으며, 실습이 일찍 이뤄졌고, 학교의 더딤은 핸드폰에 전속력으로 문자를 쓰는 젊은이들을 절망하게 했다.

뒤섞인 개념 속에서 자신만을 위한 문장, 침묵 속에서 자기 자신에게 외치면 살아가는 데 도움이 되는 문장을 찾기가 점점 더 어려워졌다.

인터넷에 키워드 하나를 입력하기만 하면 수천 개의 《사이트》가 밀려들었고, 흥미로운 보물찾기 놀이 속에서 문장의 일부, 텍스트의 단편을 내주면서 다른 것들을 향하도록 우리를 빨아들였으며, 우리가 찾지 않는 것들에 대한 발견이 끝도 없이 재실행됐다. 새롭고 거친 언어로 적힌 블로그에 쏟아진 다양한 관점들 속에서 지식의 전부를 독점할 수 있을 것만 같았다. 후두암 증상, 무사카 레시피, 카트린 드뇌브의 나이, 오사카의 날씨, 수국과 대마초 재배, 중국의 발전이 일본에 미

치는 영향에 대한 정보를 얻는다 ─ 포커를 치고, 영화
와 음반을 저장하고, 모든 것을 사고, 흰 생쥐와 권총,
비아그라와 여성용 자위기구, 모든 것을 팔고 되팔고,
낯선 사람과 이야기하고, 욕하고, 꼬시고, 이야기를 지
어낸다. 타인들은 목소리도 냄새도 몸짓도 없는 비현
실적인 모습을 지녔으며, 우리에게 닿을 수 없었다. 중
요한 것은 우리가 그들과 할 수 있는 것들과 교환의 법
칙 그리고 쾌락이었다. 힘에 대한 욕망, 어떤 처벌도 받
지 않고자 하는 욕망이 실현됐다. 우리는 주체가 부재
하는 객체들 세계의 현실 속에서 변화했다. 인터넷은
세상을 담화로 바꾸는 눈부신 전환을 수행했다.

모니터 속 경쾌하고 빠른 마우스 클릭은 시간의 척
도였다.

2분도 채 걸리지 않아서 보르도, 카미유 줄리앙 고등
학교, 1980-1981년 2학년 C반이었던 친구들, 마리조세 뇌
빌의 노래,『뤼마니테』의 1988년 기사를 찾아냈다. 잃어
버린 시간을 찾는 일은 웹사이트에서 이뤄졌다. 기록
들, 언젠가 되찾을 수 있을 것이라고 상상조차 하지 못
했던 모든 오래된 것들이 즉각 우리에게 왔다. 기억은

고갈되지 않는 것이 되었지만 시간의 깊이는 — 냄새와 누렇게 변한 종이, 접어놓은 페이지, 낯선 손에 의해 밑줄이 그어진 문장이 주는 감각 — 사라졌다. 우리는 무한한 현재 속에 있었다.

우리는 즉석에서 볼 수 있는 사진과 영화들의 열풍 속에서 계속해서 《저장》하기를 원했다. 전국에 있는 친구들의 흩어져 있는 백여 개의 사진이 컴퓨터 폴더에 — 열어 보는 일은 드물다 — 새로운 사회적인 용도로 옮겨지고 보존됐다. 중요한 것은 찍었다는 것이었으며, 벚꽃, 스트라스부르의 호텔방, 막 태어난 아기 같은, 포착되고 중복된, 우리의 체험에 따라 저장된 존재였다. 장소, 만남, 장면, 물건, 그것은 삶의 완전한 보존이었다. 우리는 디지털로 현실을 고갈시켰다.

화면에 연속으로 띄운, 날짜별로 분류한 사진들과 영상 위로 다양한 장면과 풍경들, 사람들을 넘어 하나뿐인 시간의 빛이 퍼져 나갔다. 실질적인 추억은 얼마 없는 또 다른 형태의 과거가 매끄럽게 나타났다. 하나씩 자세히 들여다보며 촬영했던 상황을 되짚어 보기에는 사진들이 너무 많았다. 우리는 그 사진들 속에서 가볍고 미화된 삶을 살았다. 우리들의 흔적의 증대는 흘러가는 시간에 대한 감각을 잃게 했다.

다음 세대들이 DVD와 각종 매체를 통해 우리들의 가장 사적인 일상의 모든 것, 몸짓, 먹고 말하고 섹스를 하는 방식, 가구들 그리고 속옷들을 알게 되리라 생각하면 기분이 이상해졌다. 사진관 삼각대 위에 놓여 있던 카메라에서 침실의 디지털카메라로, 지난 세기의 어두움이 조금씩 떠밀려 완전히 사라져 가고 있었다. 우리는 미리 부활했다.

우리 안에는 세상에 대한 어렴풋한, 거대한 기억이 있었다. 우리는 그 모든 것 중에서 말과 디테일, 이름, 조르주 페렉의 《나는 기억한다》 다음에 이어지는 말들만을 간직했다. 엉팡 남작, 피코레트[i], 베레고부아[ii]의 양말, 드바케[iii], 포클랜드 전쟁, 아침 식사용 벤코. 그렇지만 그것들은 진짜 기억이 아니었다. 그 시절에 새겨진 어떤 것들을 계속 기억이라고 불러왔던 것일 뿐.

기억과 망각의 과정은 미디어에 맡겨졌다. 미디어는 할 수 있는 모든 것을 기념했다. 아베 피에르의 호소, 미

---

i 사탕.
ii 1992 ~ 1993년, 미테랑 정부의 총리, 재임 중에 부패 혐의를 받고 자살함.
iii 자크 시락 정부의 교육부 장관.

테랑과 마르그리트 뒤라스의 죽음, 전쟁의 시작과 끝, 달 착륙, 체르노빌, 9월 11일, 법률, 재판의 시작, 범죄, 매일이 기념일이었다. 예예 스타일, 바바쿨, 에이즈의 해로 시간을 재단했고, 드골, 미테랑, 68년, 베이비 붐, 세대와 사람들을 디지털로 나눠 놓았다. 우리는 그 모든 것이었고 동시에 아무것도 아니었다. 우리들의 세월은 거기에 없었다.

우리는 변화했다. 우리는 우리들의 새로운 형체를 알지 못했다.

한밤중에 고개를 들면 수십억 인구가 우글거리는, 광대함이 느껴지는 세상 위에 달이 멀거니 빛났다. 지구 전체에서 의식이 팽창하여 다른 은하계를 향해 갔다. 무한대는 상상의 것이기를 멈췄고, 그렇기 때문에 언젠가 죽는다고 말하는 것은 생각할 수 없는 일이 됐다.

우리 자신도 모르는 사이에 등장한 일들을 조사해

보면, 9월 11일 이후로 갑자기 사건들이 빠르게 등장했다는 것을 알 수 있었다. 기다림과 두려움, 끝이 없는 시간과 경악케 하는 혹은 맹렬하게 가슴을 아프게 하는 것들의 폭발이 — «아무것도 예전과 같지 않을 것이다»는 반복되는 주제였다 — 연속됐다가 사라졌고, 잊혔고, 해결되지 못했으며, 그다음 해 혹은 다음 달에 마치 먼 옛이야기처럼 기념됐다. 이라크 전쟁이 4월 21일에 일어났고 — 다행히 우리를 제외하고 —, 장폴 2세의 임종과 이름을 기억하지 못하는, 몇 세인지는 더 기억하기 어려운 또 다른 교황, 아토차 역, 유럽 헌법 국민투표에 반대하는 대규모 축제의 밤, 파리 근교의 불꽃 터지는 붉은 밤, 플로랑스 오브나스[i], 런던 테러, 이스라엘과 헤즈볼라[ii] 사이의 레바논 전쟁, 쓰나미, 언제인지 모르지만 구멍에서 끌어내 교수형을 시킨 사담 후세인, 매연에 의한 전염병, 사스, 조류독감, 치쿤구니아 바이러스 병이 있었다. 폭염이 이어진 엄청난 여름 동안, 이라크로 파병됐다가 비닐 자루 속의 시체가 된 미군들과 랑지스 시장 냉장실에 쌓아 둔, 더위에 죽은 노인들이 뒤섞여 버렸다.

---

i 『르몽드』기자, 이라크 전쟁 당시 5개월 간 인질로 붙잡혀 있었다.
ii 레바논의 이슬람교 시아파.

모든 것이 가혹하게 보였다. 미국은 시간과 공간의 주인이었고, 그들은 필요와 이익에 따라 입맛대로 점령했다. 어느 곳에서나 부자는 더 부자가 됐고, 가난한 이들은 더 가난해졌다. 사람들은 파리 외곽 순환도로를 따라 텐트를 치고 잤다. 젊은이들은 «거지 같은 세상에 온 것을 환영한다»며 조소했고 잠깐씩 항거했다. 퇴직자들만이 만족해하며 무엇을 하고 시간을 보낼지, 돈을 어떻게 쓸지 연구했으며, 태국을 여행하고 이베이와 만남 사이트를 돌아다녔다. 어디서 저항이 나올 수 있었겠는가?

일상의 모든 정보들 중 가장 흥미롭고, 우리에게 가장 중요했던 것은 내일의 날씨, RER역에 게시되는 좋은 날씨와 궂은 날씨, 매일 기쁘거나 슬퍼할 수 있게 해주는 이 예언의 지식, 인간의 활동으로 인한 변화로 떠들썩해진 기후의 불변성이자 의외성이었다.

위험한 연설이 시청자 대부분의 동의를 얻으면서

자유롭게 세상을 강타했다. 사람들은 «고압 세척기»로 근교의 «불량배»들을 «청소»하기 원한다는 내무부 장관의 말을 들으면서도 동요하지 않았다. 낡은 가치들이 흔들렸다. 명령, 일, 국가 정체성, 적들의 심각한 위협을 «정직한 이들»에게 알려야 했으며, 실업자들, 근교의 젊은이들, 불법 이민자들, 불법 체류자들, 도둑들과 성폭력범들 등등, 이 몇 개 안 되는 단어들이 이렇게 많이 퍼져 나간 적은 오랜 세월 동안 단 한 번도 없었다 ── 모든 분석과 정보에 현기증이 난다는 듯이 사람들이 빠져들었던 단어들, 7백만의 빈민들과 노숙자들, 실업률 수치에 대한 환멸, 사람들은 다시 단순해졌다. 여론조사 대상자들의 77%는 사법부가 범죄자들에게 너무 관대하다고 평가했다. 새로운 늙은 철학자들이 티브이에 나와 옛날이야기를 하며 더듬거렸다. 아베 피에르는 죽었고, 인형극은 더 이상 웃기지 않았으며, 샤를리 엡도는 그들의 오래된 분노를 다스렸다. 아무것도 사르코지의 선거를, 끝까지 가보려고 하는 자들의 욕망을 막을 수 없을 것이라는 예감이 들었다. 다시 한번 수장에게 복종하고 종속되고자 하는 욕구가 있었다.

상업시대는 일 년 중 가장 아름다운 시간을 범했다. 이미 크리스마스였다. 사람들은 만성절 다음날이면 대형마트에 등장하는 장난감, 초콜릿 앞에서 한숨을 쉬었다. 몇 주 동안 우리들의 존재와 고독, 그리고 이 사회에서 자신의 구매 능력에 대해 생각할 수밖에 없는 대명절의 속박에서 벗어날 수 없음에 무력해졌다 — 마치 인생 전체가 크리스마스 저녁에 완성되는 것처럼. 이런 생각을 하면 11월 말에 잠이 들어 내년 초에 일어나고 싶었다. 우리는 가장 끔찍한 욕망의 시기, 물건들의 주술 시기에 들어갔고, 소비자들의 몸짓은 절정에 이르렀다 — 우리는 계산대 앞의 열기 속에서 기다림을 완수하면서 그 기다림을 혐오했으며, 누군지 모르는 신에게 무슨 경배를 하는 것인지도 모르고 소비의 의무를 바치는 일을 희생하듯 수행했다. «크리스마스를 위해 무언가 하는 것»을 감수했으며, 크리스마스 트리 장식과 점심 메뉴를 준비했다.

절대 0년[i]이라고 부르지 않았던 21세기, 처음 10년 중반 즈음에, 곧 40대가 되는 아이들과 — 그렇다고 해도 청바지를 입고 컨버스를 신은 아이들은 여전히 청소년처럼 보였다 —, 그들의 동거녀들과 친구들 — 몇 년째 같은 이들이다 —, 그리고 손주들이 — 숨겨 놓은 애인에서 가족 모임에 받아들여질 수 있는, 안정적인 관계의 동거남이 된 남자의 존재가 더해지면서 — 모인 식탁에서 대화는 일단 서로 주고받는 질문들로 가득 채워졌다. 회사 인수로 인한 사회계획으로 불안정하거나 위태로워진 직장에 대해, 교통수단, 근무 시간과 휴가, 하루에 담배를 몇 개 피는지, 금연, 취미, 사진과 음악, 다운로드, 최근에 산 신상품, 윈도우의 최신 버전, 핸드폰 최신 기종, 3G, 소비와 시간의 사용 관계에 대해 물었다. 서로의 지식에 현시성을 부여해 주는, 자신이 우월하다는 믿음을 비밀스럽게 견고히 해 주며, 삶의 양식을 평가해 주는 모든 것들에 대해.

그들은 영화에 대한 자신들의 생각을 겨뤘고, 『텔레라마』,『리베라시옹』그리고『레진록』,『테크니카흐』에 대한 비평을 논쟁했고, 〈식스 핏 언더〉, 〈24시〉 같은 미

다.' (출저 위키백과)

i 록 전문 매거진.

ii 패션, 사회 이슈 등을 다룬 매거진.

드에 대한 그들의 열의를 말했으며, 우리에게 적어도 1
회를 보라고 부추기면서도 우리가 아무것도 보지 않을
것이라고 확신했다 ─ 우리를 가르치고 싶어 했지만
우리가 아이들의 가르침을 받아들이지 못했고, 그들은
우리의 지식이 더 이상 그들의 것만큼 세상과 조화를
이루지 못한다는 확신을 내보였다.

우리는 곧 있을 대통령 선거에 관해 이야기를 나눴
다. 아이들은 캠프의 무용함과, 세골렌 로얄 대 사르코
지라는 억지 주입을 향한 그들의 분노를 서로 질세라
말했고, 사회당 후보의 «공정한 질서»와 «서로에게 윈
윈»이라는 말과 그녀의 무기력한, 모범적으로 의미 없
는 문장들을 나열하는 방식을 비웃었으며, 사르코지의
포퓰리즘적인 재능과 불가항력적인 그의 상승세를 두
려워했다. 우리는 보베, 부아이네 혹은 브장스노 사이
에서 선택할 수 없음에 모두 동의했다. 차라리 아무도
뽑고 싶지 않았다. 이 선거로 인생이 바뀌지는 않을 것
이라고 확신했으며, 적어도 사회주의자들이라면 최악
은 아닐 것이라는 기대를 할 수 있었다. 그들은 미디어
와 의견 조작, 그것들을 피하는 방법 같은 중요한 대화
주제를 말하기 시작했고, YouTube, Wikipedia, Rezo-net[i], 웹

---

i 인터넷 포털 사이트.

상의 Acrimed[i]의 신빙성만을 인정했다. 정보 그 자체보다 미디어의 비평이 더 중요했다.

모든 것이 즐거운 명절의 조롱거리였고 숙명론이었다. 파리 근교는 다시 한번 폭발할 것이고, 이스라엘과 팔레스타인의 분쟁은 회복 불가능했다. 세상은 지구 온난화, 해빙, 벌들의 죽음으로 실패를 향해 직진하고 있었다. 누군가가 «그런데»를 외쳤다. 그런데 조류독감은? 그런데 아리엘 샤론[ii]은 여전히 의식불명 상태인가? 다른 잊혀진 것들의 목록을 개시하면서 사스 그리고 클리어스트림 사건, 실업자들의 시위 — 집단의 기억상실을 인정하기보다는 미디어의 상상력 지배를 공격하기 위한 것이었다. 가장 가까운 과거의 소멸에 경악했다.

기억도 서사도 없었다. 다만 그 시절을 겪었던 우리들에게, 너무 어렸기에 방송, 음악, 무릎에 덧댄 천 조각, 광대 키리, 휴대용 축음기, 트리볼타와 토요일 밤의 열기만을 기억하는 아이들에게 바람직해 보이는 70년대를 상기시켰을 뿐.

주고받는 활기찬 대화 속에 서사를 만들기 위한 인

i   미디어를 비판하는 비영리단체.
ii 이스라엘 군인 정치가, 2001년-2006년 국무총리.

내심은 충분치 않았다.

　우리는 이야기를 들으면서 조심스럽게 개입했다. 중재자 역할을 지키는 것과 «딸려 온 식구들»이 소외되지 않게 하는 데 마음을 썼으며, 커플의 공모와 혈연관계 그 위에 자리를 잡고 반목의 발단이 되는 일에 주의를 기울이며, 테크놀로지에 무지하다는 놀림을 너그럽게 받아들였다. 자신이 모두가 청소년인 한 집단의 나이를 초월한, 너그러운 단장처럼 느껴졌다 — 우리가 할아버지 할머니라는 것을 실감하지 못했다. 마치 이 호칭이 자신의 조부모님에게 귀속된 것처럼, 그들이 돌아가셨어도 아무것도 바뀌는 것은 없는 본질의 어떤 것처럼.

　밀착된 몸 사이로 토스트와 푸아그라를 건네고 음식을 씹고 농담을 하고 심각한 것은 피하면서, 명절 식사의 비물질적인 현실이 다시 한번 구축됐다. 힘과 밀도가 느껴지는 현실이었다 — 담배를 피우거나 혹은 칠면조 구이의 익은 정도를 확인하려고 잠시 자리를 비웠다가 소란한 식탁으로 돌아오면 이미 새로운 주제에 끼지 못하는 사람이 돼버렸다. 이곳에서 어린 시절의 무언가가 재연됐다. 어렴풋한 웅성거림 속에 자리에 앉은 흐릿한 얼굴들이 있는 오래된 황금빛 장면이.

커피를 마신 후, 아이들은 신이 나서 티브이에 새로운 닌텐도 게임기와 Wii를 설치하고, 화면 앞에서 소리를 지르거나 욕을 하며 소란을 피우면서 가상 테니스 게임과 권투를 했다. 그사이 손자들은 질리지도 않고 전날에 받은 선물들을 마룻바닥에 흩뜨려 놓으며 집 안 곳곳에서 숨바꼭질을 했다. 식탁으로 돌아가 페리에 혹은 콜라로 목을 축였다. 곧 다가올 흩어짐을 알리는 것은 침묵이었다. 시간을 봤다. 시곗바늘 없는 명절의 식사 시간을 빠져나왔다. 장난감, 인형 그리고 어디를 가든 가지고 다니는 육아 도구들이 모여 있었다. 떠나기 전에 감정 표현과 감사를 나누고, 아이들에게 뽀뽀하라는 명령을 내리고 주위를 둘러보며 «아무것도 잊은 거 없어?»라고 물은 후에, 각자 차 안으로 흩어지면서 부부들의 사적인 세계가 재형성됐다. 불현듯 침묵이 우리를 덮쳤다. 식탁의 확장판을 빼고 식기세척기를 돌렸으며 의자 밑에 버려진 인형 옷을 주웠다. 우리는 또 한 번 모두를 «잘 대접했다»는 것에, 이제는 가장 연장자로서 지주가 되어 이 의식의 절차를 사이좋게 통과했다는 것에 충만한 피로감을 느꼈다.

포토 서비스 봉투에서 혹은 컴퓨터 파일에 저장된 수백 장의 사진 중에서 고른 이 사진에는 붉은 기가 있는 금발 머리의 나이가 지긋한 여자가 가슴이 파인 검은색 니트를 입고 요란한 장식의 커다란 의자 위에 거의 쓰러질 듯이 앉아서 여자아이를 두 팔로 감싸고 있다. 아이는 청바지와 목에 지퍼가 달린 옅은 녹색 스웨터를 입고 있으며, 검은색 옷을 입은, 다리를 꼬아서 한쪽밖에 보이지 않는 여자의 무릎 위에 앉아 있다. 그들은 살짝 비스듬히 두 얼굴을 맞대고 있다. 여자의 창백한 얼굴에는 식사 후의 붉은 기가 돌고 조금 여위었으며, 이마에는 얇은 주름이, 얼굴에는 미소를 띠고 있다. 아이의 얼굴은 까무잡잡하고 커다란 갈색 눈에 진지해 보이며, 무언가를 말하고 있다. 유일하게 닮은 점은 똑같이 정돈되지 않은 긴 머리카락으로, 두 사람 모두 머리카락 몇 가닥이 목 앞으로 내려왔다. 여자의 손은 거의 뼈만 앙상하게 남아 관절이 도드라졌고, 사진의 앞쪽에 있어서 지나치게 커 보인다. 그녀의 미소, 렌즈를 보는 방식, 아이를 안고 있는 몸짓이 — 소유보다는 헌납한다는 느낌에 더 가깝다 — 집안 혈통의 계승을 담은 그림과 혈연관계(손녀를 소개하는 할머니)의 확립을 연상시킨다. 안쪽, 책꽂이 선반에 놓인 플레이아드 책들의 코팅된 뒷면에 빛이 반사되고 있고, 파베세, 엘프리데 옐레네크, 두 이름이 눈에 띈다. DVD, 비디오테이프, CD 같은 다른 문화 매체들이 책과 같은 영역 혹은 같은 품격을 나누지 않는다는 듯이 분리되어 있는, 지식인이 사는 집의 전통적인 인테리어다. 뒷장에는 '2006년 12월 25일, 세르지'라고 적혀 있다.

그녀는 이 사진 속의 여자다. 그녀는 이 사진을 보며, 이 얼굴과 현재 모습이 눈에 띌 정도로 다르지 않으며, 필연적으로 잃게 될 것들을(그러나 그녀는 언제, 어떻게 그것들을 잃게 되는지에 대해서는 생각하지 않는 편을 선호한다) 아직 아무것도 잃지 않았다는 것을 고려했을 때, 이것은 나다, 즉 노화가 더 진행됐다는 신호는 없다라고 한층 더 확신을 가지고 말할 수 있다. 그녀는 노화의 신호들을 생각하지 않고 습관적으로 세대를 부정하고, 더 젊은 사람들이 생각하는 그녀의 나이, 예순

여섯 살로 살지 않으며, 스스로 마흔다섯, 오십 세의 여성들과 다르지 않다고 느낀다 — 이 여성들이 대화 중에 그녀가 자신들의 세대에 속하지 않는다는 것과 그녀 자신이 여든 살의 여자를 보는 것과 마찬가지로 늙은이로 여긴다는 것을 악의 없이 알리면서 무너뜨리는 착각. 해가 다르게, 아니 달이 바뀔 때마다 그녀를 둘러싼 세상은 변함이 없는데 자신은 다른 사람이 된다고 확신했던 사춘기 때와는 반대로, 이제는 그녀가 달리는 세상 속에서 부동의 자세로 있는 듯한 느낌이다. 트루빌 해변에서 찍은 이전 사진과 2006년 크리스마스에 찍은 이 사진 사이에는 몇 가지 사건들이 있었는데, 그것들을 둘러싼 충격의 강도와 기간, 사건 간의 원인과 결과 사이에 있을 수 있는 맥락을 무시하면 다음과 같은 목록이 만들어진다 :

그녀가 젊은 남자라고 불렀던 사람과의 결별을 천천히, 비밀스럽게 추진하다가 99년 9월 토요일에 최종적으로 완강히 결정함. 그날, 그가 잡은 잉어가 풀밭에서 몇 분 동안이나 퍼덕거리다가 죽는 것을 봤고, 저녁에 그 잉어를 나눠 먹으면서 역겨움을 느꼈다.

그녀의 퇴직. 그보다 더 일찍 찾아온 폐경기처럼 오랫

동안 그것은 미래에 대한 상상의 한계의 극한을 의미했다. 수업 내용 요약과 수업 준비를 위한 독서 노트가 어느 날 갑자기 아무 필요 없어졌고, 텍스트를 설명하기 위해 깨우친 박식한 언어는 더는 쓰지 않게 되면서 그녀 안에서 지워졌다 ─ 그녀가 어느 문체의 명칭을 생각해내지 못하고 찾을 때, 그녀의 어머니가 이름을 잊어버린 꽃을 두고 «이름을 알았었는데»라고 말했던 것처럼 받아들여야만 했다.

젊은 남자의 새로운 중년 애인을 향한 질투, 마치 퇴직으로 한가해진 시간을 달래는 소일거리가 필요한 것처럼 ─ 혹은 그들이 함께였을 때는 한 번도 느끼지 못했던 사랑의 고통으로 다시 젊음을 되찾고 싶은 욕구를 느끼는 것처럼, 그녀는 몇 주 동안, 오직 그 감정을 치워버리고 싶다는 생각밖에 들지 않을 때까지 일하듯 질투심을 키웠다.

그녀 나이대의 모든 여성들의 가슴에서 깨어난 듯한 암, 암에 걸린 것이 거의 당연한 일처럼 느껴졌다. 가장 두려운 일은 일어나기 마련이니까. 그녀는 항암치료로 머리카락을 모두 잃었고, 같은 시기에 첫째 아들의 배우자의 배 속에 아이가 생겼다는 소식을 듣게 됐다 —
초음파로 여자아이라는 것이 밝혀졌다. 이 세상에서
자신이 빠르게, 지체 없이 대체된다는 사실이 그녀를
매우 혼란스럽게 만들었다.

확실한 탄생과 가능성이 있는 그녀의 죽음, 이 둘 사이
에서 그녀보다 어린 한 남자를 만남. 그의 부드러움과
꿈꾸게 만드는 모든 것, 책, 음악, 영화에 관한 그의 취
향에 끌렸고 — 그녀에게 사랑과 에로티시즘으로 죽음
을 극복하게 만드는 기회를 준 기적의 우연 — 그들의
이야기는 여러 장소에서 존재와 부재를 오가는 관계
속에서 계속됐으며, 그것은 그들이 함께하는 — 그리
고 함께하지 않는 — 고충에 적합한 유일한 방식이었
다.

희고 검은 털을 가진 평범한 종인 열여섯 살 고양이의
죽음, 몇 해 동안 덜렁거렸던 지방들이 92년 겨울에 찍
은 사진만큼이나 여위었다. 폭염에 이웃들이 소리를
지르며 수영장에서 뛰어노는 동안 그녀는 고양이를 정
원의 땅속에 묻었다. 처음 이행한 이 행위 속에서, 그녀
는 인생의 모든 죽음들, 부모님, 그녀의 막내 이모, 이혼

후 첫 번째로 만난, 친구로 남았다가 2년 전에 심근경색으로 사망한, 가장 나이가 많았던 애인을 묻는 듯한 느낌을 받았다 — 그리고 그녀 자신이 묻히는 느낌을 미리 경험했다.

다행히 혹은 불행히, 그녀의 인생에서 더 오래전에 있었던 일들과 비교했을 때, 이러한 일들이 50대 즈음에 내면에 응고되어 버린 그녀의 생각하는 방식이나 취향, 흥미들을 변화시키지는 않은 듯하다. 과거의 그녀의 모든 모습들을 갈라놓는 틈의 연속은 여기서 멈춘다. 그녀의 내면에서 가장 많이 달라진 것은 시간에 대한 그녀의 자각이며, 시간 속에서 그녀만의 상황이다. 그렇기 때문에 그녀는 콜레트의 책으로 받아쓰기를 했던 시절에 그 작가가 살아 있었다는 것을 깨닫고 놀라워한다 — 그녀의 할머니는 빅토르 위고가 사망했던 당시 12살이었는데, 장례식에 가려고 쉬는 날을 이용해야 했다(할머니는 이미 밭에서 일을 해야만 했다). 그리고 점점 시간이 흘러 부모님을 잃은 지 24년이 지났고, 그녀의 삶의 방식에서 그 어떤 것도 그들과 닮은 것이 없는데도 — 그녀의 부모님이 알면 놀라 «무덤에서 벌떡 일어날 것이다» —, 부모님을 닮아가고 있는 것처럼 느낀다. 사실상 그녀 앞의 시간은 줄어들고 있지만, 시간은 태어나기 이전과 죽음을 넘어 점점 더 확장되고 있으며, 30년 혹은 40년 후를 상상하면, 그녀의 증조부모를 두고 «그들은 70년 전쟁을 봤다»고 말했던 것처럼, 사람들은 그녀가 알제리 전쟁을 겪었다고 말하게 될 것이다.

그녀는 미래에 대한 감정을 잃었다. 가을에 마른 대로를 걸어 대학에 갈 때,『레 망다랭』ⁱ을 덮을 때, 나중에 수업을 마치고 그녀의 오스틴 미니ⁱⁱ로 뛰어 들어갈 때, 학교에서 아이들을 데리고 올 때, 시간이 더 흘러 이혼과 어머니의 죽음 이후에 처음으로 조 다상의 〈라메릭〉을 머릿속에 떠올리며 미국으로 떠날 때, 3년 전까지만 해도 로마에 다시 오게 해달라는 소원을 빌며 트레비 분수에 동전을 던졌을 때, 그녀 안에 있었던 몸짓과 행동, 낯설고 좋은 것들에 대한 기대가 투영된, 무한하게 깊은 어떤 것을 잃어버렸다.

그 감정을 대신하는 것은 절박함의 감정, 황폐함이다. 그녀는 자신의 기억이 노화로 인해 점차 흐려지고,

i 시몬 드 보부아르의 책.
ii 미니쿠퍼의 옛날 모델.

말이 없는 유아기의 기억으로 ― 아무것도 기억하지 못하는 ― 되돌아가는 것을 두려워한다. 이미 그녀는 2년 동안 일했던 산악지방 고등학교의 동료들을 떠올리려고 하면, 실루엣, 얼굴, 가끔은 아주 사소한 것까지도 다시 생각나지만, 그들의 이름만큼은 댈 수가 없다. 그녀는 마치 떨어진 반쪽을 잇는 듯 빠진 이름을 떠올리려고, 사람과 이름을 매치하려고 애쓴다. 어쩌면 언젠가는 사물들과 그것의 명칭이 불일치를 이루고 그녀가 현실을 명명하지 못하게 되며, 말로 표현할 수 없는 실재만이 남을지도 모른다. 그렇기 때문에 그녀는 바로 지금, 글로서 미래의 자신의 부재를 형태로 만들어 놓아야 하며, 20년째 자신의 분신이자 동시에 앞으로 점점 더 긴 시간을 보내게 될, 아직 미완성인 수천 개의 메모 상태에 불과한 이 책을 시작해야만 한다.

그녀의 인생을 담을 수 있는 이 형태, 그녀는 이 형태를 태양 아래 해변에서 눈을 감았을 때 느꼈던 감각이나 호텔 방에서 느꼈던 감각, 자신이 여러 명이 되어 인생의 여러 장소에서 육체적으로 존재하는 감각, 지우고 새로 써넣은 시간에 이르는 감각으로부터 이끌어내는 것을 포기했다. 지금까지 이 감각은 그녀를 글쓰기의 어느 곳으로도, 어떤 지식으로도 인도하지 않았다. 오르가슴 뒤에 오는 짧은 순간처럼 글을 쓰고 싶다는 욕구만을 줬을 뿐, 그 이상은 없었다. 어떤 면에서 그녀는 말과 장면, 물건들, 사람들을 지우면서 매우 늙은 노인들이 그렇듯이 망가져서 나무들과 그녀의 아들들, 손자들을 «나이에 의한 황반변성» 때문에 다소 흐리게 응시하고, 모든 문화와 역사, 그녀의 것과 세상의 것들을 빼앗긴 채로 혹은 알츠하이머병에 걸려서 날짜도 달도 계절도 모르게 되는, 언젠가 이르게 될 망가진 상태를, 그것이 아니라면 죽음을 이미 예견하고 있다.

그녀에게 중요한 것은 주어진 시대에 이 땅 위에 살다간 그녀의 행적을 이루고 있는 기간이 아니라 그녀를 관통한 그 시간, 그녀가 살아 있을 때만 기록할 수 있는 그 세상이다. 그녀는 또 다른 감각 속에서 자신의 책이 어떤 형태가 될 것인지를 직감했다. 기억 속에 박혀 있던 장면으로부터 — 전쟁 후 편도선 수술을 한 아이들과 함께 있었던 병원의 침대에서 혹은 68년 7월 파리를 건너던 버스 안에서 — 그녀를 사로잡은 그 감각은, 그녀가 비판적인 의식의 노력으로 구성 요소, 관습, 몸짓, 말 등등을 하나씩 떼어내기에 이른, 구별할 수 없는 총체 속에 녹아 버린 듯하다. 과거의 아주 짧은 순간들은 확장되어 일정한 음조를 지닌, 유동적인 한 해 혹은 여러 해의 수평선으로 나간다. 그러므로 그녀는 거의 눈부시다고 할 수 있는 깊은 만족감 속에서 ─ 그것은 그녀에게 개인적인 추억의 장면만을 제공하지는 않는다 ─ 그녀의 의식과 그녀의 모든 존재를 사로잡은, 일종의 광대한 집단의 감각을 되찾는다. 차로 고속도로를 혼자 달리는 것과 마찬가지로, 그녀는 가장 가까운 곳에서부터 가장 먼 곳까지, 현 세계의 정의할 수 없는 총체 속에 붙들린 기분을 느낀다.

그러므로 그 책의 형태는 기억의 장면 속으로 침수해야만 나올 수 있을 것이다. 그 장면들의 배경이 됐던 시대와 연도의 다소 확실한 특징들을 자세히 설명하기 위해서 ─ 그 특징들을 점차적으로 다른 특징들과 연결하기 위해 ─, 부유하는 수많은 대화들 속에서 뽑아낸 사람들의 말과 사건과 물건들에 대한 언급, 우리가 무엇인지, 무엇이 되어야 하는지, 무엇을 생각하고 믿고 두려워해야 하며, 무엇을 바라야 하는지 끊임없이 표명을 쉬지 않고 내놓는 이 설(說)들을 다시 듣기 위해서. 그녀는 이 세계가 그녀 안에 새긴 것들과 그녀와 동시대를 사는 이들, 아주 오래전부터 오늘에 이르기까지 슬며시 미끄러져 온 시간을 공동의 시간을 재구성하는 데 사용할 것이다 — 공동의 기억에 대한 기억을 개인의 기억 속에서 되찾으며, 역사를 경험한 측면에서 표현하기 위해.

하나의 삶을 이야기하거나 자신을 설명하는 것을 추구하는, 우리가 일반적으로 생각하는 회고 작업이 되지는 않을 것이다. 그녀는 생각과 믿음, 감각의 변화, 사람과 주제의 변환을 포착하고 세상과 세상의 과거에 대한 기억과 상상을 되찾기 위해서만 자신의 내면을 들여다볼 것이다. 어쩌면 그녀가 경험한 것은 그녀의 손녀와 2070년의 인간들이 경험할 것들에 비하면 아무것도 아닐 수도 있지만, 그녀를 쓰게 만드는, 이미 거기에 있는, 아직 이름 없는 감각들을 뒤쫓는다.

그것은 연속적이고 절대적이며, 삶의 마지막 장면까지 점차 현재를 집어삼키는 반과거 속으로 서서히 미끄러지는 이야기가 될 것이다. 일시적으로 중단된 흐름, 그러나 그녀의 존재의 실질적인 형체와 사회적인 위치를 포착할 사진과 영화 속 장면들이 군데군데 들어갈 것이다 — 기억의 정지이자 동시에 그녀의 삶의 변화를 이야기하면서, 이 이야기를 특별하게 만드는 것은 그녀의 삶의 요소들의 본성, 외부적인 것들(사회적인 경력, 직업) 혹은 내부적인 것들(생각과 동경, 글을 쓰고자 하는 열망)이 아니라, 저마다 하나뿐인 이 모든 것들의 조합이다. 글 속에서의 «그녀»는 거울 속, 사진 속의 «끊임없는 타인»에 해당될 것이다.

그녀가 일종의 비개인적인 자서전으로 보는 이 글에는 어떤 «나»도 없다 — 그러나 «일반적 의미의 사람들»과 «우리»가 있다 — 마치 이번에는 그녀가 지난날의 서사를 얘기하는 것처럼.

옛날 학창 시절, 자신의 방에서 글쓰기를 꿈꿨을 때, 그녀는 점술가들처럼 신비로운 것들을 밝히는 낯선 언어를 찾아내기를 희망했었다. 책을 완성하는 것을 깊은 곳에 있는 자신의 존재를 타인들에게 알리는 것으로, 높은 업적으로, 영광으로 상상하기도 했다 — 어릴 적 그녀가 자고 일어나면 스칼렛 오하라가 되어 있기를 바랐던 것처럼 «작가»가 되기 위해서 무엇을 내놓지 않을 수 있었을까. 그 후로, 40여 명의 학생들이 있는 시끄러운 학급에서, 슈퍼마켓의 카트 뒤에서, 공원의 벤치 유모차 옆에서 이 꿈들은 그녀를 떠났다. 영감을 받은 단어들이 마법을 부려 등장하는, 형언할 수 없는 세상은 없으며 그녀는 자신을 분노하게 만드는 것들에 대항할 수 있다고 믿고 있던 유일한 도구, 오직 자신의 언어 안에서만, 모두의 언어 안에서만 쓸 것이다. 그러므로 써야 할 그 책이 투쟁의 수단인 것이다. 그녀는 이 야망을 버리지 않았다. 아니, 오히려 그 어느 때보다 지금이 가장 절실하며, 이제는 보이지 않는 얼굴들, 사라진 음식들이 가득 놓인 식탁보를 감싸는 빛을 포착하기를 원한다. 어린 시절 일요일의 이야기 속에 이미 존재했던, 경험한 것들 위에 금세 쌓이기를 멈추지 않았던 그 빛, 지나간 시간의 빛을 구원하기를.

범퍼카와 함께 하는 바조슈쉬르오엔느의 작은 댄스파티

루앙의 카야트가 〈죽도록 사랑해〉의 한 장면을 찍었던 르푸제 서점에서 멀지 않은, 보부아진느 가의 호텔 방

안시, 파흐믈랑 가의 카르푸에 있는 와인을 병에 담아 주는 기계

나는 세상의 아름다움에 기대고 / 계절의 냄새를 손으로 잡았다[i]

생토노레레방 온천 공원에 있는 놀이기구

라로슈포제의 겨울, 르뒤게스클랑 카페로 찾으러 갔던, 보도를 비틀거리며 걷는 남자를 데려가는 빨간 코트를 입은 매우 젊은 여자

영화 〈중요하지 않은 사람들〉

플뢰리쉬르앙델 해안 아래, 반이 찢어진 3615 ULLA 광고 포스터

펀칠리, 더 텔리호에서 〈아파치〉 노래가 나왔던 주크박스와 바

비이에르르벨, 에드몽로스탕 대로 35번지, 정원 안쪽에 있는 주택

---

i 안나 드 노아유(프랑스 여류 시인)의 시, '자연에 바침'의 한 구절.

흑백 암코양이가 주사를 맞고 잠든 순간의 눈빛

퐁투아즈 요양원 현관에서 오후 내내 잠옷과 슬리퍼를
신고, 방문객들에게 전화번호가 적힌 더러운 종이를
내밀면서 아들에게 전화를 걸어달라고 부탁하며 울던
남자

알제리, 호친 학살 사진 속의 피에타를 닮은 여자

폰다멘타 누오베의 그늘에서 본 산 미켈레 벽 위로 쏟
아지던 눈부신 태양

다시는 돌아갈 수 없는 시간의 무언가를 구하는 것.

모든 장면들은 사라지지 않을 것이다

신유진

아니 에르노는 말했다. 글쓰기를 멈추는 것은 당신 없이도 계속되는 시간의 기울기와 속도에 다시 빠지는 것이라고. 그렇다. 시간은 늘 한쪽으로 기울어져 있고, 그것의 속도는 나의 더딘 걸음에 어떤 연민도 허락하지 않는다. 글쓰기를 멈추는 것이 시간의 기울기와 속도에 다시 빠지는 것이라면, 반대로 글쓰기를 계속한다는 것은 어떤 의미일까. 시간이 향하는 길에서 빠져나와 멈춰 서는 것, 혹은 반대 방향을 향하는 것이라고 이해해도 괜찮을까.

어쨌든 그녀는 자신의 글쓰기를 '하강하는 것'이라고 표현한 적이 있다. 제자리에 서서 흘러가는 것들을 쓰다듬거나 지나간 것들을 불러들이는, 즉 회상의 과정이 아닌, 시간의 결을 스스로 거스름을 말하는 것이다. 그런 면에서 이 책에 적힌 모든 언어는 하강하고 있는 것이 분명하다. 물론 거기에는 시간이란 한쪽으로 기울어져 흘러가 버리거나 사라지는 것만이 다가 아닌 어딘가에 쌓일 수 있는 것, 그것이 바로 세월이라는 믿음이 필요할 것이다. 다치고, 깨지고, 풍화되나 단단하게 쌓여 가는 층들, 그녀의 언어는 그것을 하나씩 더듬으며 하강한다. 어느 시절의 목소리들이 다시 들릴 때까지, 어느 순간의 감각들이 되살아날 때까지.

하강의 과정은 재연이 아니다. 그녀는 책에 기록된 모든 순간을, 모든 시대를 다시 산다. 그것은 관념적이거나 추상적인 느낌이 아닌, 육체를 통해 감지하는 감각의 부활이다. 시간의 불가역성 속에서 하강하는 것, 그것이 그녀가 쌓아 올린 혹은 더듬어 내려간 세월이 아닐까. 그러니 책의 첫 문장 '모든 장면들은 사라질 것이다'라는 그녀의 예언은 틀렸다고 해야 할 것이다. 모든 장면은 여기, 그녀만의 언어로 기록되어 사라지지 않는다. 이미 방향이 정해진 시간과 시간의 등에 올라탄 우리는 어쩔 수 없을지라도, 이곳에 적힌 '삶'만큼은 사라지는 모든 것들 사이에서 구원받은 것이 아니겠는가.

  그렇다면 작가가 이곳에 기록한 '삶'이란 어떤 삶을 말하는 것일까.『빈 옷장』을 시작으로『아버지의 자리』,『한 여자』,『단순한 열정』,『사진의 용도』까지 아니 에르노의 작품들이 작가 자신의 경험과 기억을 바탕으로 하는 한 개인의 서사를 담은 글이었다면,『세월』은 작가의 새로운 문학적 시도가 이뤄지는 작품이다. 그녀가『세월』에 기록한 '삶'은 작가 자신의 기억만이 아닌 다수의 기억을 포함하고 있으며, 그것은 개인의 역사이자 동시에 그녀의 세월에 맞물려 있는 다수의 역사이기도 하다. 기록된 기억이 '나'의 것이 아닌 '우리'의 것, 혹은 '사람들'의 것이 되기 위해, 그녀는 이 책을 일인칭 시점, '나'를 배제한 '그녀'와 '우리', 그리고 '사람들'로 서술하는 방식을 택했다. '그녀'는 아니 에르노 자신이면서 동시에 사진 속의 인물, 1941년부터 2006년까지 프랑스의 사회를 바라보는 여성의 시각이고, '우리'와 '사람들'은 언급된 시대 속에 형체 없이 숨어 버린 조금 더 포괄적인, 비개인적인 시선이라고 할 수 있다. 그녀가 이 세 개의 시점을 오가며 전쟁 이후부터 현재까지 프랑스 근대 사회의 모습들을 조각조각 담은 하나의 프레스코화를 완성해 나가는 동안, 우리는 그 거대한 작품 속에서 언젠가 부모에게서 봤던, 또 어쩌면 우리의 미래가 될지도 모를 삶의 얼굴을 알아보고 만다. 그러니 그녀가 그토록 간절히 구원하고자 했던 '다시 돌아갈 수 없는 시간의 무언가'란 결국, 너무도 낯익은, 그리하여 하찮게 흘려보냈던 그녀와 우리, 그리고 그들의 '오늘'이 아니겠는가.

모든 장면들은 사라지지 않을 것이다.

아니 에르노의 말에 의하면 기억은 성적 욕구처럼 결코 멈추는 법이 없으니까. 망자와 산자, 실존하는 존재와 상상의 존재, 꿈과 역사를 결합하는 기억이 있는 한, 설사 시간의 골짜기에 오래 잠들어 있을지라도 누군가 내려가 불러준다면, 또 그 하강의 언어를 들어 줄 누군가가 있다면, 모든 장면들은 분명 우리들의 기억 속에서 되살아날 것이다.

오늘 아니 에르노의 『세월』의 번역을 마치며, 그녀가 구원하고자 했던 그 삶이 내 안에 그녀의 언어로 오랫동안 남아 있을 것이라는 확신을 품어 본다.

그러니 하강할 수 있을 것이다.

내 안에 쌓인 그것을 더듬어 내려갈 때마다 지난 몇 개월, 그녀의 글과 함께 살아 숨 쉬었던 감각들이 되살 •아날 것이라 믿는다.

그리고 숱한 사라짐 속에 구원받은, 간절한 무언가가 계속 쌓여 나가기를.

그리하여 그것을 우리들의 세월이라 부를 수 있기를.

옮긴이 **신유진**

파리의 오래된 극장을 돌아다니며 언어를 배웠다. 파리 8대학에서 연극을 전공했다. 아니 에르노의 『세월』『진정한 장소』『사진의 용도』『빈 옷장』『남자의 자리』, 에르베 기베르의 『연민의 기록』을 번역했고, 프랑스 근현대 산문집 『가만히, 걷는다』를 엮고 옮겼다. 산문집 『창문 너머 어렴풋이』『몽카페』『열다섯 번의 낮』『열다섯 번의 밤』을 지었다.

세월
아니 에르노

2판 4쇄 2023년 10월 16일

지은이	아니 에르노
옮긴이	신유진
펴낸이	신승엽
편집	신승엽
사진•디자인	신승엽

펴낸곳	1984Books (일구팔사북스)
주소	전북 익산시 창인동 1가 115-12
전자우편	1984books.on@gmail.com
대표전화	010.3099.5973
팩스	0303.3447.5973
SNS	www.instagram.com/livingin1984

ISBN	ISBN 979-11-90533-12-6 (03860)

1984BOOKS